밤은 부드러워 1

세계문학의 숲 038

Tender is the Night

밤은 부드러워 1

F. 스콧 피츠제럴드 지음
공진호 옮김

시공사

일러두기

1. 이 책은 1934년 찰스 스크리브너스 선스 출판사(Charles Scribner's Sons)에서 처음 단행본으로 출간된 F. 스콧 피츠제럴드(Francis Scott Key Fitzgerald)의 《밤은 부드러워(Tender Is the Night)》를 우리말로 옮긴 것이다.

2. 번역은 2003년 스크리브너 출판사(Scribner)에서 출간된 페이퍼백 《밤은 부드러워》(1934년 판본과 동일)를 대본으로 삼았고, 피츠제럴드 연구가 매슈 J. 브루컬리(Matthew Joseph Bruccoli)와 주디스 S. 보프먼(Judith S. Baughman)의 《F. 스콧 피츠제럴드의 〈밤은 부드러워〉 독서노트(Reader's Companion to F. Scott Fitzgerald's Tender Is the Night)》(Columbia, SC: University of South Carolina Press, 1977)와 워즈워즈 클래식스가 출간한 《밤은 부드러워와 마지막 거물(Tender Is the Night & The Last Tycoon)》(Hertfordshire, UK: Wordsworth Editions, 2011)에 포함된 헨리 클래리지(Henry Claridge)의 주석을 참고했다.

3. 본문의 주는 원주와 옮긴이 주를 구분하지 않고 별표(*)로 표시했으며, 머리에 [원주]라고 밝힌 것은 피츠제럴드 본인의 주이다.

제럴드와 사라에게 이 책을 바칩니다.
즐거운 향연들이 계속되기를.

벌써 너와 함께! 밤은 부드럽구나,
〔……〕
하지만 여기에는 빛이 없구나,
숲에 가린 푸른빛 어둠, 이끼 낀 길을 지나
하늘에서 바람에 불리어 온 것 말고는.

— 존 키츠, 〈나이팅게일에게 부치는 송시〉

차례

1부

1

프렌치 리비에라*의 쾌적한 해안, 마르세유와 이탈리아 국경 중간쯤에 분홍장밋빛의 크고 당당한 호텔이 있다. 경의를 표하는 종려나무 가지들이 햇빛에 달아오른 건물 전면을 식혀주고, 그 앞으로 짧고 눈부신 모래사장이 펼쳐 있다. 이곳은 최근 상류사회의 유행을 좇는 저명인사들이 찾는 여름 휴양지가 되었다. 10년 전만 해도, 영국 손님들이 4월에 북쪽으로 떠나고 나면 인적이 거의 끊겼던 곳이다. 지금은 호텔 가까이에 방갈로들이 몰려 있지만, 이 이야기가 시작되는 시점에는 고스

*프랑스어로는 코트 다쥐르(Cote d'Azur). 지중해에 면한 프랑스 남동부의 해안 지역. 모나코 공국도 이 지역에 위치하고 있다. 18세기 말부터 영국 상류 계층의 겨울 휴양지였으며, 19세기 중엽부터는 주로 영국이나 러시아 귀족들의 휴양지였다가 이 소설의 배경이 되는 20세기 초에는 미국이나 유럽의 부자들은 물론, 파블로 피카소, 앙리 마티스, 이디스 워튼, 서머싯 몸, 올더스 헉슬리 등 화가나 소설가들이 즐겨 찾는 곳이 되었다.

의 에트랑제 호텔과 그로부터 5마일 떨어진 칸 사이의 밀집한 소나무 숲 속에 낡은 별장 여남은 채의 지붕들만이 수련처럼 부패하고 있었다.

호텔은 밝은 황갈색의 예배용 깔개 같은 해변과 한 덩어리였다. 이른 아침 멀리 보이는 칸, 분홍색과 미색의 오래된 성채들, 이탈리아의 경계를 이루는 보랏빛 알프스 산봉우리가 수면을 가로질러 그림자를 드리우고, 맑고 얕은 물 속의 해초가 올려 보내는 잔물결과 둥근 파문에 바르르 떨었다. 8시가 되기 전, 파란색 배스로브를 입은 한 남자가 해변으로 내려와 찬물을 몸에 잔뜩 바르며 준비를 하더니 투덜거리는 소리와 함께 요란하게 숨을 내쉬며 바닷물 속에 들어가 잠깐 허우적댔다. 그가 가고 나자 해변과 만은 한 시간 남짓 조용했다. 수평선에는 상선들이 서쪽을 향해 느릿느릿 지나갔고 호텔 안뜰에서는 버스 보이*들이 외치는 소리가 났다. 그리고 소나무의 이슬이 말랐다. 다시 한 시간이 지났을 때 해안과 프랑스의 순수한 프로방스어권에 속하는 지역을 가르는 모르 산맥의 낮은 산줄기를 따라 난 구불구불한 길에서 자동차들의 경적 소리가 들리기 시작했다.

바다에서 1마일, 소나무가 포플러로 대체되는 지점에 외딴 기차역이 있다. 1925년 6월의 어느 날 아침, 그곳에서 빅토리

*식탁을 차리고 그릇을 치우는 일꾼.

14

아식 마차*를 타고 한 여인과 딸이 고스의 호텔에 도착했다. 머잖아 예쁜 얼굴에 띄엄띄엄 실핏줄을 드러내 보일 시들어가는 미모의 여인이었다. 평온하면서도 경계하는 여인의 얼굴 표정은 상냥함을 잃지 않았지만 사람들의 시선은 금방 딸에게로 옮겨갔다. 분홍색 손바닥, 저녁나절 찬물에 몸을 담그고 나온 아이들의 몸이 오싹하며 얼굴이 발갛게 상기되는 것처럼 달아오른 볼이 매력적인 아가씨였다. 예쁜 이마가 완만한 곡선을 그리며 올라가다 만나는 머리 선은 문장(紋章) 방패 모양으로 이마와 경계를 이루었고 엷은 금발이 섞인 황금색 머리칼은 무성하게 애교머리, 웨이브, 컬을 이루었다. 눈은 생기 있고 크고 맑고 촉촉하고 빛이 났으며, 볼의 색은 젊은 심장의 힘찬 박동이 피부의 표면 가까이 피를 밀어붙여 나타나는 천연의 색 그대로였다. 그녀의 몸은 어린 시절의 마지막 언저리에서 미묘하게 서성이고 있었다. 이제 열여덟 살로 여자로서 갖출 것을 모두 갖추었지만 아직 이슬을 머금고 있었다.

바다와 하늘이 아래쪽에서 가늘고 뜨거운 선으로 나타나자 여인이 말했다.

"왠지 여기가 맘에 들 거 같지 않구나."

"어쨌든 전 집에 가고 싶어요." 딸이 대답했다.

그들은 서로 기분 좋게 말했지만 아무런 목표가 없었으며,

*지붕이 접혀 열리는 2인승 마차.

그 사실로 인하여 따분했던 게 분명했다. 또 목표가 있더라도 아무것이나 다 도움이 되지는 않을 터였다. 그들은 강렬한 자극을 원했다. 과잉으로 지치고 둔해진 신경을 자극할 필요에서가 아니라, 상을 탔으니 자기는 방학을 누릴 자격이 있다고 여기는 초등학생들이 갖는 것과 같은 열의에서였다.

"사흘만 있다가 집에 가요. 곧바로 전보를 쳐서 배표를 살게요."

호텔에 도착하자 딸은 외운 것 같은, 관용적이지만 단조로운 프랑스어로 배표를 예약했다. 1층에 위치한 방에 들자 딸은 햇빛이 눈부신 유리문으로 가더니, 건물 한쪽 전체를 연결하는 석조 베란다로 몇 걸음 나갔다. 그녀는 엉덩이를 축으로 상체가 구부정한 자세가 아니라, 등허리를 곧추 편 발레리나의 자세로 걸었다. 바깥의 뜨거운 햇빛이 그녀의 그림자를 짧게 잘랐고 그녀는 뒤로 물러섰다. 무언가 바라보기에는 빛이 너무 밝았다. 50야드 멀리에 있는 지중해는 시시각각 잔인한 햇빛에 색소를 넘겨주고 있었다. 베란다 난간 아래쪽으로 빛깔이 바랜 뷰익 자동차 한 대가 호텔 진입로 위에서 달궈지고 있었다.

다른 데도 많은데 모래사장에만 활발한 움직임이 보였다. 영국인 유모 셋이 주문처럼 형식화된 소문을 나누며 이야기의 가락에 맞춰 시대에 뒤진 40년대, 60년대, 80년대의 문양을 넣은 스웨터나 양말을 뜨고 있었다. 물가에 좀 더 가까운 곳에서는 여남은 사람들이 각자의 줄무늬 파라솔 아래서 집안일을 하는가 하면 그들의 여남은 자녀들은 얕은 물속의 겁 없는 물고기들을 쫓아다니거나 코코넛 오일을 발라 번들거리는 알몸으로 햇볕에 누워 있었다.

로즈메리가 모래사장에 들어섰을 때 열두 살 먹은 소년 하나가 그녀를 지나쳐 뛰어가더니 환호성을 지르며 바닷물 속으로 돌진했다. 낯선 얼굴들의 강렬한 시선을 의식하며 그녀는 배스로브를 벗고 소년의 뒤를 따랐다. 그리고 물에 엎드려 몇 야드 떠가다가 물이 얕은 것을 알고는 뒤뚱거리며 발을 딛고 서서 물의 저항에 거슬러 무거운 역기를 끌듯 다리를 끌었다. 물이 가슴까지 오는 곳에 이르자 고개를 돌려 해변을 쳐다보았다. 털이 수북한 가슴을 내밀고 윤곽이 뚜렷한 배꼽이 흡입하듯 쏙 들어갔으며, 외알 안경을 끼고 타이츠 수영복 차림을 한 남자가 그녀를 유심히 쳐다보고 있었다. 로즈메리가 마주 바라보자 남자가 외알 안경을 벗었다. 외알 안경이 우스꽝스러운 가슴털 속에 파묻혔다. 그는 들고 있던 병에서 무언가를 잔에 따랐다.

로즈메리는 얼굴을 물에 뉘고, 고르지 않은, 작은 동작의 포비트 크롤 수영으로 뗏목을 향해 갔다. 물이 차오르며 그녀를 덮어 부드럽게 아래로 끌어당겨 열기를 피하게 해주었고, 머리칼에 스며들었고, 온몸 구석구석 파고들었다. 그녀는 물을 포옹하고 그 속에서 뒹굴며 계속 몸을 굴렸다. 뗏목에 이르렀을 때 숨이 찼다. 하지만 검게 그은 몸에 치아는 새하얀 어떤 여자가 그 위에서 내려다보고 있는 것을 보고 불현듯 자신의 희디흰 피부를 자각하고는 뒤로 누우면서 방향을 바꾸어 천천히 물가 쪽으로 둥둥 떠갔다. 그녀가 물에서 나오자 병을 든 그 털 많은 남자가 말을 걸었다.

"저기요…… 뗏목 뒤에 상어가 있어요." 어느 나라 사람인지 불분명했지만, 모음을 길게 늘이는 옥스퍼드 말투로 느릿하게 말했다. "어제 골프 쥐앙에 주둔한 영국 함대의 선원 두 명을 집어삼켰어요."

"세상에!" 로즈메리가 외쳤다.

"함대에서 나오는 쓰레기 때문에 몰려드는 거죠."

경고해주기 위해 말을 걸었을 뿐이라는 암시로 그는 눈빛을 흐리고 두 걸음 총총 물러나 한 잔 더 따랐다.

이 대화를 나누는 동안 약간 자기에게 쏠린 사람들의 시선에 불쾌하지 않은 자의식을 느낀 로즈메리는 앉을 곳을 찾았다. 보나마나 집집마다 각기 파라솔 바로 앞 모래사장을 한 조각씩 점유하고 있을 게 뻔했다. 그뿐 아니라 그들은 서로 부산하게 오가거나 파라솔에서 파라솔로 말을 주고받았다. 다른 사람이 끼어들면 주제넘은 행동으로 여겨질 공동체의 분위기였다. 자갈과 죽은 해초로 뒤덮인 좀 더 위쪽의 모래사장에 그녀처럼 피부가 흰 사람들이 한 무리 있었다. 그들은 비치파라솔이 아닌, 작은 양산을 펴놓고 그 아래 누워 있었다. 다른 사람들보다 더 분명하게 그 지역 출신들이 아닌 표시가 났다. 로즈메리는 다갈색 피부 무리와 흰 피부 무리 사이에 있을 만한 자리를 찾아 모래 위에 가운을 펼쳤다.

그렇게 누워 있는데 처음에는 그들의 목소리가 들리더니 그들의 발이 바로 옆에 느껴졌고, 그들의 형체가 태양과 그녀 사이를 지나갔다. 호기심 많은 개가 내쉬는 입김이 그녀의 목에 화끈거리며 불안하게 느껴졌다. 태양의 열기에 피부가 조금씩 타는 것 같았고 사그라지는 파도의 작고 지친 소리가 와—와아 들렸다. 이내 사람들의 목소리가 개별적으로 식별되었고, 그녀는 경멸적으로 '그 노스라는 작자'라고 일컬어지는 누군가가 간밤에 칸의 어떤 카페에서 웨이터를 납치해 톱으로 두 동강 내려고 했다는 것을 알게 되었다. 그 이야기의 증인은 낙낙한 야회복을 차려입은 백발의 여자였다. 머리의 보석 장식관이 그대로 있고 어깨의 난초가 힘을 잃고 늘어진 것으로 봐서 그녀의 차림새는 간밤의 유품임이 명백했다. 그녀와 일행에게 막연한 반감을 느끼며 로즈메리는 고개를 다른 데로 돌렸다.

반대편, 그녀와 가장 가까운 곳에서 한 젊은 여자가 파라솔들로 이루어진 지붕 아래에서 모래 위에 펼쳐 놓은 책을 보며 어떤 목록을 작성하고 있었다. 어깨와 등 부분은 수영복을 벗어 드러내놓았고, 등에 늘어뜨린 크림색 진주 목걸이와 뚜렷이 대비되는 오렌지빛 갈색의 불그스름한 등이 햇빛에 빛났다. 얼굴은 매정하고 아름다웠으며 연민을 자아냈다. 그녀는 로즈메리와 눈이 마주쳤지만 그녀를 눈여겨보지는 않았다. 그녀 너머에는 기수(騎手) 모자를 쓰고 빨간 줄무늬의 타이츠 수영복을 입은 잘생긴 남자가 있었다. 그리고 로즈메리가 뗏목에서 본 여자가 있었는데, 그녀는 고개를 뒤로 돌려 로즈메리를 눈여겨보았다. 그리고 긴 얼굴에 사자 갈기 같은 금발, 파란 타이츠 수영복에 모자는 쓰지 않은 남자가 검은 타이츠 수영복을 입은, 라틴계임이 틀림없는 젊은 남자에게 무언가 아주 심각하게 말하고 있었다. 두 사람 다 해초를 만지작거렸다. 로즈메리는 그들이 대부분 미국인이지만 어딘가 그녀가 최근 알게 된 여느 미국인들과는 다르다고 생각했다.

조금 뒤 그녀는 기수 모자를 쓴 남자가 일행을 위해 조용히 어떤 작은 공연을 해 보이고 있다는 것을 깨달았다. 그는 갈퀴를 가지고 표면상으로는 자갈을 솎아내 엄숙하게 이리저리 움직이면서 엄숙한 얼굴로 좌중의 긴장을 지속시키는 모종의 비밀스러운 익살극을 전개하고 있었다. 일행은 극히 어렴풋이 드러난 결말에 잔뜩 재미있어하다가 그가 무슨 말을 했는지 마침내 크게 웃음보를 터뜨렸다. 그녀처럼 그들의 말소리가 들리지 않는 거리에 있는 사람들도 그쪽으로 촉각을 기울였다. 결국 모래사장에서 거기에 휩쓸리지 않은 사람은 진주 목걸이를 한 그 젊은 여자뿐이었다. 소유에 대한 삼가는 마음에서인지 그녀는 다른 사람들이 재미있어서 박수를 칠 때마다 목록 위로 더 가까이 몸을 기울였다.

외알 안경과 병을 가진 그 남자가 난데없이 나타나 로즈메리 머리 위의 하늘에서 말했다.

"수영 솜씨가 대단하시더군요."

그녀는 머뭇거렸다.

"아주 훌륭해요. 나는 캄피온이라고 합니다. 여기 어떤 부인이 지난주에 소렌토에서 아가씨를 봤다고 하는데요, 아가씨가 누구인지 안다며 인사를 나누고 싶답니다."

로즈메리는 짜증나는 것을 감추고 쓱 둘러보았다. 햇볕에 타지 않은 사람들이 기다리고 있었다. 그녀는 마지못해 일어나 그들에게 갔다.

"에이브럼스 부인—매키스코 부인—매키스코 씨—덤프리 씨—"

"우리는 아가씨가 누군지 알아요." 야회복을 입은 여인이 거리낌 없이 말했다. "로즈메리 호이트 양이죠, 내가 소렌토에서 아가씨를 알아보고 호텔 직원에게 물어봤어요. 우리 모두 호이트 양이 아주 근사하다고 생각하는데 왜 미국에 돌아가 멋진 영화를 더 찍지 않는지 모르겠어요."

그들은 그녀에게 자리를 내주느라 과도한 몸짓을 취했다. 그녀를 알아봤다는 여인은 이름과는 달리 유대인이 아니었다. 그녀는 경험에 휘둘리지 않고 다른 세대를 잘 이해함으로써 젊음을 잘 보존한 초로의 '호인' 타입이었다.

"우리는 호이트 양이 첫날부터 햇볕에 너무 탈까 봐 주의를 주고 싶었어요." 그녀는 계속해서 쾌활하게 말했다. "다른 사람도 아니고 호이트 양한테는 피부가 중요하잖아요. 하지만 이 해변에서는 그놈의 격식을 어찌나 많이 차리는 것 같은지, 우리는 호이트 양이 우리가 알은 체를 하면 언짢아할지 어떨지 알 수가 없었어요."

2

"우리는 호이트 양이 저 플롯에 포함되어 있는지도 모른다고 생각했어요." 매키스코 부인이 말했다. 눈이 천하게 생겼지만 예뻤으며, 사람들의 기를 꺾는 데 열의를 보이는 젊은 여자였다. "우리는 저들 중 누가 플롯에 포함되었고 누가 그렇지 않은지 몰라요. 알고 보니 제 남편이 특별히 잘 대해주었던 남자가 주역이더군요. 뭐 조연이나 다름없지만요."

"플롯이라뇨?" 로즈메리가 그녀가 무슨 말을 하는지 대략 이해하고 물었다. "저기에 플롯이 있어요?"

"아가씨, 우리도 몰라요, 몰라." 에이브럼스 부인이 뚱뚱한 여자가 흔히 그러듯 발작적으로 낄낄 웃으며 말했다. "우리는 저 플롯에 포함되지 않았으니까. 우리는 관객석 제일 뒤에 앉은 사람들이에요."

헝클어진 금발 머리의 여성스러운 청년 덤프리 씨가 말했다. "에이브럼스 아주머니는 아주머니 자체가 플롯*이죠." 그러자 캄피온이 그에게 외알 안경을 흔들어대며 말했다. "야, 로열, 그렇게 불쾌한 말 좀 하지 마." 로즈메리는 엄마와 함께 나왔더라면 좋았을걸 하며 그들 모두를 불편한 심정으로 쳐다보았다. 그녀는 이 사람들이 마음에 들지 않았다. 해변 다른 쪽에서 그녀의 관심을 끈 사람들과 곧바로 비교했을 때 특히 그랬다. 엄마의 사교 재능은 대단하지는 않지만 알차서, 모녀는 달갑지 않은 상황에서 신속하고도 확실하게 빠져나올 수 있었다. 하지만 로즈메리는 불과 여섯 달 전에 유명인이 되었으며, 사춘기 초에 몸에 밴 프랑스식 관습에 미국의 민주적 관습이 겹쳐져 무언가 혼란을 일으켜 간혹 이러한 상황에 빠졌다.

몸이 바짝 마르고 붉은 혈색의 얼굴에 주근깨가 많은, 서른 살의 매키스코 씨는 이 '플롯'이라는 화제가 재미없었다. 바다를 쳐다보고 있던 그는 아내를 잠간 슥 보고는 로즈메리에게 도전적으로 질문을 던졌다.

"여기 온 지 오래됐습니까?"

"하루밖에 안 됐어요."

"그렇군요."

이제는 화제가 완전히 전환되었다고 생각하는 것으로 보이는 매키스코 씨는 사람들을 돌아가며 쳐다보았다.

*앞에서는 극의 구성 또는 줄거리라는 뜻으로 사용됐지만 덤프리는 거기에 '음모'나 '일정한 땅'이라는 뜻을 더하여 말장난을 하고 있다.

"여기서 여름을 나실 건가요?" 매키스코 부인이 별 생각 없이 물었다. "그러면 플롯이 전개되는 걸 구경할 수 있어요."

"바이올렛, 제발 그 이야기 좀 그만해!" 그녀의 남편이 호통을 쳤다. "다른 농담거리를 찾으라고, 제발!"

매키스코 부인이 에이브럼스 부인에게 몸을 기울이고 다 들리게 속삭였다.

"저이가 신경이 과민해요."

"난 과민하지 않아." 매키스코 씨가 이의를 제기했다. "조금도 과민하지 않단 말이야."

그는 눈에 띄게 얼굴을 붉혔다—얼굴 전체가 붉으락푸르락 달아올라 모든 표정이 완전히 무력화되었다. 순간 어렴풋이 자신의 상황을 깨닫고 물에 들어가기 위해 일어서자 그의 아내가 뒤따랐다. 로즈메리도 그 기회를 놓치지 않고 뒤따랐다.

매키스코 씨는 심호흡을 한 다음 얕은 물에 몸을 던지고 팔을 쭉 뻗어 지중해의 물을 밀쳐내기 시작했다. 크롤 수영임을 보이려는 게 분명했다. 그는 숨이 차자 몸을 들어 뒤를 돌아보고는 자기가 아직도 해변이 보이는 데까지밖에 못 와서 놀랍다는 표정을 지었다.

"아직도 호흡하는 법을 배우지 못했어요. 어떻게 하는지 확실히 모르겠더군요." 그는 대답을 구하듯 로즈메리를 쳐다보았다.

"물속에서 숨을 내쉬면 될 거에요." 그녀가 설명했다. "그리고 팔을 네 번째 저을 때 고개를 돌려 숨을 들이마시는 거죠."

"나는 호흡이 가장 어려워요. 뗏목으로 갈까요?"

뗏목에는 머리가 사자를 닮은 남자가 길게 누워 있었다. 뗏목이 물의 움직임과 함께 앞뒤로 기울거렸다. 매키스코 부인이 뗏목을 잡으려 손을 뻗는 순간 한쪽이 확 솟구쳐 오르면서 그녀의 팔을 거칠게 쳐 올렸다. 그러자 남자가 벌떡 일어나 그녀를 잡아 뗏목 위로 끌어올렸다.

"뗏목에 몸이 부딪쳤나 하고 놀랐어요." 느리고 수줍어하는 목소리였다. 아메리칸 인디언 같은 높은 광대뼈, 긴 윗입술, 움푹 들어간 커다란 황갈색 눈을 가진 그의 얼굴과 같은 슬픈 얼굴을 로즈메리는 거의 본 적이 없었다. 그는 마치 그 말이 빙 돌아 눈에 띄지 않는 경로를 통해 매키스코 부인의 귀에 닿기를 원하듯 옆으로 흘려 말했다. 그리고 즉시 자리를 비켜 물속으로 몸을 던졌다. 그의 기다란 몸이 해변을 향해 엎드려 꼼짝하지 않았다.

로즈메리와 매키스코 부인이 그를 지켜보았다. 몸을 던진 추진력이 소진되자 그는 갑자기 몸을 굽혔다. 홀쭉한 다리가 수면 위로 치솟더니 약간의 거품만 남기고 물속으로 감쪽같이 사라졌다.

"수영을 잘하네요." 로즈메리가 말했다.

매키스코 부인의 대답은 놀랍게도 폭력적이었다.

"그런데, 저 사람은 형편없는 음악가예요." 그녀는 남편에게 고개를 돌렸다. 그는 두 차례 실패한 끝에 가까스로 뗏목에 올라 중심을 잡았지만, 실패를 보상하기 위하여 과장된 몸짓을 해 보이다가 결국 한 번 더 비틀거리기만 했다. "방금 에이브 노스는 수영은 잘할지 몰라도 형편없는 음악가라고 말하고 있었어요."

"응." 매키스코는 마지못해 동의했다. 그는 아내의 세계를 만들어놓고 그 안에서 그녀에게 별로 자유를 허용하지 않음이 분명했다.

"나는 앤타일*이 좋아요." 매키스코 부인이 도전적으로 로즈메리에게 눈길을 돌렸다. "앤타일과 조이스. 할리우드에서는 그런 사람들에 대해 별로 들을 기회가 없겠지만 우리 저이는 미국 최초의《율리시스》비평을 썼죠."

"담배가 있으면 좋겠는데." 매키스코가 조용히 말했다. "지금 나한테는 그게 더 중요해."

"저이는 배짱이 있어요. ─그렇죠, 당신?"

그녀의 목소리가 갑자기 점점 작아졌다. 진주 목걸이의 여인이 물속에 들어가 있는 두 자식에게 가 있었는데, 에이브 노스가 화산섬처럼 둘 중 하나를 목마 태워 밀어 올리며 물밑에서 나왔다. 아이는 두려움과 즐거움이 섞인 소리를 질렀고 여

---

*George Antheil(1900~1959). 비행기 프로펠러, 초인종, 자동피아노 등으로 구성된 〈기계발레(Ballet Mecanique)〉(1926) 같은 예술영화 음악으로 유명한 미국의 아방가르드 작곡가.

인은 웃음은 없지만 평화로운, 보기 좋은 얼굴로 그들을 지켜보았다.

"저 여자가 아내인가요?" 로즈메리가 물었다.

"아뇨, 저 여자는 다이버 부인이에요. 저 사람들은 호텔에 묵지 않아요." 그녀는 사진을 찍듯 다이버 부인의 얼굴에 눈을 고정시키고 움직이지 않았다. 그러다 잠시 후 맹렬한 기세로 로즈메리에게 얼굴을 돌렸다.

"전에 외국에 나와본 적 있어요?"

"네…… 파리에서 학교를 다녔어요."

"아하! 그럼 여기서 좋은 시간을 가지려면 진짜 프랑스인 가족들을 아는 게 중요하다는 걸 알고 있겠군요. 저 사람들, 저렇게 지내서 얻는 게 뭘까요?" 그녀는 어깨로 해변 쪽을 가리켰다. "저들은 작은 패거리들을 만들어 자기들끼리만 뭉쳐요. 물론 우리는 소개장을 받아 가지고 파리에서 프랑스 최고의 화가들과 문인들을 두루 만나봤어요. 그래서 거기 있는 게 아주 즐거웠죠."

"당연히 그렇겠죠."

"실은 이이가 첫 소설을 거의 다 써가고 있거든요."

"아, 그래요?" 로즈메리는 엄마가 이 더위에 잠이 들었을까 했을 뿐 특별히 아무런 생각도 하지 않았다.

"《율리시스》와 같은 아이디어예요." 매키스코 부인이 계속 말했다. "다만 우리 이이의 소설은 스물네 시간이 아니라 백

년에 걸친 이야기죠. 영락한 옛 프랑스의 귀족을 기계 시대에 가져다 놓고 대비시키는 건데요—"

"아, 제발, 바이올렛, 사람들한테 그 아이디어 좀 얘기하지 마." 매키스코가 불평했다. "책이 나오기도 전에 그 스토리가 퍼지는 게 싫어."

로즈메리는 해변으로 헤엄쳐 돌아가 벌써 쓰라린 어깨에 가운을 걸치고 다시 햇볕 아래 누웠다. 기수 모자를 쓴 남자가 병과 작은 잔들을 들고 이 파라솔 저 파라솔 돌아다니고 있었다. 곧 그와 그의 친구들이 점점 더 활기를 띠며 가까워지더니 파라솔들을 한데 모아 모두 그 아래 모였다. 그것을 본 로즈메리는 누군가 떠나게 되어 해변의 이별주를 나누려는가 보다고 생각했다. 어린아이들마저 그 파라솔 아래서 빚어지는 홍분된 분위기에 이끌려 모두 그쪽에 정신을 팔았다. 로즈메리의 눈에는 그 모든 홍분이 기수 모자를 쓴 사람에게서 비롯하는 듯했다.

정오가 바다와 하늘을 위압했다—5마일 떨어진 곳, 흰 선으로 보이는 도시 칸이 희미해져 신선하고 시원한 무언가의 신기루가 되었다. 로빈 새 가슴 같은 주홍색 작은 범선 한 척이 멀리 떨어진 깊은 바다를 한 가닥 끌면서 들어와 정박했다. 햇빛이 여과되어 비치는 그 파라솔들 아래 말고는 이 넓은 해변 어디에도 활력이 없는 듯했다. 그 아래의 색깔과 두런두런한 소리 가운데 무언가 벌어지고 있었다.

캄피온이 로즈메리 가까이 걸어와 몇 발짝 떨어진 곳에 서자 로즈메리는 눈을 감고 자는 척했다. 그러다가 눈을 반쯤 뜨고 두 개의 흐릿한 다리 기둥을 가만히 바라보았다. 그 사람이 모랫빛 구름 속으로 조금씩 움직이려고 했지만 구름은 광대하고 뜨거운 하늘로 떠갔다. 로즈메리는 이제 확실히 잠이 들었다.

땀에 흠뻑 젖은 채 잠에서 깨보니 기수 모자를 쓴 남자만 있고 모래사장이 텅 비어 있었다. 그는 마지막 파라솔을 접고 있었다. 로즈메리가 누운 채 눈을 깜박이고 있는데 그가 가까이 와 말했다.

"갈 때 아가씨를 깨우고 가려고 했어요. 처음부터 한꺼번에 살을 너무 태우는 건 안 좋거든요."

"고마워요." 로즈메리가 자신의 시뻘건 다리를 내려다보았다. "저런!"

그녀는 쾌활하게 웃었다. 그로 하여금 계속 말하도록 유도하는 것이었지만 그는 이미 텐트와 파라솔을 대기하고 있는 차로 나르고 있었다. 그래서 그녀는 땀을 씻어내려고 바닷물로 가 몸을 담갔다. 그가 돌아와 갈퀴, 부삽, 체를 모아 어떤 바위의 갈라진 틈에 집어넣었다. 그리고 잊은 것은 없나 이쪽저쪽 모래사장을 훑어보았다.

"지금 몇 시인지 아세요?" 로즈메리가 물었다.

"1시 반 정도 됐어요."

그들은 잠시 함께 바다의 경치를 바라보았다.

"지금 시간도 나쁘진 않아요." 딕 다이버가 말했다. "더 심한 시간대도 있거든요."

그가 그녀를 쳐다보자 그녀는 열망과 확신을 가지고 빛나는 푸른 세상 같은 그의 눈 속에 잠시 머물렀다. 그런데 그는 마지막 잡동사니를 어깨에 지고 그의 차로 걸어갔다. 로즈메리는 물에서 나와 가운을 털고 호텔로 걸어갔다.

3

그들이 식당에 갔을 때는 거의 2시였다. 사람이 없는 식당 테이블 위에 햇살과 그림자가 그리는 조밀한 무늬가 바깥 소나무의 움직임에 따라 흔들리고 있었다. 두 명의 웨이터가 접시를 쌓아올리며 이탈리아 말로 크게 떠들다가 그들이 들어서자 갑자기 입을 다물고는 점심 정식이긴 하지만 요리한 지 시간이 좀 지나 신선함을 잃은 음식들을 내왔다.

"저 해변에서 사랑에 빠졌어요." 로즈메리가 말했다.

"누구하고?"

"처음에는 근사해 보이는 많은 사람들이랑. 그 다음엔 어떤 남자랑요."

"그 사람과 얘기는 했니?"

"조금요. 아주 미남이에요. 머리칼이 불그스름해요." 그녀는 걸신들린 듯 먹어댔다. "하지만 유부남이에요…… 항상 그렇죠 뭐."

그녀의 어머니는 그녀의 가장 친한 친구였고 그녀를 인도하기 위해 모든 수단을 동원했는데, 이것은 배우라는 직업에 있어서 드문 일은 아니지만, 엘시 스피어스 부인의 경우는 자신의 실패를 보상받기 위해 그런 게 아니라는 점에서 매우 특별했다. 그녀에겐 인생살이에서 가슴에 맺힌 응어리나 한이 없었다. 두 번의 결혼은 만족스러웠고 두 번 미망인이 되었지만, 그때마다 그녀의 쾌활한 극기심은 더 깊어졌다. 한 남편은 기병대 장교였고 다른 남편은 군의관이었다. 그들은 둘 다 그녀에게 무언가 남겨주었고 그녀는 그것을 있는 그대로 로즈메리에게 전해주려고 애썼다. 고생을 마다하지 않게 키움으로써 딸을 냉철하게 만들었고, 그녀 자신의 수고와 헌신을 아끼지 않음으로써 딸의 마음속에 어떤 이상주의적인 생각이 자라게 했다. 그런데 지금 그 이상주의적인 생각은 그녀 자신에게 돌려졌고 그녀는 그것을 통해 딸의 눈으로 세상을 보았다. 그리하여 스피어스 부인은 '단순한' 아이인 한 로즈메리가 자신의 갑옷과 엄마의 갑옷으로 이루어진 이중 덮개의 보호를 받았지만—그녀는 시시함과 손쉬움과 천박함에 대한 어른스러운 불신을 품고 있었다—영화배우로 일약 성공을 거둠에 따라 정신적으로 젖을 뗄 때가 되었다고 생각했다. 이 활기차고 숨 가쁘고 절박한 이상주의적인 생각이 스피어스 부인 자신 말고 다른 무언가에 집중되기만 한다면 로즈메리는 젖을 떼는 것을 아파하기보다는 기뻐할 것이다.

"그럼 여기가 좋다는 거니?" 그녀가 물었다.

"그 사람들과 알게 되면 재미있을지도 몰라요. 다른 사람들도 있지만 좋은 사람들이 아니었어요. 저를 알아보더라고요. 어딜 가나 〈아빠의 딸〉을 안 본 사람이 없어요."

스피어스 부인은 자만감이 가라앉기를 기다렸다가 사무적으로 말했다. "네가 그 말을 하니 생각나는데, 너, 얼 브레이디는 언제 찾아가 볼 거니?"

"오늘 오후에 갈까 생각했어요, 엄마만 피곤하지 않으면요."

"너나 가라, 난 안 가련다."

"그럼 내일로 미뤘다 같이 가요."

"너 혼자 갔으면 좋겠다. 가깝잖아. 네가 프랑스어를 못하는 것도 아니고."

"엄마, 제가 하지 않아도 되는 일도 있잖아요?"

"아 뭐, 그럼 나중에 가든가. 하지만 여길 떠나기 전에는 가봐야 해."

"네, 엄마."

점심 후에 그들은 해외의 조용한 지역을 여행하는 미국인들에게 엄습하기 마련인 김빠진 상태에 잠겨들었다. 어떠한 자극도 그들에게 활기를 주지 못했고, 외부의 어떠한 목소리도 그들을 불러내지 못했다. 그 어떤 단편적인 생각도 느닷없이 다른 사람들의 생각에 의해 촉발되지 않았다. 제국의 시끄러운 소리를 그리며 그들은 이곳에서는 삶이 계속되지 않는다고 생각했다.

"우리 사흘만 있다가 떠나요, 엄마." 방에 돌아와 로즈메리가 말했다. 바깥에서는 약한 바람이 나무들 사이로 열기를 힘겹게 몰고 다니는가 하면 겉창의 창살 틈으로 그 열기가 조금씩 새어 들어왔다.

"해변에서 사랑에 빠졌다는 사람은 어떡하고?"

"제가 사랑하는 사람은 엄마밖에 없어요."

로즈메리는 로비에서 고스 씨에게 기차 편에 관해 물었다. 한편 연갈색 카키 제복 차림의 호텔 안내인은 데스크 옆에 느긋하게 서서 그녀를 우두커니 쳐다보다 갑자기 자기 직업이 요하는 태도를 떠올렸다. 그녀는 기차역으로 가는 버스를 탔다. 굴종적인 태도의 웨이터 두 명이 동승했다. 그녀는 그들의 공손한 침묵이 거북했다. 그들에게 이렇게 말하고 싶었다. '자, 어서, 말들 해요, 즐겁게 가요. 난 괜찮아요.'

1등실 안은 숨이 막힐 것 같았다. 아를의 가르 수도교(水道橋), 오랑주의 원형극장, 샤모니의 동계 스포츠 등을 담은, 강렬한 색상의 철도 회사들의 광고 포스터들이 차창 너머의 움직이지 않는 긴 바다보다 더 신선했다. 자기들만의 맹렬한 운명에 열중하고 자기들보다 빠르지도, 숨 가쁘게 움직이지도 않는 다른 세상 사람들을 비웃는 미국의 기차들과는 달리 이

기차는 지나가는 주변 전원의 일부였다. 기차가 내쉬는 입김에 종려나무 잎의 먼지가 날렸고 재와 정원의 마른 거름 냄새가 한데 뒤섞였다. 로즈메리는 차창 밖으로 몸을 내밀기만 하면 꽃을 딸 수 있을 것만 같았다.

칸 기차역 바깥에는 여남은 택시 운전사들이 차 안에서 잠을 자고 있었다. 건너편 산책로의 카지노, 고급 상점들, 큰 호텔들은 여름 바다에 무표정한 철가면*을 보이고 있었다. 거기에 '시즌'**이 있었다는 게 믿기지 않았다. 다소간 유행의 포로였던 로즈메리는 남의 시선을 조금 의식하게 되었다. 마치 그녀가 죽어가는 것에 대한 병적인 취미를 드러내고 있다는 듯, 마치 사람들이 그녀를 보고는 진짜 사교계는 북부로 요란하게 이동하고 있는데 지난겨울의 흥겨움과 다음 겨울 사이의 소강상태에 있는 이곳에서 그녀가 무얼 하는지 의아해하기라도 하는 듯.

그녀가 잡화점을 겸하는 약국에서 코코넛 오일을 사가지고 나오는데 다이버 부인으로 보이는 여자가 소파 쿠션을 한아름 안고 그녀 앞을 가로질러 길 아래쪽에 주차한 차로 갔다. 몸통이 길고 키가 작은 검은색 개가 그녀를 보고 짖자 운전사

*프랑스 루이 14세 치세, 1703년 바스티유 감옥에서 사망한 죄수가 신원을 노출하지 못하도록 쓰고 있었다는, 철로 만들어진 가면.
**사교계 인사들이 모여드는 때.

가 졸다가 움찔 놀라며 잠에서 깼다. 그녀는 차에 올라탔다. 예쁜 얼굴은 흐트러지지 않고 굳어 있었으며, 용기 있어 보이는 주의 깊은 두 눈은 그저 똑바로 앞을 바라보았다. 드레스는 빨간색이었고 갈색 다리는 맨살이었다. 머리는 차우차우처럼 숱이 많은 짙은 금발이었다.

기차 시간까지 30분을 기다려야 해서 로즈메리는 크루아제트 거리의 알리에 카페에 가 앉았다. 나무들이 테이블 위에 초록빛 황혼을 드리웠고 오케스트라가 니스 카니발 송과 지난해의 미국 유행곡 연주로 가상의 코스모폴리턴들에게 구애를 했다. 그녀는 〈르 탕〉지와 엄마를 위한 〈새터데이 이브닝 포스트〉지를 사 가지고 있었는데, 시트로나드를 마시며 후자를 펴서 한 러시아 공주의 회고담을 읽었다. 프랑스 신문의 헤드라인들보다 1890년대의 모호한 관습들이 오히려 더 진짜 같고 더 가깝게 느껴졌다. 호텔에서 그녀의 마음을 무겁게 했던 것과 같은 느낌이었다―희극 또는 비극으로 강조되는, 영화라는 대륙에서 보아온 그 완전 기괴한 것들에 익숙해져 있고 혼자 사물의 본질을 가려내는 훈련이 되지 않은 로즈메리는 이제 프랑스 생활이 공허하고 진부하다고 느끼기 시작했다. 이 느낌은 오케스트라의 슬픈 선율이 보드빌 공연 곡예 시간에 연주되는 우울한 음악을 생각나게 하자 더욱 증폭되었다. 그녀는 기꺼이 고스 호텔로 돌아갔다.

그녀는 어깨가 너무 타서 그다음 날 수영을 하지 못하게 되어 엄마와 함께 자동차를 임대했다―로즈메리는 프랑스에서 돈의 유용성이 어떻다는 나름의 판단을 세워놓고 있었기 때문에 가격을 가지고 한참 실랑이를 벌였다. 그리고 그들은 여러 강줄기들로 이루어진 삼각주 리비에라 해안을 따라 드라이브를 했다. 폭군 이반 시대의 러시아 황제 같은 귀족 출신의 운전사가 가이드를 자임했다. 그러자 칸, 니스, 몬테카를로와 같은 눈부신 이름들이 무기력의 위장을 뚫고 빛나기 시작하면서 옛날에 식도락이나 죽음을 위해 이곳을 찾았던 왕들, 영국 발레리나들에게 부처의 눈길을 던져주던 인도의 영주들, 과거 풍족한 시절에 몇 주씩 그 도시들을 발트 해의 황혼으로 물들이던 러시아 군주들에 관한 이야기를 속삭였다. 무엇보다 문 닫은 서점과 식료품점 등 해안선을 따라 그 러시아인들의 자취가 남아있었다. 10년 전, 4월에 시즌이 끝났을 때 동방정교회는 문을 닫았고 그들이 좋아하는 달콤한 샴페인은 그들이 다음 시즌에 돌아오면 쓰기 위해 저장되었다. "다음 시즌에 올리라"고 그들은 말했지만, 그것은 너무 성급한 말이었다. 다시는 돌아오지 못할 운명이었으니까.

초록색이지만 우윳빛이 돌고, 푸르기는 빨래 물 같고, 짙기는 와인 같은, 어려서 가지고 놀던 색색의 유리구슬처럼 신비한 색채를 띤 바다를 보며 해안도로를 타고 오후 늦게 호텔로 돌아오는 길은 즐거웠다. 집 밖에서 식사를 하는 사람들을 지나갈 때도, 시골 작은 술집의 포도나무 덩굴 너머에서 맹렬한 자동 피아노 소리가 들릴 때도 즐거웠다. 코르니슈 도르 해변 도로에서 벗어나 수없는 초록색으로 첩첩이 쌓인 나무숲의 비탈 사이가 점점 어둑해지는 길을 지나 고스 호텔로 향할 때 달은 이미 수도교 유적 가장자리에서 기웃거리고 있었다.

호텔 뒤 언덕 어딘가에서 무도회가 열리고 있었다. 로즈메리는 모기장에 비치는 희미한 달빛을 통해 들어오는 음악 소리에 귀를 기울이다 근처 어딘가 다른 데서도 흥겨운 일이 벌어지고 있겠다는 생각이 들었다. 그리고 해변에서 본 좋은 사람들 생각이 났다. 아침에 그들을 보게 될지도 모르지만 그들은 자기들만으로 족한 작은 그룹을 이루고 있는 게 분명했다. 파라솔을 펼쳐놓고 돗자리를 깔고 강아지들과 아이들이 지정된 곳에 배치되면 해변의 그 부분은 글자 그대로 울타리로 둘렸다. 어쨌든 그녀는 나머지 이틀을 다른 그룹과 보내지 않겠다고 마음먹었다.

4

그 문제는 저절로 해결되었다. 매키스코 부부는 아직 나오지 않았으며, 그녀가 수영 가운을 모래사장에 펼치기가 무섭게 남자 둘이 일행에서 떨어져 그녀에게 왔다—기수 모자를 쓴 남자와 웨이터들을 톱으로 반 토막 낼 생각에 열중하는 키 큰 금발의 남자였다.

"안녕하세요." 딕 다이버가 말하고 몸을 굽혔다. "이봐요, 볕에 타서 그랬든 아니든, 어제는 왜 안 나왔어요? 우리 모두 걱정했어요."

로즈메리는 몸을 일으켜 앉았다. 기뻐하는 그녀의 가는 웃음 소리가 그들의 침입을 반겼다.

"혹시 오늘 아침 우리와 함께 있지 않을래요? 함께 물에도 들어가고, 먹고 마시는 거죠. 그러니까 실속 있는 초청이에요." 딕 다이버가 말했다.

그는 친절하고 매력적인 사람 같았다―그의 목소리는 그녀를 돌봐줄 것을 보증하는 목소리였다. 잠시 후면 그녀에게 새 세상을 열어 보이고 끊임없이 꼬리를 무는 기막힌 가능성을 펼쳐 보일 것 같았다. 그는 그녀의 이름을 언급하지 않으면서 그녀를 소개시켰다. 그들이 그녀가 누구인지 알지만 사생활을 완벽하게 존중해서 모두 모른 척하고 있었다는 것을 자연스레 알도록 했다. 그녀가 성공한 후로는 같은 일에 종사하는 사람들을 제외한 다른 사람들에게서는 보지 못한 친절함이었다.

진주 목걸이를 갈색 등 뒤로 돌리고 상체를 앞으로 푹 구부린 자세로 앉은 니콜 다이버는 요리책에서 치킨 메릴랜드 요리법을 찾고 있었다. 로즈메리가 추측하기에 그녀는 스물넷쯤 되어 보였다―얼굴 모습은 판에 박힌 예쁜 얼굴이라는 측면에서 묘사할 수 있겠지만, 그 느낌은, 마치 얼굴의 생김새나

안색의 밝기처럼 우리가 기질이나 인격과 결부시키는 모든 게 로댕풍의 작의(作意)를 가지고 만들어진 듯, 실물보다 더 큰 견고한 구조물에 표시를 한 다음, 그게 예쁜 얼굴이 되도록 깎아 나가되, 끝이 한 번이라도 잘못 비껴 나가면 그 강렬함과 특성이 돌이킬 수 없이 감소될 수 있는 단계까지 조각된 듯했다. 입에 있어서는 조각가가 무모한 모험을 했다. 입술 모양이 잡지 표지에서 볼 수 있는 큐피드의 활 모양이었는데, 그래도 얼굴의 다른 부분과 공통되는 특징은 잃지 않았다.

"여기 오래 있을 건가요?" 니콜이 물었다. 거칠다고 할 수 있는, 낮은 목소리였다.

로즈메리는 한 주 더 있을 수도 있다는 가능성이 마음속에 형성되는 것에 저항하지 않았다.

"아주 오래 있지는 않을 거예요." 그녀는 애매한 대답을 했다. "외국에 나온 지 오래되어서요. 3월에 시칠리아에 발을 디디고 나서 천천히 북쪽으로 이동했어요. 지난 1월에 영화를 찍다가 폐렴에 걸려서 건강을 회복하는 여행이었죠."

"저런! 어쩌다 그렇게 됐어요?"

"수영하다가요." 로즈메리는 개인적인 일을 늘어놓는 것이 다소 주저되었다. "어느 날 독감에 걸린 것도 모르고 베네치아의 수로에 뛰어드는 장면을 찍게 됐어요. 세트에 돈이 많이 들어갔기 때문에 아침 내내 몇 번이나 물속에 들어가야 했죠. 엄마가 현장에 의사를 불렀지만 아무런 소용이 없었어요. 결국은 폐렴에 걸렸죠." 그녀는 사람들이 무슨 말을 하기도 전에 단호히 화제를 다른 데로 돌렸다. "여기가 좋으세요? 이곳을 좋아하세요?"

"좋아할 수밖에 없죠." 에이브 노스가 천천히 말했다. "우리야 이곳을 만들어낸 당사자들이니까요." 그는 귀족적으로 생긴 머리를 천천히 돌려 다정하고 애정 어린 눈으로 다이버 부부를 쳐다보았다.

"아, 그러세요?"

"그 호텔이 여름 시즌에 문을 연 것은 이번이 두 번째에요." 니콜이 설명했다. "우리가 고스를 설득해 요리사와 급사와 웨이터를 한 명씩만 있게 해달라고 했어요. 그래도 손해는 보지 않았고 금년에는 더 잘되고 있지요."

"하지만 다이버 씨 가족은 호텔에 묵지 않으시잖아요."

"우리는 저 위 타르메*에 집을 지었거든요."

"그건 이런 생각인 거죠." 딕이 로즈메리의 어깨에 비치는 한 조각 볕을 차단하기 위해 파라솔의 위치를 조정하며 말했다. "도빌과 같은 북부의 도시들은 추운 날씨를 마다하지 않는 러시아인들과 영국인들이 차지한 한편, 우리와 같은 미국인 중 절반은 열대 지방 출신이라는 것이죠. 그래서 이곳을 찾기 시작한 것이고요."

*소설 속 허구의 마을. 지중해가 내려다보이는 앙티브 언덕의 어떤 마을을 모델로 했을 것이다.

라틴계 용모의 그 젊은 남자는 〈뉴욕 헤럴드〉지의 페이지를 넘기고 있었다.

"이거 원, 이 사람들은 국적이 뭐지?" 그가 갑자기 그렇게 말하고는 약간 프랑스어 억양이 섞인 말로 기사를 읽기 시작했다. "'브베의 팔라스 호텔의 투숙객 명단은 다음과 같다. 팬들리 블라스코, 마담 보니스'—내가 과장해서 읽는 거 아니에요—'코리나 메돈카, 마담 파슈, 세라핌 툴리오, 마리아 아말리아 로토 메이스, 모이세스 튜벨, 마담 파라고리스, 어포슬 알렉산더, 욜란다 요스풀루, 그리고 제네베바 데 모무스!' 이 여자가 제일 끌려요—제네베바 데 모무스. 이 제네베바 데 모무스는 브베까지 달려가 한번 볼 만한 가치가 있을 거 같기도 해요."

그는 갑자기 가만히 있지 못하고 한 번의 날쌘 동작으로 몸을 쭉 뻗치며 일어섰다. 다이버나 노스보다 몇 살 어린 사람이었다. 키가 크고 단단한 몸이지만, 어깨와 위팔 부분에 몰린 근육 외에는 너무 홀쭉했다. 첫눈에 그는 판에 박은 미남으로 보였다—하지만 강렬하게 이글거리는 갈색 눈빛을 손상시키는 어렴풋한 혐오감이 한시도 그의 얼굴을 떠나지 않았다. 그래도 훗날, 사람들은 지루한 것을 못 견뎌하는 입이나 무익한 고뇌와 짜증으로 깊이 주름진 이마는 잊었어도 그 눈만은 기억했다.

"우리도 지난주 신문에서 미국인 이름 중에 걸작을 봤어요." 니콜이 말했다. "에블린 오이스터, 그리고…… 또 뭐가 있었죠?"

"S. 플레시가 있었지.*" 다이버가 일어서며 말했다. 그는 갈퀴를 들고 진지하게 모래사장에서 작은 돌멩이를 골라내기 시작했다.

"아, 그렇지, S. 플레시. 이름이 소름 끼치지 않아요?"

니콜과 단둘이 있으니 조용했다—로즈메리는 엄마와 있을 때보다 더 조용하다고 느꼈다. 에이브 노스와 프랑스인 바르방은 모로코 이야기를 하고 있었다. 니콜은 요리법을 다 베끼고 바느질할 거리를 집었다. 로즈메리는 그들의 비품을 살펴보았다—차양이 되어 그늘을 조성해주는 커다란 파라솔 네개, 이동식 탈의실, 압축공기를 넣은 고무 말, 로즈메리로서는 처음 보는 새로운 것들이 있었다. 전쟁이 끝나고 처음 폭발적으로 생산되어 나온 사치 상품들이었다. 아마도 그들은 가장 먼저 그것들을 소유한 사람들일 것이다. 그녀는 그들이 상류 유행을 따르는 사람들이라고 추측했다. 하지만 엄마에게 무위도식하는 사람들을 주의하라는 가르침을 받고 자랐어도 이들이 그렇다는 생각은 들지 않았다. 아침의 부동 상태처럼 완벽하게 전혀 움직이지 않을 때에도 그들에게는 어떤 목적이 있는 것 같았고 무언가 음미하는 것 같았으며, 방향이 있는 것

---

*오이스터는 굴이라는 뜻의 oyster와, 플레시는 살코기라는 뜻의 flesh와 철자가 같다.

같았고 그녀가 알아온 것과는 색다른 창조 행위를 하는 것 같았다. 그녀는 아직 생각이 미숙하여 그들이 서로 맺고 있는 관계의 본질을 숙고해보지 않고, 오직 자기에 대한 그들의 태도만 신경 썼다. 하지만 그녀는 그들에게서 거미줄같이 얽힌, 어떤 친절하고 예의 바른 상호관계를 감지했으며, 이것은 그녀의 마음속에 그들이 매우 즐거운 시간을 보내고 있는 것 같다는 생각이 드는 것으로 표현되었다.

그녀는 잠시 세 남자를 마음대로 취하여 차례대로 바라보았다. 세 사람 다 각기 나름대로 매력적이었다. 그들 모두에게 어떤 특별한 상냥함이 있었는데, 그녀가 생각하기에 그것은 교제 상황에 따라 보이는 것이 아닌, 배우들의 사교상의 예절도 아닌, 과거에도 그랬고 미래에도 그러할 그들 삶의 일부인 것 같았다. 그녀는 또한 그녀의 인생에서 지식인의 표본이 되는 감독들의 친절한 임시변통 사교술과는 다른 폭넓은 섬세함을 감지했다. 배우와 감독—그들은 그녀가 알아온 유일한 남자들이었다. 그들 외에 그녀가 지난해 가을 예일 대학교의 무도회에서 만난, 서로 구분이 안 되는 잡다한 대학생 무리는 첫눈에 반하는 사랑에만 관심이 있었다.

이 세 남자는 달랐다. 바르방은 다른 두 남자에 비해 교양이 모자라고 더 회의적이고 조소적이었으며, 그의 예절은 격식을 차린 것으로 심지어는 기계적이기까지 했다. 에이브 노스의 수줍음 이면에 있는 극단적인 기질은 그녀로서는 우스웠지만 영문을 알 수 없는 것이었다. 그녀는 자신의 진지한 천성 때문에 그에게 최고의 인상을 줄 수 없을 것 같았다.

그러나 딕 다이버—그런 점에서 그는 아주 완벽했다. 그녀는 묵묵히 황홀하게 그를 바라보았다. 피부색이 붉고 햇볕과 바람에 그을었으며 짧은 머리칼도 그랬다—팔에 난 많지 않은 털이 손등까지 이어졌다. 눈은 밝고 선명한 파란색이었다. 코는 약간 뾰족했으며, 그가 누구를 보고 누구에게 말하고 있는지 언제나 분명히 알 수 있었다—이러한 주의 집중은 상대방의 기분을 으쓱하게 했는데, 그도 그럴 것이, 누가 우리를 그렇게 쳐다보겠는가? 관심이 있고 없고를 떠나 사람들의 시선은 상대를 흘끗 보는 것에 지나지 않는다. 무언가 아일랜드의 선율이 흐르는 듯한 느낌을 주는 그의 목소리는 온 세상 사람들에게 사랑을 구하는 것이었지만, 그녀는 그에게서 자신의 장점이기도 한 냉철과 자제와 자율의 층을 감지했다. 오오, 그녀는 그를 선택했다. 니콜은 고개를 쳐들다가 로즈메리가 그를 선택하는 것을 보았고, 그는 이미 임자가 있는 사람이라는 사실에 그녀가 내쉰 작은 한숨 소리를 들었다.

정오가 가까웠을 때 매키스코 부부, 에이브럼스 부인, 덤프리, 시뇨르 캄피온이 해변에 나왔다. 그들은 다이버 일행 쪽을 흘끔흘끔 곁눈질하며 새 파라솔을 펼쳐 세우고는 만족스러운 표정으로 그 아래로 기어 들어갔다—매키스코 씨만 비웃듯 혼자 밖에 남았다. 딕이 갈퀴질을 하며 그들 가까이 지나갔다가 자기 일행의 파라솔로 돌아왔다.

"저 두 젊은이가 함께 《예절의 규칙》을 읽고 있네." 그가 낮은 소리로 말했다.

"상류층과 어울릴 생각인가 보군." 에이브가 말했다.

로즈메리가 첫날 본 뗏목 위에 있던, 바로 그 햇볕에 잘 그은 젊은 여자인 메리 노스가 수영을 하고 돌아와 방탕기가 반짝이는 웃음을 지으며 말했다.

"'강심장 부부'가 나왔군요."

"여기 저 사람들 편이 있잖아요." 니콜이 에이브를 가리키며 상기시켰다. "가서 말 좀 걸어보지그래요? 저 사람들 매력적인 것 같지 않아요?"

"대단히 매력적인 것 같아요." 에이브가 동의했다. "다만 그냥 매력적이지 않다고 생각할 뿐."

"그런데, 이번 여름에는 이 해변에 사람이 너무 많은 것 같아요." 니콜이 인정했다. "자갈밭이었던 것을 딕이 바꾸어놓은 다름 아닌 '우리' 해변인데." 그녀는 무언가 생각하더니 그들 뒤의 다른 파라솔 아래 앉아 있는 유모 삼총사가 듣지 못하게 목소리를 낮췄다. "그래도 저 사람들은 작년 여름 그 영국인들보다는 나아요. 그들은 돌아다니며 '바다가 파랗지 않아? 하늘이 하얗지 않아? 어린 넬리의 코가 빨갛지 않아?'라는 둥 큰 소리로들 떠들어댔죠."

로즈메리는 니콜과 적이 되면 안 되겠다고 생각했다.

"하지만 저 사람들이 싸우는 걸 보셨어야 하는데." 니콜이 계속했다. "여러분이 여기 오기 전날, 저 결혼한 남자가, 저 사람 이름이 가솔린이든가 버터의 대용품 상표 같은 거였는데……"

"매키스코?"

"맞아요. 그 부부가 말다툼을 했는데, 여자가 모래를 집어 남자의 얼굴에 던졌어요. 당연히 남자가 위에 올라타고 여자의 얼굴을 모래에 처박아 비벼대지 뭐예요. 우리는…… 전기 쇼크를 먹은 것 같았어요. 딕이 가서 싸움을 말렸으면 했어요."

"있잖아." 딕 다이버가 멍하니 돗자리를 내려다보다가 말했다. "가서 저 사람들을 저녁 식사에 초대해야겠어."

"아니, 하지 마요." 니콜이 얼른 말했다.

"아주 잘한 일이 될 거야. 어차피 여기에 있을 사람들이니까, 우리가 적응하자고."

"우리는 아주 잘 적응되어 있어요." 그녀가 웃으며 우겼다. "난 '내' 코가 모래 속에 처박히게 가만있지 않을 거예요. 나는 치사하고 냉정한 사람이거든요." 그녀가 로즈메리에게 설명했다. 그리고 아이들에게 목청을 높였다. "애들아, 수영복 입어야지!"

로즈메리는 이 수영이 그녀의 인생에서 대표적인 수영, 수영이라는 말만 들으면 항상 떠오르는 것이 되리라는 생각이 들었다. 일행 모두가 동시에 바닷물을 향해 나갔다. 한참 동안 억지로 가만히 있던 터라 물에 들어갈 준비가 되고도 남았다.

알알한 카레와 차가운 화이트 와인의 미식을 즐긴 후 더운 곳에서 시원한 곳으로의 이동이었다. 다이버 가족의 하루는 옛 문명사회의 하루처럼 가까이에 있는 물자에서 최대의 산출을 얻도록, 그리고 모든 이동에 최대한의 개별적인 가치가 주어지도록 일정한 간격을 두고 구분되어 있었다. 수영에 완전히 몰입하다가 곧 프로방스식 점심 수다로 또 다른 이동이 있으리라는 것을 그녀는 알지 못했다. 하지만 그녀는 다시금 딕이 자기를 돌봐주리라는 것을 직감으로 알았으며, 마침내 이동하게 되었을 때 명령에 답하듯 기꺼이 응했다.

니콜이 손수 만들고 있던 별난 옷을 남편에게 주었다. 그가 탈의실에 들어가 갈아입고 나온, 살이 들여다보이는 속옷 같은 검은 레이스 반바지 때문에 한바탕 소동이 났다. 자세히 보면 사실 그건 살색 안감을 댄 것이었다.

"저런, 동성연애자의 장난 같군요!" 매키스코 씨가 경멸적으로 외쳤다. 그리고 고개를 홱 돌려 덤프리 씨와 캄피온 씨를 보고는 한마디 덧붙였다. "아, 죄송합니다."

로즈메리는 그 수영 팬츠를 보고 즐거워 마음이 들떴다. 순진한 그녀는 다이버 부부의 비싼 단순함에 열렬한 반응을 보였다. 그 단순함이 실은 복합적이고 순수함이 결여되어 있다는 것을 몰랐던 것이다. 그것은 양보다는 질로서, 세상이라는 시장에서 보통 얻을 수 있는 것에서 정선한 것임을 몰랐던 것이다. 행동의 단순함, 아기의 방 같은 평화와 선의, 보다 단순한 미덕의 강조는 그들이 신들과 필사적으로 벌인 흥정의 일부로서, 그녀로서는 짐작도 하지 못할 분투를 통해 얻은 것임을 그녀는 몰랐던 것이다. 그 순간 다이버 부부는 표면상 가장 멀리 진화한 바로 그 계층을 상징했다. 그래서 그들 옆에 있는 사람들 대부분이 어색해 보였다―로즈메리에게는 전혀 보이지 않았지만 사실상 질적인 변화가 이미 시작되었던 것이다.

그녀는 셰리주를 마시거나 크래커를 먹는 그들 옆에 서 있었다. 딕 다이버가 차가운 푸른 눈으로 그녀를 쳐다보았다. 그의 친절하고 강인한 입에서 신중하고 찬찬한 말이 흘러나왔다.

"로즈메리 양처럼 그야말로 무언가 피어나는 것처럼 보이는 여자는 정말 오랜만에 봐요."

나중에 로즈메리는 엄마의 무릎에 얼굴을 묻고 울고 또 울었다.

"저 그 사람을 사랑해요, 엄마. 그를 죽도록 사랑해요. 누군가한테 이런 감정을 가질 줄은 몰랐어요. 그런데 그 사람은 기혼자예요. 게다가 저 그 사람의 아내도 좋아해요, 절망적이에요. 오오, 저 그 사람을 너무나 사랑해요!"

"그 사람이 누군지 만나보고 싶구나."

"부인이 금요일 저녁 식사에 우리를 초대했어요."

"사랑에 빠졌으면 기뻐해야지. 웃어야지."

로즈메리는 고개를 들어 엄마를 쳐다보고 얼굴을 예쁘게

살짝 떨더니 소리 내어 웃었다. 그녀의 엄마는 언제나 그녀에게 지대한 영향을 미쳤다.

5

로즈메리는 있는 대로 부루퉁해서 몬테카를로로 갔다. 그녀는 라 튀르비*의 울퉁불퉁한 언덕길을 차로 올라 재건축 중인 옛 고몽 영화사 촬영소를 찾아갔다. 창살문 입구에서 명함에 적어 들여보낸 메시지에 대한 응답을 기다리는 동안 할리우드를 들여다보고 있는 것 같았을 것이다. 최근에 영화를 찍고 난 뒤의 잔해, 인도의 퇴락한 거리 장면 세트, 판지로 만든 거대한 고래가 있었다. 또, 이국적인 섭리로 개화한, 연자주색 아마란스, 미모사, 코르크나무나 보득솔처럼 자생적인, 농구공만 한 체리가 달린 기괴한 나무가 있었다. 간이식당용 막사와 헛간 같은 무대 두 개가 있었고 기다리는 사람들, 꿈에 부푼 사람들, 분장한 얼굴을 한 사람들이 촬영소 사방에 무리를 지어 있었다.

10분이 지나자 머리칼이 카나리아 깃털 색인 한 청년이 서둘러 문으로 왔다.

*모나코의 산악 마을.

"들어오세요, 호이트 양. 브레이디 감독님은 세트에 있어
요. 하지만 호이트 양을 몹시 보고 싶어 하세요. 기다리게 해
서 미안합니다. 하지만 어떤 프랑스 여자들은 극성스러워서
허락 없이 침입하거든요……"

스튜디오 관리인인 그가 무대 건조물의 텅 빈 벽에 난 작은
문을 열었다. 갑자기 친숙한 환경을 보게 되어 반가운 로즈메
리는 어둑한 곳으로 그를 따라갔다. 여기저기에 사람들의 모
습이 땅거미 속의 얼룩처럼 어른거렸다. 그들은 인간이 지나
가는 것을 쳐다보는 연옥의 영혼들처럼 잿빛 얼굴을 그녀에게
돌렸다. 로즈메리와 관리인이 이동식 무대배경 판자로 형성된
모서리를 돌자 무대의 활기찬 백색 불빛이 비쳤다. 그곳에 프
랑스 남자 배우와―셔츠 가슴 부분과 칼라, 소맷부리가 아주
밝은 분홍색이었다*―미국 여배우가 서로 마주 본 채 꼼짝 않
고 서 있었다. 그들은 몇 시간 동안 그런 자세였던 것처럼 상대
에게 지지 않으려는 눈으로 서로를 응시하고 있었다. 그럼에도
여전히 한참 동안 아무것도 진행되지 않았고, 아무도 움직이지
않았다. 길게 늘어서 있는 조명등 한 줄이 맹렬하게 쉬익 소리
를 내며 꺼졌다가 다시 켜지고, 멀리에서 어딘지 모를 곳으로
들여보내 달라고 호소하듯 망치로 똑똑 가볍게 두드리는 소리
가 났다. 그러더니 무대 위쪽 눈부신 조명등이 있는 데서 얼굴

---

*흑백영화 촬영시 흰 셔츠는 반사가 심해서 분홍색으로 흰색의 효과를 냈다.

이 푸르게 보이는 사람이 나타나 그보다 더 위쪽의 깜깜한 곳을 향해 무언가 알아들을 수 없는 말을 했다. 그때 로즈메리 앞에서 들려온 어떤 목소리가 정적을 깨뜨렸다.

"이봐, 스타킹 좀 벗지 마, 열 켤레는 더 버리겠어. 그 드레스 무게가 15파운드나 된다고."

그 목소리의 주인공이 뒷걸음치다 로즈메리와 부딪치자 스튜디오 관리인이 말했다. "얼, 여기는 호이트 양이에요."

그들이 만난 건 그때가 처음이었다. 브레이디는 빠르고 활기찼다. 그는 악수를 하면서 그녀를 머리끝에서 발끝까지 훑어보았다. 그녀는 그런 몸짓이 무엇인지 알아보았으며, 집에 온 듯 마음이 편해졌다. 그런 몸짓을 보이는 사람에게 그녀는 언제나 은근한 우월감을 느꼈다. 몸이 재산이라면 그 재산 소유권의 고유한 이점을 행사할 수 있는 것이다.

"조만간 찾아올 거라고 생각했어요." 브레이디가 말했다. 사사로운 만남이라고 보기에는 좀 지나치게 강렬한 목소리로 말하면서 런던 노동자 계층의 도전적인 억양이 어렴풋한 발음을 길게 뺐다. "여행은 즐거웠어요?"

"네, 하지만 곧 집에 가게 돼 기뻐요."

"가다니요!" 그가 항의했다. "좀 더 있어요. 얘기를 나누고 싶어요. 호이트 양의 영화 굉장했어요, 그 〈아빠의 딸〉 말이에요. 나는 그걸 파리에서 봤어요. 그리고 호이트 양이 다음 출연 계약을 맺었는지 알아보기 위해 곧바로 캘리포니아에 전보를 쳤지요."

"그땐 막 계약했을 때였는데. 미안해요."

"아, 정말 대단한 영화예요!"

바보처럼 맞장구치며 웃고 싶지 않아서 로즈메리는 얼굴을 찡그렸다.

"영원히 단 한 편의 영화만으로 기억되길 원하는 사람은 없어요." 그녀가 말했다.

"아무렴요. 그렇죠. 앞으로 계획이 어떻게 돼요?"

"좀 쉬어야 한다고 엄마가 그러셨어요. 집에 돌아가면 아마 우리는 퍼스트 내셔널로 가든가 아니면 페이머스*에 그대로 있든가 할 거예요."

"우리라뇨?"

"엄마요. 일 관계를 결정하시죠. 전 엄마 없이는 아무것도 못할 거예요."

그는 다시 그녀를 샅샅이 살펴보았다. 그가 그러는 사이 로즈메리의 마음속 무언가도 그에게 향했다. 그것은 좋아하는 감정이 아니었다. 그날 아침 해변의 그 남자에게서 느낀 자연스러운 경애심도 전혀 아니었다. 그것은 순간적인 번뜩임이었다. 그는 그녀를 탐했고, 처녀의 감정이 미치는 범위 안에서 그녀는 침착하게 몸을 맡기는 생각을 했다. 하지만 그곳을 떠

---

*두 곳 모두 실재했던 영화사로, 페이머스는 파라마운트의 전신이다.

나 30분이면 그를 잊을 거란 것을 알고 있었다. 영화에서 키스한 상대역 남자 배우처럼.

"어디에 묵고 있어요?" 브레이디가 물었다. "아, 그렇지, 고스 호텔이지. 그런데 나도 금년 일정이 다 짜여 있어요. 하지만 내가 보낸 그 편지 내용은 아직도 유효해요. 소싯적 코니 탈미지* 이후로는 그 어떤 배우보다 호이트 양과 영화를 만들고 싶어요."

"저도 그래요. 할리우드로 돌아오시는 게 어때요?"

"그 망할 할리우드는 견딜 수가 없어요. 여기서도 괜찮아요. 이 장면 촬영이 끝날 때까지만 기다려요, 여기 구경시켜줄게요."

그는 세트로 올라가 프랑스 배우에게 무언가 조용히 소곤거리기 시작했다.

5분이 지났다. 브레이디는 여전히 말하고 있었고 프랑스 배우는 가끔 발의 위치를 바꾸거나 고개를 끄덕거렸다. 갑자기 브레이디가 말을 멈추더니 조명 쪽에 무언가 얘기하자 조명이 깜짝 놀라 웅 소리를 내며 눈부시게 비쳤다. 이제 시끄러워진 그녀의 주변은 로스앤젤레스를 옮겨놓은 듯했다. 그녀는 태연하게 다시 얇은 칸막이들의 도시를 통과했다. 그러면서도 그곳에 남아 있고 싶었다. 하지만 촬영을 마친 뒤 브레이디가 무

*Constance Talmadge(1898~1973). 미국의 무성영화 배우.

엇을 하고 싶은 기분일지 알기 때문에, 그게 싫어서 여전히 매혹된 채 촬영소를 떠났다. 스튜디오가 그곳에 있다는 것을 알고 나니 지중해의 세계는 이제 그전처럼 조용하게 느껴지지 않았다. 그녀는 거리에서 본 사람들이 마음에 들었으며 기차역으로 가는 길에 에스파드리유*를 한 켤레 샀다.

그녀의 어머니는 딸이 자신이 시킨 그대로 해서 기뻐했지만, 그래도 그녀를 독립시켜 세상에 내보내기를 원했다. 겉으로는 생기가 있어 보였어도 스피어스 부인은 지쳐 있었다. 임종은 그 자리를 지키는 사람을 실로 지치게 만드는 법인데 그녀는 두 번이나 그런 것을 지켜보았다.

6

점심에 로제 와인을 마시고 기분이 좋아진 니콜 다이버는 어깨의 동백꽃 조화가 볼에 닿을 정도로 팔짱을 끼고 잔디가 없는 아름다운 정원으로 나갔다. 정원 한 쪽 면은 집 건물에 접하고 있어서 집에서 흘러나오고 집으로 흘러들어갔으며, 두 쪽 면은 옛 마을과 면했고 나머지 한 쪽 면은 바위 턱들을 지나

*새끼 같은 걸 꼬아 만든 바닥에 윗부분은 천으로 된 가벼운 신발.

바다로 떨어지는 절벽과 면했다.

마을 쪽을 면한 담을 따라 있는 것은 모든 게 칙칙했다. 꿈틀거리는 덩굴, 레몬나무와 유칼립투스나무, 아무렇게나 놓아둔 손수레 등 조금 전에 지나왔는데도 벌써 보도 안으로 자라났다가 위축되어 어렴풋이 썩고 있었다. 반대쪽으로 돌아서 모란꽃 밭을 지나 풀잎과 꽃잎이 부드러운 습기로 둥글게 말려드는 녹음이 짙고 시원한 부분으로 갔을 때 니콜은 늘 그렇듯 슬쩍 놀라워했다.

목에서 매듭을 지어 쓴 라일락색 스카프는 무색의 햇빛을 받아 그녀의 얼굴을 연보랏빛으로 비추었고 걸음을 옮기는 발 주변으로 라일락색 그림자를 드리웠다. 표정은 쌀쌀하여 근엄하다고도 할 수 있었지만 동정심 어린 의심을 품고 은은하게 빛나는 초록색 눈은 예외였다. 한때 밝았던 금발은 그 빛을 잃었지만, 머리칼이 그녀보다 더 밝았던 열여덟 살 때보다 스물네 살인 지금이 더 아름다웠다.

희뿌연 과분(果粉)*이 또렷하고 흰 돌로 가장자리를 두른 보도를 따라가다 그녀는 바다가 바라다보이는 지점에 이르렀다. 무화과나무에 걸린 채 잠든 랜턴들, 커다란 식탁과 고리버들 의자들, 시에나산(産) 상점용 대형 파라솔이 모두 정원에서 가장 큰 거대한 소나무를 중심으로 모여 있었다. 아이 방에서 무

---

*과실이나 잎 따위에 생기는 미세한 밀랍 같은 흰 가루.

슨 말다툼이 있는지 집 안에서 들려오는 불평과 비난에 귀를 기울이며, 잠시 멈추어 서서 한련과 붓꽃이 아무렇게나 뿌린 한 줌 씨에서 자라난 듯 소나무 밑동에 서로 엉켜 있는 모습을 물끄러미 바라보았다. 그녀는 그 소리가 여름철 산들바람에 실려 잦아들자 다시 걷기 시작했다. 길 양쪽에 분홍색 구름같이 몰려 있는 모란꽃, 검정과 갈색 튤립, 자칫 부러질 것 같은 연한 자줏빛 줄기의 장미꽃 등 투명하기가 제과점 진열창 안의 설탕꽃 같았다—꽃들이 연주하는 색깔의 스케르초가 절정에 이른 듯 갑자기 공중에서 뚝 끊기더니 5피트 아래의 지대로 내려가는 축축한 계단이 나왔다.

절벽의 이 지대 부분에 우물이 있었는데, 그 주위를 두른 널빤지 바닥은 더없이 화창한 날에도 축축해서 미끈거렸다. 그녀는 반대편 계단을 올라 채소밭으로 갔다. 꽤 잰 걸음으로 걸었다. 활동적인 것을 좋아했지만 때로는 가만히 있는 가운데 어딘지 모르게 그리움을 자아내는 안식을 취한다는 인상을 주었다. 별로 아는 말도 없는 데다 말을 신뢰하지도 않았기 때문인데, 사교계에서는 주로 입을 다물고 있다가 어딘가 빈약하다는 느낌에 가까운 정확한 방식으로 자기 몫의 세련된 유머를 보탰을 뿐이다. 하지만 낯선 사람들이 이 절제의 질서 앞에 불편해하는 기미가 보이면 화제를 잡아채서는 그녀 자신도 놀라리만치 열중해서 청산유수로 내닫곤 했다—그러다가도 필요가 충족되고도 남음이 있을 때, 고분고분한 리트리버처럼 그것을 제

자리에 가져와서는 머뭇머뭇하다 툭 하고 던져 놓는 식이었다.

그녀가 채소밭의 희미한 초록빛 속에 서 있는데 딕이 그녀의 앞쪽 길을 가로질러 그의 작업실로 향했다. 니콜은 그가 다 지나가도록 조용히 기다렸다. 그런 다음 줄지어 자라고 있는 미래의 샐러드 밭을 지나 비둘기와 토끼와 앵무새가 그녀를 향해 무례한 소리의 메들리를 부르는 작은 동물원으로 갔다. 그리고 다른 절벽 턱으로 내려가 낮고 굽은 담 너머 7백 피트 아래의 지중해를 내려다보았다.

그녀가 서 있는 곳은 고대에 세워진 타르메 산마을이었다. 이 별장과 뜰은 절벽에 연해서 한 줄로 늘어선 농가들이 있던 자리였다—작은 농가 다섯 채를 합해서 집을 만들었고 네 채는 허물어 정원을 만들었다. 외벽은 손을 대지 않아서 한참 아래에 있는 도로에서 보면 보랏빛 도는 회색의 집합체인 마을 전체와 구별되지 않았다.

니콜은 잠시 지중해를 바라보았지만, 지칠 줄 모르는 손을 가지고도 그것으로 무언가 할 것은 없었다. 얼마 안 있어 방 한 칸 크기의 별채 작업실에 있던 딕이 망원경을 가지고 나와 칸 시(市)가 있는 동쪽을 보았다. 곧 니콜이 망원경의 시야에 들어오자 작업실 안으로 사라지더니 확성기를 들고 나왔다. 그는 가벼운 기구들을 많이 가지고 있었다.

"니콜." 그가 외쳤다. "깜박 잊고 말 안 한 게 있는데, 내가 마지막으로 사도의 은혜를 베풀기 위해 에이브럼스 부인을 초대했어, 그 백발 할머니."

"그럴 줄 알았어요. 반칙이에요."

힘을 들이지 않은 대답이 그에게 들려 확성기를 하찮아 보이게 하는 것 같아 그녀는 목청을 높였다. "들려요?"

"들려." 그는 확성기를 내렸다가 고집스럽게 다시 들어올렸다. "다른 사람들도 초대할 거야. 그 두 청년도."

"알았어요." 그녀는 차분하게 동의했다.

"아주 '고약한' 파티를 열고 싶어. 정말이야. 말다툼과 유혹이 있는 파티를 열고 싶어. 사람들이 집에 갈 때 마음의 상처를 받고 여자들은 화장실에서 기절하는 파티를. 두고 봐."

그는 다시 작업실로 들어갔다. 니콜은 그가 특유의 기분에 휩싸인 것을 알았다. 그것은 모든 사람들을 휩쓸고는 필연적으로 그 자신만의 방식으로 우울해지는 흥분이었다. 그는 내색하는 적이 없었지만 그녀는 그것을 짐작으로 알 수 있었다. 어떤 일에 대한 그의 흥분은 일의 중요도와는 걸맞지 않게 강렬해져 어떤 분야에 대가(大家)가 영향을 끼치듯 사람들 사이에 실로 놀라운 흥미를 불러일으켰다. 그에게는 쉽게 남의 영향을 받지 않고, 영원히 의심 많은 소수를 제외한 모든 사람의 마음을 빼앗아 무비판적인 사랑을 하도록 자극하는 힘이 있었다. 그 반작용인 우울은 흥분에 따르는 낭비와 사치를 실감했을 때 나타났다. 비인간적인 살인 충동을 충족시키기 위해 명령한 대량 학살을 나중에 바라보는 군사령관처럼, 간혹 그는 호의로 베푼 흥청거림을 두려운 마음으로 뒤돌아보곤 했다.

하지만 얼마 동안 딕 다이버의 세계에 포함된다는 것은 놀라운 경험이었다. 사람들은 그가 오랜 세월에 걸친 현실과의 타협 속에 파묻힌, 자신들만의 독특한, 자부심이 깃든 운명이 있음을 알아보고 자기들을 위하여 특별히 자기들이 어떠한 사람이라는 판단을 유보한다고 믿었다. 그는 섬세한 배려와 정중함으로 모든 사람들의 마음을 금방 사로잡았는데, 그러한 배려와 정중함은 그것이 끼친 영향을 보고서야 음미할 수 있을 정도로 신속하고 직관적으로 발휘되었다. 그러고 나면 딕은 그 관계가 피운 최초의 꽃이 시들지 않도록 아무런 경고도 없이 그의 재미있는 세상으로 들어가는 문을 열었다. 사람들이 그런 상황에 전적으로 동의하는 한 그들의 행복은 그의 주요 관심사였지만, 거기엔 모든 것이 포함된다는 것에 대한 일말의 의심이 조금이라도 비치는 순간 그는 무슨 말을 했는지 무슨 행동을 했는지 그 어떤 기억도 남기지 않은 채 그들의 시야에서 사라졌다.

그날 저녁 8시 30분, 그는 제일 먼저 도착한 손님들을 맞이하러 나갔다. 투우사의 케이프처럼 재킷을 쥐었는데 다소 격식을 차린, 다소 좋은 조짐을 보이는 모습이었다. 로즈메리와 그녀의 어머니를 맞이한 다음, 마치 그들이 새로운 환경 속에서 자신들의 목소리를 재확인할 수 있도록 그러는 듯 그들이 먼저 말하기를 기다린 것은 실로 그다웠다.

로즈메리의 시점으로 돌아가 이야기를 계속하자면, 그녀와 그녀의 어머니는 타르메에 오르는 길과 신선한 공기에 매료되어, 감탄하며 주변을 두리번거렸다는 말부터 해야 할 것이다. 비범한 사람들의 자질이 일상에서 벗어난 표정의 변화로 평범하게 보일 수 있는 것처럼, 치밀히 계산된 빌라 다이애나의 완벽함은 불시에 배경에 출현한 하녀랄지 기대를 거스르는 한 그루의 코르크나무*와 같은 사소한 흠으로 인해 증발했다. 첫 손님들이 밤의 흥분을 안고 도착했을 때 그날의 가족 활동은 조용히 그들을 스쳐 물러갔으며, 이것은 다이버 부부의 아이들과 가정교사가 아직 테라스에서 저녁을 먹고 있는 모습으로 상징되었다.

　　"정원이 정말 아름다워요!" 스피어스 부인이 탄성을 질렀다.

　　"니콜의 정원이죠." 딕이 말했다. "가만히 내버려두질 않아요. 늘 들들 볶아요, 병에 걸릴까 봐요. 이러다간 얼마 안 있어 아내가 흰가루병이나 검은점병이나 잎마름병에 걸리겠어요." 그가 집게손가락으로 단호히 로즈메리를 가리키며 아버지 같은 관심을 감추려는 듯 경쾌하게, "내가 로즈메리 양이 변명 못 하게 해야겠어요. 해변에서 쓸 모자를 하나 줄게요" 하고 말했다.

　　그는 정원에서 테라스로 그들을 데려가 칵테일을 한 잔 만들

---

*지중해 연안에 많이 자라는 나무로 표피가 거칠고 가지도 고르지 않아 잘 가꾼 정원과는 어울리지 않는다.

었다. 얼 브레이디가 도착해서 로즈메리가 있는 것을 보고 깜짝 놀랐다. 문 앞에서 다른 모습을 취한 듯 그의 태도가 스튜디오에 있을 때보다 부드러웠다. 로즈메리는 곧바로 그와 딕 다이버를 비교하고는 후자 쪽으로 휙 돌아섰다. 얼 브레이디는 어딘지 모르게 천박하고 못 배운 사람처럼 보였지만 다시 한 번 그녀는 그의 몸에 전기와 같이 반응하는 자신을 느꼈다.

그는 잘 아는 사이인 듯 옥외에서 저녁을 먹고 일어나는 아이들에게 말을 걸었다.

"안녕, 러니어, 노래 좀 불러줄래? 톱시하고 같이 이 아저씨한테 노래 좀 불러줄래?"

"무슨 노래요?" 어린 남자아이가 승낙했다. 프랑스에서 자라나는 미국인 아이들의 묘한, 찬트 같은 억양이었다.

"〈Mon Ami Pierrot(내 친구 참새야)〉 노래 부를게요."

남매가 수줍음 없이 나란히 섰다. 고우면서도 새된 그들의 목소리가 저녁 공기를 타고 날아올랐다.

Au clair de la lune(달빛이 비칠 때)

　　Mon Ami Pierrot(내 친구 참새야)

Prête-moi ta plume(글자를 쓰려 하니)

　　Pour écrire un mot(네 깃털을 하나 빌려주련)

Ma chandelle est morte(내 촛불은 꺼졌고)

　　Je n'ai plus de feu(내게 불이 없으니)

Ouvre-moi ta porte(제발 부탁인데)

　Pour l'amour de Dieu(문을 열어주런).

　노래가 끝났고, 잘 불렀다는 것을 알고 빙그레 웃는 아이들의 얼굴이 저무는 햇빛을 받아 환히 빛났다. 로즈메리는 빌라 다이애나가 세상의 중심이라는 생각을 하고 있었다. 이런 무대에서라면 무언가 기억에 남을 만한 일이 생길 게 분명했다. 문이 딸랑 하고 열리는 소리가 나자 그녀의 얼굴이 더 환해졌다. 나머지 손님들이 모두 한꺼번에 도착했다─매키스코 부부, 에이브럼스 부인, 덤프리, 캄피온이 테라스로 왔다.

　로즈메리에게 날카로운 실망감이 엄습했다─그녀는 이 어울리지 않는 조합에 대한 해명을 요구하듯 얼른 딕을 쳐다봤다. 하지만 그의 표정은 여느 때와 별다르지 않았다. 그가 새로 온 손님들을 맞이하는 태도는 당당했으며 그들이 가진 무한한 미지의 가능성을 존중하는 모습이 역력했다. 그에 대한 그녀의 신뢰는 너무 커서, 그녀는 그들을 보게 될 것을 알고 있었던 것처럼 이내 매키스코 부부의 참석이 적절함을 인정했다.

　"우리 파리에서 만난 적이 있죠." 매키스코가 잇따라 아내와 함께 도착한 에이브 노스에게 말했다. "사실은 두 번 만났죠."

　"네, 기억납니다." 에이브가 말했다.

　"그렇다면 그게 어디였죠?" 매키스코가 거기서 그치는 데 만족하지 않고 다그쳤다.

"글쎄요, 그러니까 그게······" 에이브는 이 게임이 지겨웠다. "기억이 안 나는군요."

그들이 주고받은 말이 중단된 대화를 메우기는 했지만 로즈메리는 직관적으로 누군가가 요령 있는 말을 해야 한다는 것을 알았다. 하지만 딕은 나중에 온 사람들로 형성된 이 그룹을 갈라놓을 시도는커녕 거만하게 우스워하는 태도의 매키스코 부인을 무장해제할 생각도 하지 않았다. 그는 이 사교상의 문제를 해결하지 않았는데, 그것은 그게 당장 중요한 문제가 아닐뿐더러 나중에 저절로 해결되리라는 것을 알았기 때문이다. 그는 손님들이 좋은 시간을 보내고 있다는 것을 의식하게 될 더욱 중요한 순간을 기대하고, 더 큰 수고를 기울여야 할 순간을 위해 새로운 기분을 비축하고 있었다.

로즈메리는 토미 바르방 옆에 서 있었다. 그는 유별나게 조소적인 기분이었는데, 어떤 특별한 자극이 그의 감정을 움직이고 있는 듯했다. 그는 다음 날 아침에 떠날 예정이었다.

"집에 가세요?"

"집요? 나는 집이 없어요. 전쟁터에 갑니다."

"무슨 전쟁이죠?"

"무슨 전쟁이냐고요? 어떤 전쟁이든요. 최근에 신문을 본 적은 없지만 어딘가에 전쟁이 있겠죠, 언제나 있어요."

"무엇을 위한 전쟁인지 상관없어요?"

"아무 상관 없어요, 대우만 좋으면. 틀에 박힌 생활이 따분해지면 다이버 부부를 보러 오죠. 그러면 몇 주 후에는 전쟁에 나가고 싶어질 걸 아니까요."

로즈메리는 긴장했다.

"다이버 부부를 좋아하시잖아요." 그녀가 그를 일깨워주었다.

"그야 물론이죠, 특히 부인을요……하지만 그들은 나를 전쟁에 나가고 싶게 만들어요."

그녀는 그 말이 무슨 뜻인지 곰곰이 생각해봤지만 알 수 없었다. 다이버 부부는 그녀를 영원히 그들 곁에 있고 싶게 만들었다.

"바르방 씨 절반은 미국인이잖아요." 그녀는 그걸로 문제가 해결된다는 듯 말했다.

"절반은 프랑스인이기도 하죠. 학교는 영국에서 다녔고 열여덟 살부터 지금까지 여덟 나라의 군복을 입어봤어요. 내가 다이버 부부를 좋아하지 않는다는 인상을 주지 않았기 바랍니다—나는 그들을 좋아해요, 특히 니콜을."

"어떻게 안 좋아할 수 있겠어요." 그녀가 꾸밈없이 말했다.

그녀는 그가 멀게 느껴졌다. 그의 말에 숨겨진 감정이 그녀에게 거부감을 주었고 그녀는 그의 쓴 마음에서 나오는 신성모독 때문에 다이버 부부에 대한 숭배를 철회했다. 저녁 식사 때 그의 옆에 앉지 않게 되어 기뻤으며, 정원의 식탁으로 이동하면서도 '특히 니콜을'이라는 말을 계속 곱씹었다.

정원으로 가는 길에 잠깐 딕 다이버가 그녀 옆에서 걸었다.

모든 것은 그가 발하는 견고하고 말쑥한 빛 옆에서 희미해져 그는 모든 걸 다 안다는 확실성으로 바뀌었다. 아주 오랜 시간이었던 지난 1년 동안 그녀는 돈도 있었고 어느 정도 명성도 얻었으며 유명한 사람들을 알게 되었다. 그런데 그들은 결국 이들 의사의 미망인과 딸이 파리의 하숙 호텔에서 어울렸던 사람들의 거대한 확대판에 지나지 않았다. 로즈메리는 낭만적이었지만 그녀의 직업은 그 점에 관한 한 별로 만족스러운 기회를 제공해주지 않았다. 로즈메리의 성공을 목적으로 두고 있는 어머니는 사방에 널려 있는 자극과 같은 가짜 대용물들은 어떤 것도 허용하지 않았다. 그리고 실제로 로즈메리는 이미 그런 가짜가 어찌할 수 있는 수준을 넘어서 있었다—그녀는 이미 영화관에 있지 않고 영화 안에 있었던 것이다. 그래서 딕 다이버를 승인하는 어머니의 얼굴은 그가 '진짜'임을 의미했다. 그것은 갈 데까지 가도 된다는 허락을 의미했다.

"난 로즈메리 양을 지켜보고 있었어요." 그가 말했고 그녀는 그게 농담이 아님을 알았다. "우리는 로즈메리 양을 아주 좋아하게 됐어요."

"저는 다이버 씨를 처음 본 순간 사랑에 빠졌어요." 그녀가 조용히 말했다.

그는 그 칭찬이 순전히 형식적인 것이라는 듯 못 들은 척했다.

"옛 친구들보다는 새 친구들과 함께 있는 게 때론 더 즐거울 수 있지요." 그가 그게 요점인 것처럼 말했다.

그녀는 그게 정확히 무슨 뜻인지 몰랐지만 그 말과 함께 어두운 땅거미 속에서 서서히 드러나기 시작하는 등불로 돋보이는 식탁에 앉았다. 딕이 어머니를 오른쪽에 앉히는 것을 보자 로즈메리의 마음은 기쁨의 울림으로 가득 찼다. 그녀의 자리는 루이스 캄피온과 브레이디 사이였다.

그녀는 넘치는 감정을 주체하지 못하고 속마음을 털어놓으려고 브레이디에게 고개를 돌렸지만, 딕을 언급하자마자 그의 눈에 번득인 비정한 광채를 보고 그가 아버지 같은 조언자의 역할을 거부한다는 것을 알았다. 반대로 그녀는 그가 그녀의 손을 독점하려 했을 때 그와 똑같이 단호한 태도를 취했다. 그래서 그들은 일과 관계된 이야기를 했다. 더 정확히 말하자면, 그가 일 이야기를 할 때 그녀는 듣기만 했다. 그러는 동안 그녀는 그의 얼굴에서 눈을 떼지 않았지만 마음은 단연코 다른 데 가 있었으며, 틀림없이 그도 그 사실을 짐작하고 있을 것 같았다. 때로는 그가 말하는 여러 가지 말들의 요점만 알아듣고 나머지는 무의식에서 끌어내 채웠다. 시계 종이 여러 번 울리고 중간에 그 소리를 의식했을 때, 앞서 종이 몇 번 울렸는지 세지는 않았지만 머릿속에 그 리듬이 머물러 있는 것처럼.

말이 끊겼을 때 로즈메리는 고개를 돌려 식탁 다른 한쪽 토미
바르방과 에이브 노스 사이에 앉아 있는 니콜 쪽을 바라보았
다. 그녀의 차우차우 같은 머리칼이 촛불에 비쳐 보글보글 거
품이 이는 듯했다. 로즈메리는 말하는 경우가 드문 니콜의 낭
랑하고 또박또박한 목소리에 이끌려 귀를 기울였다.

"그 사람 참 안됐군요." 니콜이 외쳤다. "왜 그 사람을 톱으
로 자르려고 했어요?"

"그야 당연히 웨이터의 몸 속엔 뭐가 들었는지 보고 싶어서
죠. 웨이터 몸 속에 뭐가 들었는지 알고 싶지 않아요?"

"오래된 메뉴판." 니콜이 짧게 웃으며 말했다. "깨진 사기그
릇, 팁, 몽당연필."

"바로 그겁니다. 하지만 중요한 건 그걸 과학적으로 증명하
는 거예요. 물론 그 연주용 톱을 사용하면 추잡한 상황은 피할
수 있었겠죠."

"개복 수술을 하면서 톱 연주라도 할 생각이었다는 건가
요?" 토미가 물었다.

"거기까지는 가지 못했죠. 비명 소리에 굉장히 놀랐거든요.
웨이터의 장이 파열되기라도 하는 줄 알았어요."

"아주 별난 이야기로군요." 니콜이 말했다. "한 음악가가 다
른 음악가의 톱을 사용해서 그런……"

사람들이 식탁에 앉은 지 30분 정도 되자 눈에 띄는 변화가 생겼다—한 사람 한 사람 무언가를, 집착을, 걱정을, 의심을 포기하고 오로지 자신의 가장 좋은 면을 보이는 손님, 다이버 부부의 손님이 되어 있었다. 친절하지 않거나 시큰둥하면 다이버 부부의 명예를 훼손하는 일이 될 테니 그들은 모두 노력하고 있었다. 이것을 보자 로즈메리는 모든 사람이 마음에 들었다. 매키스코 씨는 예외였는데, 그는 억지로 파티에 동화하지 않았다. 악의가 있어서 그랬다기보다는 도착했을 때의 고양된 기분을 와인을 마시며 유지하겠다고 작정했기 때문이었다. 그는 얼 브레이디에게는 영화에 관한 여러 가지 기를 죽이는 말을 했지만 에이브럼스 부인에게는 한 마디도 말을 안 붙였으며, 두 사람 사이에서 몸을 뒤로 기대고 앉아 실랄하게 비꼬는 표정으로 딕 다이버를 응시했다. 이 태도는 간혹 그가 식탁 맞은편 대각선 방향에 앉은 딕에게 말을 붙이려고 할 때 중단되었다.

"밴 뷰런 덴비와 친구 아니세요?" 매키스코는 이런 식의 질문을 했다.

"모르는 사람인데요."

"그 사람과 친구 사이인 줄 알았는데요." 그는 성마르게 우겨댔다.

덴비 이야기가 스스로의 무게를 이기지 못하고 땅에 떨어지자 그는 똑같이 생뚱맞은 다른 화제들을 시도했다. 하지만 그럴 때마다 그는 경의가 실린 딕의 주의 집중에 마비되는 것 같았다. 그렇게 해서 그가 끼어드는 대화는 잠깐 뚜렷하게 멈췄다가는 그를 젖혀두고 계속되곤 했다. 그는 다른 대화에도 끼어들었지만 그것은 계속해서 손이 빠진 장갑과 악수하는 꼴이었다. 그러다 결국 그는 아이들에 둘러싸여 있을 때와 같은 체념한 태도로 샴페인에만 주의를 기울였다.

로즈메리는 사람들이 즐거워하기를 간절히 바라며, 장차 의붓자식이 될 아이들을 보듯, 이따금 식탁을 빙 둘러보았다. 자극적인 분홍색 그릇에서 흘러나오는 우아한 식탁 조명이 에이브럼스 부인의 얼굴에 비쳤다. 뵈브 클리코 샴페인을 마시고 적당히 들뜬 얼굴이 생기와 관용과 청춘의 호의로 충만했다. 그녀 옆에는 로열 덤프리가 있었다. 그의 아름다운 용모는 밤의 쾌락 세계에서는 그리 놀랍게 보이지 않았다. 그다음은 바이올렛 매키스코였다. 그녀의 예쁘장한 매력이 무언가에 홀려 밖으로 표출되었다. 그 때문에 그녀는 야심을 이루지 못한 야심가의 아내인 자신의 그림자 같은 위치를 자신에게 분명히 인식시키려고 애쓰지 않아도 되었다.

그다음은 딕이었다. 그는 자기 자신의 파티에 깊이 몰입해 다른 사람들의 말이 끊기는 틈을 채우느라 바빴다.

그다음은 엄마였다. 언제나 완전한 엄마.

그다음의 바르방은 세련된 사교술에서 나오는 능변으로 어머니와 이야기했다. 이 때문에 로즈메리는 또 한 번 그가 마음에 들었다. 그다음은 니콜. 로즈메리는 문득 그녀를 새롭게 다시 보았다. 니콜은 그녀가 알던 사람들 그 누구보다 더 아름다웠다. 촛불에 비쳐 눈 내리듯 보이는 옅은 먼지를 사이에 두고 그녀의 얼굴, 성녀의 얼굴, 바이킹족의 성모 마리아 상 같은 얼굴이 빛났다. 소나무에 걸린 검붉은 랜턴 불빛을 받아 얼굴이 홍조를 띠었다. 그녀는 말없이 가만히 앉아 있었다.

에이브 노스는 니콜에게 자기의 도덕률에 대해 말하고 있었다. "물론 있지요." 그는 강력히 주장했다. "—사람은 도덕률 없이는 살 수 없어요. 제 도덕률은 마녀 화형에 반대하는 겁니다. 마녀가 화형당할 때마다 저는 너무 화가 나요." 로즈메리는 에이브 노스가 음악가로서 이른 나이에 화려한 출발을 했지만 지난 7년 동안 작곡한 곡이 전혀 없는 작곡가라는 것을 브레이디한테 들어서 알고 있었다.

그다음은 캄피온이었다. 그는 노골적인 여성스러운 유약함을 그럭저럭 자제했을 뿐 아니라, 가까이 앉아 있는 사람들에게는 공평한 어머니 같은 모습을 강제하기까지 했다. 그다음으로 메리 노스는 그녀의 모범적인 치아를 바라보고는 웃음을 돌려주지 않을 수 없을 정도로 흥겨워하고 있었다—벌어진 입술을 중심으로 사랑스러운 기쁨의 동그라미가 빙 둘렸다.

마지막으로 브레이디. 그의 쾌활함은 시시각각, 자기 자신의 정신 건강을 내세우고 또 내세워 사람들의 단점과 거리를 둠으로써 그것을 보존하는 쾌활함이 아닌, 사교적인 것이 되었다.

비난받아 마땅한 버넷 부인*의 책들에 나오는 아이들과 같은 순진한 믿음을 가진 로즈메리는 영화라는 영역의 우스꽝스럽고 외설스러운 생산 활동을 뒤로하고 돌아왔다는, 집에 돌아왔다는 확신이 들었다. 반딧불들이 어둠 속 미풍을 타고 다녔고 어디선가 멀리 낮은 절벽 턱에서 개가 짖어대고 있었다. 기계로 움직이는 무대처럼 식탁이 하늘로 조금 들려 올라간 듯했다. 그래서 그들은 어두운 우주에서, 그것의 유일한 음식에서 자양분을 얻고, 그것의 유일한 빛으로 훈훈해져 상대방과 자기만 있는 것 같은 느낌이 들었다. 그리고 매키스코 부인이 묘하게 소리 죽여 웃자 그것이 마치 그들과 세상의 분리가 성취되었다는 신호인 것처럼 다이버 부부는 갑자기 다정해지고 열의를 보이고 말이 많아지기 시작했다. 이미 정중한 대우에 한껏 우쭐해져 내심 자신들의 중요성을 확신하고 있는 손님들이, 뒤에 두고 오길 잘한 저 지역에 대해 미련을 가지게 할지도 모를 무언가를 보상해주기라도 하듯이. 잠시 동안 그들 부부는 식탁에 앉은 모든 사람들에게 둘 중 한 사람이 또는 같이 말을 건네며 자기들의 호의를, 애정을 확신시켜주는 듯했다. 잠시 동안 그들을 향해 고개를 들고 있던 사람들의 얼굴

*Frances Eliza Hodgson Burnett(1849~1924). 《소공자》, 《소공녀》 등으로 널리 인기를 얻은 영국계 미국인 동화 작가. 피츠제럴드는 그녀의 이야기들이 지나치게 감상적이라 하여 혐오했었다.

은 크리스마스트리 앞의 가엾은 어린애들의 얼굴 같았다. 그러다가 돌연 좌중의 주의가 제각기 분산되었다. 감정이 대담하게 흥겨움 이상으로 고양되다가 그보다도 드문 감상적인 분위기에 젖어들었던 순간은 그들이 그것을 불경하게 호흡하기 전에 끝이 났다. 그런 순간이 있었다는 것을 제대로 깨닫기도 전에.

하지만 그들 사이에 확산되었던 덥고 감미로운 남부의 마력은 다이버 부부에게 도로 수렴되었다―발톱을 거둔 부드러운 밤과 멀리 절벽 아래에 밀려드는 지중해의 그림자 같은 파도―마력은 이러한 것들을 떠나 다이버 부부에게 녹아들어 그들과 하나가 되었다. 로즈메리는 노란 야회용 핸드백을 칭찬한 어머니에게 그것을 가지라고 강권하는 니콜을 지켜보았다. 니콜은 이렇게 말했다. "모든 건 그것을 좋아하는 사람이 가져야 한다고 생각해요." 그러고는 연필, 립스틱, 작은 메모장 등 무엇이든 그녀가 찾아낸 노란색 물건들을 모두 그 핸드백에 쓸어 넣었다. "모두 다 잘 어울리니까요."

니콜이 사라졌다. 로즈메리는 곧 딕도 자리에 없다는 것을 알았다. 손님들은 정원 여기저기에 흩어지거나 그러다가 테라스 쪽으로 갔다.

"화장실에 가고 싶어요?" 바이올렛 매키스코가 로즈메리에게 물었다.

바로 그 순간에는 가고 싶지 않았다.

"나는 화장실 가고 싶은데." 매키스코 부인이 고집했다. 솔직하고 말에 거리낌이 없는 여자답게 그녀는 집 쪽으로 갔다, 뒤에 비밀의 여운을 남기고. 로즈메리는 그녀를 비난하는 마음으로 매키스코 부인의 뒤를 바라보았다. 얼 브레이디가 방파제로 내려가자고 했지만 그녀는 딕 다이버가 다시 나타나면 그때가 그와 단둘이 이야기할 수 있는 기회일 것 같아 매키스코와 바르방의 입씨름에 귀를 기울이며 시간을 끌었다.

"왜 소련과 싸우려는 겁니까?" 매키스코가 말했다. "인류가 시도하는 가장 위대한 실험이잖아요? 게다가 리프*전이라고요? 정당한 쪽에 서서 싸우는 게 더 영웅적일 거 같은데 말이죠."

"어떤 쪽이 정당한지 어떻게 알죠?" 바르방이 감정을 드러내지 않고 물었다.

"아니 그거야…… 지능이 있는 사람이라면 보통 누구나 다 알죠."

"공산주의자세요?"

"사회주의자요." 매키스코가 말했다. "러시아를 지지하죠."

"근데 난 군인입니다" 바르방이 쾌활하게 대답했다. "내가 하는 일은 사람을 죽이는 거죠. 내가 리프에 대항해 싸운 건 내가 유럽인이기 때문이죠. 공산주의자들과 싸운 건 그들이 내 재산을 빼앗고자 하기 때문이고요."

---

*모로코 북부 지중해 연안의 산악 지대. 1919~1926년 스페인 군대와 리프의 베르베르 종족과의 전쟁을 말하고 있다.

"하필이면 그런 편협한 변명을." 매키스코는 자기편이 되어 함께 조롱해줄 사람을 찾아 주위를 둘러보았지만 소득이 없었다. 그는 자기가 바르방의 무엇에 대항하고 있는지 도무지 알 수 없었다. 상대방이 가지고 있는 사상이 얼마나 단순한지, 그가 받은 훈련이 얼마나 복잡한지도 몰랐다. 매키스코는 사상이라면 잘 알고 있었다. 생각의 폭이 커짐에 따라 그만큼 더 많은 사상을 인지하고 분류할 수 있었다. 하지만 그가 볼 때 '머리가 모자라다'고 생각되는 사람, 사상이라고 볼 만한 것은 찾아볼 수 없는 사람, 그럼에도 개인으로서 자기가 더 우월하다고 생각할 수 없는 사람을 상대하자 그는 바르방이 구시대의 산물이며 따라서 가치 없는 사람이라는 성급한 결론을 내렸다. 매키스코는 미국의 군주 같은 계층과의 접촉을 통해 그들이 확신이 없는 서투른 우월 의식을 가지고 있고, 무지함을 즐기며, 고의적으로 무례하게 군다는 인상을 가지게 되었다. 그들은 영국인들의 속물근성과 무례함을 목적이 있는 것으로 만들어주는 요소들은 고려하지 않고 그 모든 태도를 답습해서 그것을 약간의 지식과 공손함만 있어도 다른 어느 곳보다 더 많은 것을 얻을 수 있는 나라에 적용했던 것이다. 이런 태도는 1900년경 '하버드 예절'이라는 형태로 그 정점에 이르렀다. 그는 이 바르방이 그런 부류라고 생각했다. 그런데 술에 취한 나머지 경솔하게 자신이 그를 두려워하고 있다는 사실을 잊고 말았다. 그래서 결국 현재의 곤란한 상황에 처하게 된 것이다.

로즈메리는 매키스코 씨 때문에 은근히 자기가 다 창피했다. 겉으로는 차분했지만 불타는 심정으로 딕 다이버가 돌아오기를 기다렸다. 바르방, 매키스코, 에이브만 남은 식탁에 앉아 어둠 속 은매화와 양치류 식물이 가장자리에 줄지어 있는 길이 끝닿는 석재 테라스를 쳐다보았다. 밝은 빛이 비치는 문을 배경으로 윤곽이 드러나 보이는 어머니의 옆모습에 마음이 흐뭇해져 그리로 가려는 찰나에 매키스코 부인이 황망히 집에서 나왔다.

그녀는 흥분을 발산했다. 눈을 둥그렇게 뜨고 입술을 약간 씰룩거리며 의자를 끌어 앉도록 아무 말 없었던 그녀의 침묵 속에서 그들은 뉴스를 잔뜩 가지고 온 사람을 보았다. 모두의 시선이 그녀를 향했을 때 그녀의 남편이 당연히 "무슨 일이야?" 하고 물었다.

"있잖아요……" 그녀는 특별히 누구를 향해 말하지 않았다. 그러고는 로즈메리에게 말했다. "있잖아요…… 아니, 아무것도 아니에요. 한 마디도 할 수가 없어요."

"우리는 친구들이에요." 에이브가 말했다.

"위층에서 우연히 뭔가를 봤어요……"

그녀는 아리송하게 고개를 흔들다 때맞춰 말을 멈췄는데, 토미가 바로 일어나 그녀에게 정중하지만 날카롭게 이렇게 말했기 때문이었다.

"이 집안에서 일어나는 일에 대해서 이러쿵저러쿵하는 건

현명하지 않습니다."

8

바이올렛은 크고 거칠게 숨을 한 번 쉬더니 애써 다른 표정을
지었다.

마침내 딕이 오더니 어김없는 직감을 발휘해 바르방과 매
키스코를 떼어놓고 매키스코를 상대로 지나치게 문학에 대한
무지와 호기심을 보였다. 이렇게 그는 매키스코가 필요로 하
는 우월감을 느낄 기회를 주었다. 사람들이 그를 도와 등불을
날랐다. 어둠 속에서 등불을 나르는 일인데 누가 돕기를 마다
하겠는가? 로즈메리도 도왔으며, 그러는 동안 할리우드에 대
한 로열 덤프리의 끝없는 호기심에 참을성 있게 응했다.

이제―그녀는 생각했다―그와 단둘이 있을 시간을 벌었다.
그도 틀림없이 그것을 알 거야. 그의 룰은 엄마가 가르쳐준 룰
과 같으니까.

로즈메리의 생각이 들어맞았다. 그는 곧 테라스에 있는 사
람들에게서 로즈메리를 떼어냈다. 그들은 걸었다기보다는 불
규칙한 간격으로 때로는 당겨지고 때로는 바람에 실려 가듯
바다를 면한 담 쪽으로 옮겨 가 단둘이 있게 되었다.

그들은 지중해를 바라보았다. 아래쪽 멀리, 르랭 섬에서 오

는 마지막 유람선이 하늘에 홀로 떨어져 자유롭게 날아가는 독립 기념일 풍선처럼 둥둥 떠 만을 가로질렀다. 그것은 어두운 조수를 매끄럽게 가르며 검은 두 섬 사이에 떠가고 있었다.

"로즈메리 양이 어머니에 대한 말을 할 때 왜 그런지 알겠어요. 로즈메리 양을 대하는 태도가 아주 훌륭하신 것 같아요. 미국에서는 보기 드문 지혜 같은 게 있으세요."

"엄마는 완벽하죠." 그녀가 탄원하듯 말했다.

"어머니께 내 계획을 말씀드렸더니 두 분이 프랑스에 얼마나 오래 있을 것인가는 로즈메리 양에게 달렸다고 하시더군요."

그게 아니라 당신에게 달렸죠, 로즈메리는 거의 소리 내어 말할 뻔했다.

"그래서 얘긴데, 여기는 이제 모든 게 끝났으니까—"

"끝나요?" 그녀가 물었다.

"아 네, 이건 끝났죠, 여름의 이 부분은 끝났어요. 지난주엔 처형이 갔고 내일은 토미 바르방이 떠나요. 월요일에는 노스 부부가 떠나죠. 아마 이 여름이 다 가기 전에 재미있는 일이 더 있겠지만 바로 이 부분은 끝났어요. 감상적으로 시들시들해지다가 끝나기보다는 극단적인 최후를 바라는 거죠. 그래서 이 파티를 연 겁니다. 내가 말하려는 건요, 미국으로 떠나는 에이브 노스를 환송하러 니콜과 파리에 갈 건데, 로즈메리 양도 같이 갈 마음이 있나 하는 겁니다."

"엄마는 뭐라고 그러세요?"

"괜찮겠다고 생각하시는 것 같았어요. 본인은 갈 마음이 없으세요. 로즈메리 양 혼자 가길 원하세요."

"어른이 되고 나서는 파리에 가본 적이 없어요." 로즈메리가 말했다. "다이버 씨와 같이 파리를 보고 싶어요."

"고맙군요." 그의 목소리가 갑자기 딱딱하게 들린 것은 그녀의 상상이었을까? "물론 우리는 로즈메리 양이 해변에 나났을 때부터 들떠 있었어요. 그 생기, 우리는 그게 직업적인 것이라고 확신했죠. 특히 니콜이 그렇게 생각했어요. 어떤 한 사람이나 그룹에 다 써버리는 게 아니라는 거죠."

그가 슬슬 그녀를 니콜 쪽으로 떠넘기고 있다는 직감이 그녀를 엄습했다. 그래서 그녀는 자기대로 제동을 걸고 그와 대등한 힘으로 견인줄을 당기듯 다음과 같이 말했다.

"저도 두 분과 알고 지내고 싶었어요…… 특히 다이버 씨와. 처음 본 순간 사랑에 빠졌다고 제가 말했잖아요."

그녀는 그런 말로 곧장 달려들었다. 하지만 하늘과 땅 사이의 공간은 그의 머리를 식혔고 거기에 그녀를 데려오게 만든 충동은 소멸되어 결국 그는 그 너무나 자명한 매력, 연습하지 않은 장면과 낯선 대사의 안간힘을 의식하게 되었다.

그는 이제 그녀가 집으로 돌아가고 싶은 마음이 들게 하려고 했지만 쉽지 않았다. 게다가 사실 그녀를 잃고 싶지도 않았다. 그가 쾌활하게 농담을 했지만 그녀는 그게 외풍처럼 느껴지기만 했다.

"로즈메리 양은 자신이 뭘 원하는지 몰라요. 그게 뭔지 가서 어머니께 물어봐요."

그녀는 괴로웠다. 그녀는 그에게 손을 댔다. 짙은 색 재킷 옷감의 감촉이 제의(祭衣)처럼 부드러웠다. 그녀는 그 앞에 무릎을 꿇기라도 할 태세였다. 그 자세로 그녀는 마지막 시도를 했다.

"당신은 제가 만난 사람 중 가장 멋진 사람이에요, 엄마를 제외하면요."

"낭만적인 눈을 가지고 있군요."

그는 웃으며 그녀를 데리고 부랴부랴 테라스 쪽으로 올라갔다. 거기서 그는 로즈메리를 니콜에게 인도했다······.

어느새 벌써 가야 할 시간이 되었다. 다이버 부부는 사람들이 빨리 갈 수 있도록 도왔다. 다이버의 대형 이소타 승용차에는 짐을 가진 토미 바르방과—그는 첫차를 타기 위해 그날 밤은 호텔에서 묵을 예정이었다—에이브럼스 부인, 매키스코 부부, 캄피온이 타기로 했다. 얼 브레이디는 몬테카를로로 가는 길에 로즈메리와 그녀의 어머니를 내려주기로 했다. 다이버의 차가 만원이라 로열 덤프리도 브레이디의 차에 동승하기로 했다. 아래 정원의 랜턴들이 아직 그들이 저녁을 먹은 식탁 위에서 빛을 발하고 있었다. 다이버 부부는 대문에 나란히 서 있었다. 생글생글 웃는 니콜의 우아함이 밤에 충만했다. 딕은 모두의 이름을 부르며 인사했다. 로즈메리는 두 사람을 뒤에 두고 떠나며 가슴이 저미는 것 같았다. 그녀는 다시 매키스코 부인이 화장실에서 무엇을 봤는지 궁금해졌다.

9

밤이 바구니에 담겨 흐릿한 별 하나에 매달린 듯 고요하고 깜깜했다. 앞서 가는 차의 경적 소리가 습도 높은 공기의 저항으로 둔탁하게 들려왔다. 브레이디의 운전사는 차를 천천히 몰았다. 구부러진 길을 돌 때 이따금 앞차의 미등이 보이다가 아예 보이지 않았다. 하지만 10분 뒤 길가에 세워진 그 차가 다시 시야에 들어왔다. 브레이디의 운전사는 속도를 줄이며 뒤로 가까이 다가가자마자 다시 서서히 차를 몰아 그들 옆을 지나갔다. 그렇게 지나가는 순간 말 없는 리무진 안에서 여러 목소리가 뒤섞인 흐릿한 소리가 들렸고 이를 드러내고 싱긋 웃는 다이버의 운전사가 보였다. 그들이 탄 자동차는 속도를 내며 어둠의 기슭과 흐릿한 밤의 기슭을 번갈아 지나갔다. 그리고 마침내 롤러코스터 같은 급한 비탈길들을 연속적으로 내려가더니 큰 부피의 고스 호텔에 닿았다.

로즈메리는 세 시간 동안 선잠을 자고 달빛 속에 꼼짝하지 않고 깨 있었다. 에로틱한 어둠에 가린 그녀는 키스에 이를 수 있는 모든 우발적 상황들을 생각하며 순식간에 미래를 소진했다. 하지만 그 키스는 영화 장면처럼 선명하지 않고 흐릿해 보였다. 그녀는 일부러 누운 자세를 바꾸어보았다. 처음으로 겪는 불면증의 첫 증상이었다. 그녀는 엄마의 사고방식으로 그 문제에 대해 생각해보았다. 이 과정에서 그녀는 문득문득 설들은 옛날 대화들이 생각나며 그녀가 경험했던 것 이상으로 예민해졌다.

로즈메리는 일에 대한 생각을 주입받으며 성장했다. 스피어스 부인은 자기를 과부로 만든 남자들이 남긴 얼마 안 되는 유산을 딸의 교육에 썼다. 딸이 열여섯 살 나이에 놀랍도록 멋진 머리칼과 함께 꽃피어 오르자 그녀는 딸을 앞세우고 엑스레뱅에서 요양 중인 미국의 어떤 프로듀서의 방으로 약속도 없이 무턱대고 쳐들어갔다. 그리고 그가 뉴욕으로 돌아갈 때 그들 모녀도 함께 갔다. 그렇게 해서 로즈메리는 그 세계에 들어가는 시험을 통과했다. 잇따른 성공과 비교적 안정된 생활의 가능성에 힘입어 스피어스 부인은 그날 밤 마음 놓고 딸에게 넌지시 다음과 같은 말을 해도 괜찮겠다고 생각했다.

"난 일을 염두에 두고 너를 키웠지, 특별히 결혼시킬 생각은 없이. 이제 네가 사랑할 첫 남자를 찾았구나, 게다가 좋은 남자를. 해봐, 그리고 무슨 일이 일어나든 경험으로 삼도록 해. 네가 상처를 입든 그 사람이 입든…… 무슨 일이 있더라도 너는 경제적으로 남자한테 의지하는 여느 여자들 같지 않으니까 인생을 망치는 일은 없을 거야."

로즈메리는 엄마의 완벽함 말고는 별로 생각하는 일이 없이 살았다. 그래서 이 마지막 탯줄 끊기는 수면을 방해했다. 황도광*으로 어렴풋한 하늘이 키 큰 프렌치 윈도**로 들이닥쳤다. 그녀는 일어나 테라스로 나갔다. 맨발에 닿는 바닥이 따뜻했다. 대기 중에 정체를 알 수 없는 소리들이 떠돌아다녔다. 테니스 코트 위쪽의 숲에서 새 한 마리가 규칙적으로 울며 심술궂은 개가(凱歌)를 올렸다. 그리고 호텔 뒤 원형 차도를 걷는 발소리가 나더니 그것은 곧 비포장 길을 걷다가 자갈길 밟는 소리가 되었고, 곧 시멘트 계단을 오르는 소리로 바뀌었다. 그러더니 이 과정을 역행해 멀어져가는 발소리가 났다. 검은 잉크 같은 바다 너머 높고 검은 그림자 같은 언덕 위에 다이버 부부의 집이 있다. 그녀는 함께 있는 그들을 생각했다. 아득한 과거 머나먼 곳에서 피어오르는 연기처럼, 어렴풋이 찬송가처럼, 그들이 아직도 노래 부르는 소리를 들었다. 그들의 아이들은 잠들었고, 대문은 밤새 굳게 잠겨 있었다.

그녀는 안으로 들어가 가벼운 가운을 걸치고 에스파드리유를 신고 다시 밖으로 나가 옆으로 이어지는 테라스를 통해 정문 쪽으로 갔다. 사람들이 잠을 자고 있는 느낌이 물씬 나는 다른 객실들이 테라스에 면해 있음을 깨닫고는 걸음을 재촉했

*동이 트기 약 한 시간 전에 일시적으로 보이는 빛. '헛된 희망'이라는 비유적 의미도 있다.
**뜰이나 발코니로 통하는 두 짝으로 된 창문 겸용 유리문.

다. 좌우대칭인 기하학적 입구의 넓은 흰 계단에 누군가 앉아 있는 것을 보고 걸음을 멈췄다. 자세히 보니 루이스 캄피온이었다. 그는 울고 있었다.

소리 죽여 몹시 울고 있었다. 여자가 몸을 흔들며 울듯 했다. 지난해에 배역을 맡은 영화의 한 장면이 억누를 수 없이 밀려들었다. 그래서 그녀는 다가가 그의 어깨에 손을 얹었다. 그는 작은 비명을 지르더니 그녀를 알아보았다.

"무슨 일이세요?" 그녀의 눈은 침착하고 다정했으며 냉정한 호기심으로 곁눈질하는 눈이 아니었다. "뭐 도와드릴까요?"

"아무도 도울 수 없어요. 그럴 줄 알았어. 순전히 내 잘못이야. 언제나 그렇지."

"뭔데요……. 저한테 말하고 싶으세요?"

그는 눈을 크게 뜨고 그녀를 보았다.

"아뇨." 그는 결정했다. "나이를 더 먹으면 사랑을 주는 사람들이 겪는 게 뭔지 알게 될 거예요. 그 고통을. 사랑하기보다는 냉정하고 어린 게 나아요. 처음은 아니지만 이 정도였던 적은 없었어요…… 너무나 우발적으로 일어나서…… 모든 게 잘돼가다가."

점점 밝아오는 여명에 비친 그의 얼굴은 혐오스러웠다. 그게 무엇이었든 그녀는 그것에 대한 느닷없는 혐오감을 드러내지 않았다. 그녀의 인격이 순간적으로 내비치지도 않았고 얼굴의 미세한 힘줄조차 꿈틀거리지 않았다. 하지만 민감한 캄피온은 그것을 알아차리고 돌연 화제를 바꿨다.

"에이브 노스가 여기 어딘가에 있어요."

"어머, 그분은 다이버 씨 댁에서 묵잖아요!"

"네, 하지만 일어났어요. 무슨 일이 있었는지 몰라요?"

갑자기 2층의 어느 방 덧문이 열리는 소리가 나며 영국 억양의 누군가 또렷한 항의의 소리를 내뱉었다.

"제발 조용히 좀 하시오."

로즈메리와 루이스 캄피온은 공손히 계단을 내려가 해변으로 가는 길가의 벤치에 앉았다.

"그럼 무슨 일이 있었는지 몰라요? 아주 놀라운 일이 있었어요……" 그는 이제 폭로할 이야기에 집중하며 마음이 풀어지고 있었다. "무슨 일이 그렇게 갑자기 벌어지는 걸 본 건 처음이에요. 나는 난폭한 사람들을 항상 피했왔는데…… 어떤 때는 그런 사람들 때문에 속이 뒤집혀 며칠이고 몸져눕기도 했거든요."

그는 의기양양하게 그녀를 바라보았다. 그녀는 그가 무슨 말을 하는지 도무지 알 수 없었다.

"있잖아요." 그가 그녀의 허벅지에 손을 얹으며, 그러나 그게 무책임한 속셈이 있어서 그런 게 아님을 보이기 위해—그는 아주 확신에 차 있었다—몸도 손 가는 쪽으로 기울이며 와락 말을 꺼냈다. "결투가 있어요."

"뭐라고요?"

"결투요…… 어떤 식의 결투인지는 아직 몰라요."

"누구와 누가요?"

"자초지종을 말해줄게요." 그는 마치 그게 그녀의 불명예에 관련된 이야기지만 그로 인해 그녀를 나쁘게 보지 않겠다는 듯 길게 심호흡을 한 뒤 말했다. "그렇지, 로즈메리 양은 다른 차를 타고 갔죠. 뭐 어찌 보면 로즈메리 양은 운이 좋았던 거죠. 그 일로 내 수명이 2년은 줄어들었을 걸요. 일이 아주 갑자기 일어났어요."

"무슨 일이요?" 그녀가 다그쳐 물었다.

"뭐가 일의 발단인지는 나도 몰라요. 처음에 그 여자가 말하기 시작했는데—"

"어떤 여자요?"

"바이올렛 매키스코." 그는 벤치 밑에 사람이라도 있는 듯 목소리를 낮췄다. "하지만 다이버 부부는 거론하지 말아요. 그가 그들을 언급하는 사람은 가만두지 않겠다고 했거든요."

"누가 위협을 했는데요?"

"토미 바르방. 그러니까 내가 그들을 언급했다는 얘기조차 하면 안 돼요. 아무튼 그가 계속 바이올렛의 말을 가로막아서 아무도 바이올렛이 무슨 말을 하려 했는지 알 수 없었어요. 그러다가 바이올렛 남편이 끼어들었고 결국은 결투를 하기로 한 거요. 오늘 아침…… 5시에. 한 시간 남았어요." 그는 갑자기 자신의 슬픔을 떠올리고는 한숨을 쉬었다. "그게 나라면 좋겠다는 생각이 들 지경이에요. 사는 보람이 없어졌으니 죽는 게 낫겠어요." 그는 말을 멈추고 슬픔에 젖어 앞뒤로 몸을 흔들었다.

또다시 위층의 철제 덧문이 열리더니 아까 그 영국인이 말했다.

"거참, 당장 조용히 하란 말이오."

그와 동시에 에이브 노스가 약간 심란한 얼굴을 하고 호텔에서 나왔다. 그는 바다 위 허연 하늘을 배경으로 윤곽을 드러낸 그들을 보았다. 그가 말을 꺼내기 전에 로즈메리가 경고의 표시로 고개를 흔들었다. 세 사람은 함께 길을 따라 걸어가 더 먼 곳의 벤치로 자리를 옮겼다. 로즈메리는 에이브가 약간 긴장해 있음을 알았다.

"로즈메리 양은 잠도 안 자고 뭐 해요?" 그가 힐문했다.

"조금 전에 일어났어요." 그녀는 웃기 시작했지만 호텔 위에서 난 목소리를 떠올리고 웃음을 억제했다.

"나이팅게일이 성가시게 울어대서인가." 에이브가 말했다. 그리고 그 말을 반복했다. "나이팅게일이 성가시게 울어대서 그랬나 보군요. 이 수다스러운 여편네 같은 자가 무슨 일이 있었는지 말했나요?"

캄피온이 위엄을 갖추어 다음과 같이 말했다.

"나는 내 귀로 직접 들은 것을 알 뿐이오."

그러고는 일어나 총총 걸어서 어디론가 가버렸다. 에이브는 로즈메리 옆에 앉았다.

"왜 캄피온 씨에게 그렇게 모질게 하세요?"

"내가요?" 그가 놀라며 물었다. "저 친구 아침 내내 여기서 울고 있었어요."

"무슨 슬픈 일이 있어서 그런가 보죠."

"그럴지도."

"결투는요? 누가 누구와 결투를 해요? 그 차에서 무슨 이상한 일이 있긴 있는 것 같았는데. 그게 사실이에요?"

"정말 믿기 힘들지만 사실인 것 같아요."

10

말썽은 얼 브레이디의 차가 길가에 선 다이버 부부의 차를 지나간 시점에 시작되었다—에이브의 이야기는 차가 사람들로 붐빈 그날 밤으로 아무런 감정이 섞이지 않고 녹아들었다—바이올렛 매키스코는 다이버 부부의 집에서 알게 된 무언가를 에이브럼스 부인에게 말해주고 있었다—그 집 2층에 올라갔는데 거기서 굉장히 인상적인 무언가를 보았다는 것이었다. 하지만 토미는 다이버 가족을 지키는 파수꾼이다. 사실 바이올렛 매키스코는 자극적이고 만만찮다. 하지만 토미도 마찬가지인 데다 다이버 부부의 결속이라는 그 사실은 그들 부부의 친구들에게, 그들 대다수가 알고 있는 것 이상으로 중요하다.
물론 그것은 어떤 희생을 통해서 알게 된다. 두 사람은 때로는
그저 발레 공연의 매력적인 등장인물들처럼 보여 사람들은 그
들에게 공연을 보는 정도의 주의만 기울이면 될 것 같지만 그
것으로는 충분치 않다. 공연의 스토리를 알아야 하는 것이다.
어쨌든 토미는 딕의 승인으로 니콜도 알게 된 사람들 가운데
하나이다. 그래서 매키스코 부인이 계속 니콜 이야기를 넌지
시 비쳤을 때 그는 그들에게 주의를 주었다. 에이브가 말한 것
은 다음과 같았다.

"'매키스코 부인, 다이버 부인에 대해 더 이상 말하지 마시
기 바랍니다.'

'바르방 씨한테 말하는 거 아니에요' 하고 매키스코 부인이
반박했어요.

'그들 부부 이야기는 하지 않는 게 좋겠어요.'

'그들이 그렇게 신성해요?'

'그들 얘기는 하지 마세요. 다른 얘기를 하세요.'

토미는 캄피온과 나란히 두 개의 작은 보조 좌석에 앉아 있
었어요. 캄피온한테 들은 이야기죠.

'원 이거 아주 고압적이군요'라면서 바이올렛이 대들었어요.

밤늦은 시간에 차 안에서 나누는 대화란 게 어떤지 알잖아
요. 어떤 사람들은 중얼거리는데 어떤 사람들은 파티가 끝난
뒤라 신경을 끄거나 따분해하거나 잠을 자느라 상관치 않죠.

아무튼 차가 멈추고 바르방이 기병대를 호령하는 것 같은 소리를 질러 모두 동요하기 전에는 아무도 무슨 일이 벌어지고 있는지 몰랐어요.

'여기서 내립시다. 여기서 호텔까지 1마일밖에 안 되니 걸어가면 돼요. 아니면 내가 끌고 가지. 너도 닥치고 네 처도 닥치게 하란 말이야!'

'이거 순 깡패로군' 하고 매키스코가 말했어요. '나보다 힘이 세다 이거지. 그래도 난 네가 두렵지 않아. 요즘에도 결투 규정이 있어야 하는데……'

바로 그게 매키스코의 실수였어요. 토미가 프랑스인인지라 그에게 몸을 기울이고는 결투 신청을 받아들인다는 표시를 했거든요. 그리고 운전사는 다시 차를 몰기 시작했죠. 바로 그때 로즈메리 양이 탄 차가 지나갔고요. 그리고 여자들이 떠들기 시작했어요. 그 상황이 차가 호텔에 도착하도록 계속된 거죠.

토미는 칸에 있는 누군가한테 입회인이 되어달라고 전화를 했고 매키스코는 캄피온을 입회인으로 삼지 않겠다고 했어요. 어차피 캄피온도 그럴 마음이 없었죠. 그래서 내게 전화를 해서 아무 말 하지 말고 이리로 와달라고 했어요. 바이올렛 매키스코는 실신했고 에이브럼스 부인은 그런 그녀를 부축해 방으로 데려가 진정제를 먹였어요. 그러자 침대에서 편안히 잠이 들었죠. 나는 여기에 도착해서 토미를 설득하려 했지만 토미는 매키스코가 사과하지 않으면 안 된다고 하고, 또 매키스코는 제법 용감하게도 사과하지 않겠다고 하더군요."

에이브가 이야기를 마치자 로즈메리가 생각에 잠겨 물었다.
"다이버 부부도 이 일이 자기들에 관한 것이란 걸 알아요?"
"아뇨. 그들과 관계있다는 건 영원히 알지 못하게 할 겁니다. 저 빌어먹을 캄피온이 로즈메리 양에게 말하지 말았어야 하는 건데 말을 했으니…… 내가 운전사한테 말했어요, 캄피온이 이 일에 관해 입을 열기라도 하면 헌 연주용 톱을 꺼내겠다고. 이건 두 사람의 싸움이에요. 토미에게 필요한 건 쓸 만한 전쟁이죠."
"다이버 부부가 몰랐으면 좋겠어요." 로즈메리가 말했다.
에이브가 손목시계를 보았다.
"올라가서 매키스코를 봐야겠어요. 같이 갈래요? 뭐랄까 자기 옆에는 아무도 없다고 생각하고 있죠. 한숨도 못 잔 게 분명해요."
로즈메리는 그 신경질적이고 정서가 불안정한 사람이 자포자기한 심정으로 밤을 샜을 광경을 떠올렸다. 잠시 동정과 혐오 사이에서 왔다 갔다 하다 그녀는 그러기로 하고 아침의 원기로 충만하여 에이브와 함께 2층으로 뛰듯이 올라갔다.
매키스코는 손에 샴페인 잔을 들고 침대에 앉아 있었지만 술김의 호전성은 온데간데없이 없었다. 그는 작고 찌무룩하고 창백해 보였다. 보아하니 밤새도록 글을 쓰고 술을 마신 모

양이었다. 그는 당황한 눈으로 에이브와 로즈메리를 쳐다보며
물었다.

"시간이 됐나요?"

"아뇨, 아직 30분 남았어요."

탁자가 종이로 뒤덮여 있었는데, 그는 어렵사리 장문의 편
지인 그 종이들을 순서대로 정리했다. 마지막 몇 페이지의 글
씨는 아주 크고 알아볼 수 없을 지경이었다. 빛을 잃어가는 은
은한 전등불 아래서 그는 편지 끝에 서명을 휘갈기고 그것을
봉투에 넣어 에이브에게 건넸다. "아내 앞으로 쓴 거요."

"찬물로 머리 좀 적시는 게 좋겠어요." 에이브가 말했다.

"그러는 게 좋겠어요?" 매키스코가 미심쩍게 물었다. "너무
맑은 정신이 되고 싶지 않아요."

"몰골이 말이 아니에요."

매키스코는 고분고분 화장실로 들어갔다.

"모든 걸 엉망으로 남겨두고 가게 됐어요." 그가 소리쳤다.
"바이올렛이 어떻게 미국으로 돌아갈지 모르겠어요. 보험 들
어둔 것도 없는데. 그럴 짬이 없었죠."

"쓸데없는 소리. 한 시간 후면 바로 이 자리에서 아침을 먹
고 있을 거요."

"네, 알아요." 그는 젖은 머리로 나와 로즈메리를 처음 본
것처럼 바라보았다. 갑자기 그의 눈에 눈물이 그렁그렁했다.
"소설을 다 쓰지 못했는데. 그래서 화가 나요. 로즈메리 양은

나를 좋아하지 않죠." 그가 로즈메리에게 말했다. "하지만 어쩔 수 없는 일이죠. 나는 원래가 문학을 하는 사람이에요." 그는 모호한 낙심의 소리를 내고는 어찌할 수 없다는 듯 고개를 흔들었다. "지금까지 살아오면서 실수를 많이 했죠…… 아주 많이. 하지만 나는 언제나 가장 탁월했죠…… 어떤 면에서는……"

그는 말하다가 말고 꺼진 담배를 빨았다.

"무슨 말씀이세요, 저 매키스코 씨 좋아해요." 로즈메리가 말했다. "그런데 결투하는 건 아닌 것 같아요."

"그렇죠, 그자를 흠씬 때려주려 할 수도 있었겠죠. 하지만 이제 늦었어요. 참견할 권리가 없는 일에 말려들었어요. 나는 성미가 아주 지랄 같아요……" 그는 자기가 한 말에 이의가 제기되기를 기대하듯 에이브를 유심히 보았다. 그러고 나서 억지로 웃으며 꺼진 담배꽁초를 입으로 가져갔다. 그의 호흡이 빨라졌다.

"문제는 내가 결투라는 말을 꺼냈다는 거예요. 바이올렛이 입만 다물고 있었더라면 내가 사태를 수습할 수 있었을 텐데. 물론 지금이라도 그냥 여기를 떠나든가, 아무것도 하지 않고 가만히 앉아 모든 걸 일소에 부칠 수도 있어요. 하지만 그러면 바이올렛이 다시는 나를 존중하지 않을 거요."

"아뇨, 그럴 거예요." 로즈메리가 말했다. "그러면 더욱 존중할 거예요."

"아뇨······ 그건 바이올렛을 모르고 하시는 말씀. 바이올렛은 상대방의 약점을 잡으면 아주 매정해요. 우리는 결혼한 지 12년 됐어요. 일곱 살 먹은 딸이 있었는데 죽었어요. 그런 게 어떤 건지 아시겠죠. 그러고 나서 각자 바람을 피웠어요, 심각한 건 아니고 그냥 사이가 좀 멀어졌죠. 바이올렛이 간밤에 거기서 나더러 겁쟁이라고 했어요."

난처해진 로즈메리는 아무런 대꾸도 하지 않았다.

"좋아요, 최대한 피해가 없도록 합시다." 에이브가 말했다. 그리고 가죽 케이스를 열었다. "이것들은 바르방의 결투용 피스톨이에요. 손에 익도록 빌려왔어요. 바르방은 이걸 여행 짐에 넣어갖고 다니죠." 그는 구식 피스톨 하나를 들고 무게를 가늠했다. 로즈메리는 동요되어 놀란 소리를 질렀고 매키스코는 피스톨들을 근심스러운 눈으로 바라보았다.

"그런데 뭐······ 서로 마주 보고 45구경 자동 피스톨을 마구 쏴대는 것도 아니니까." 매키스코가 말했다.

"글쎄요." 에이브가 잔인하게 말했다. "이 총의 총열이 긴 건 조준을 더 잘할 수 있다는 얘기거든요."

"거리는요?" 매키스코가 물었다.

"그걸 알아봤죠. 쌍방이 서로를 반드시 제거해야 할 경우 8보, 그냥 몹시 화가 나서 그런 거라면 20보, 단순히 자존심을 세우기 위한 거라면 40보 떨어져요. 바르방의 입회인과 내가 40보로 결정했어요."

"좋아요."

"푸시킨의 소설에 아주 쌈박한 결투가 나오죠." 에이브가
기억을 더듬었다. "쌍방이 절벽 가장자리에 서서 하는 건데,
어느 한쪽이 총에 맞으면 완전히 끝장나는 거죠."

매키스코에게 그것은 동떨어지고 관념적인 이야기처럼 들
렸다. 그는 에이브를 빤히 쳐다보며 말했다. "네?"

"잠깐 물에 몸 좀 담그고 정신 좀 차리겠어요?"

"아뇨. 아뇨, 난 수영을 못해요." 그가 한숨 쉬었다. "이게 다
무엇 때문인지 모르겠어요." 그가 무력하게 말했다. "내가 왜
결투를 하는지 모르겠어요."

문제는 그게 그가 평생 처음 해보는 무엇이라는 점이었다.
사실상 그는 감각적인 세계라는 게 존재하지 않는 부류의 사
람이었다. 그래서 그는 자신이 직면한 구체적인 사실 때문에
대단히 놀라워하고 있었다.

"이제 가는 게 좋겠어요." 매키스코가 약간 흔들리는 것을
보고 에이브가 말했다.

"알겠소." 매키스코는 납작한 휴대용 병에 든 독한 브랜디
를 마시고 병을 주머니에 넣었다. 그리고 거의 야만적인 투로
다음과 같이 말했다. "내가 그를 죽이면 어떻게 되죠, 감옥에
가게 되나요?"

"내가 이탈리아 국경선 너머까지 차로 태워다줄 겁니다."

그는 흘긋 로즈메리를 보았다. 그러고 나서 에이브에게 사

죄하듯 다음과 같이 말했다.

"가기 전에 선생과 한 가지, 단둘이 볼일이 좀 있는데요."

"양쪽 누구도 다치지 않았으면 좋겠어요." 로즈메리가 말했다. "이건 아주 어리석은 짓이에요. 에이브 씨가 말려야 해요."

11

그녀는 아래층 아무도 없는 로비에 캄피온이 있는 것을 발견했다.

"로즈메리 양이 위로 올라가는 걸 봤어요." 그가 흥분해서 말했다. "그는 괜찮아요? 결투는 언제 해요?"

"몰라요." 그녀는 캄피온이 그 일을 매키스코가 비극적인 광대로 나오는 서커스 말하듯 하는 게 불쾌했다.

"나랑 같이 갈래요?" 그가 마치 표를 가진 것처럼 물었다. "호텔 차를 빌렸어요."

"가고 싶지 않아요."

"왜요? 그것 때문에 내 수명이 몇 년은 줄겠지만 절대로 놓치고 싶지 않아요. 멀찌감치 떨어져 구경하면 돼요."

"덤프리 씨와 함께 가지 그러세요?"

그가 쓰고 있던 외알 안경이 눈에서 떨어져 나왔지만 그것이 파묻힐 만한 수염은 없었다. 그는 가슴을 펴고 똑바로 섰다.

"다시는 그를 보고 싶지 않소."

"나는 갈 수 없어요. 엄마가 싫어하실 거예요."

로즈메리가 방에 들어가자 스피어스 부인이 아직 잠에서 덜 깬 채 꼼지락하며 그녀를 불렀다.

"어디 갔다 왔니?"

"잠이 안 와서요. 더 주무세요, 엄마."

"이리 좀 들어와 봐." 그녀가 몸을 일으켜 앉는 소리를 들으며 로즈메리는 어머니 방으로 들어가 무슨 일이 있었는지 말했다.

"가서 보지 그러니?" 스피어스 부인이 권했다. "가까이 갈 것까지야 없지만 네가 나중에 도울 일이 있을지 모르지."

로즈메리는 그것을 구경하는 자신의 모습이 싫어서 반대했지만, 스피어스 부인은 아직도 졸음에 취해 있었고, 그녀가 의사의 아내였을 때 한밤중에 집으로 오던 사망과 재난의 연락이 생각났다. "엄마는 네가 여기저기 다니며 엄마 없이 스스로 알아서 세상을 살기 바라. 레이니의 홍보 행사에서 훨씬 더 어려운 일도 해냈잖니."

그래도 로즈메리는 자기가 왜 거기에 가야 하는지 알 수 없었다. 하지만 그녀는 열두 살 때 자기를 파리 오데옹 극장의 무대 입구로 들여보내고, 극장에서 나올 때 다시 그곳에서 맞이하던 엄마의 확실하고 분명한 목소리에 순종했다.

그녀는 에이브와 매키스코가 차를 타고 멀어져가는 것을

계단에서 보고 일시적으로 구제된 느낌이 들었다. 하지만 잠시 후 호텔 차가 모퉁이를 돌아왔다. 루이스 캄피온이 기쁨의 새된 소리를 내며 그녀를 끌어 옆에 태웠다.

"저들이 우리를 못 오게 할까 봐 저기에 숨어 있었어요. 내 촬영기도 가져왔어요, 봐요."

그녀는 기가 차다는 듯 웃었다. 그는 너무 형편없어서 더 이상 형편없어 보이지도 않고 그냥 인간다움을 상실한 것처럼 보였다.

"매키스코 부인은 왜 다이버 부부가 싫은 걸까요?" 그녀가 말했다. "자기한테 잘해주었는데."

"그런 문제가 아니에요. 바이올렛이 뭔가를 목격해서 그런 거죠. 바르방 때문에 그게 뭔지 도무지 알 수 없었어요."

"그럼 캄피온 씨가 그것 때문에 슬퍼했던 게 아니군요."

"아, 아니에요." 그의 목소리가 갑자기 변했다. "그건 우리가 호텔에 돌아왔을 때 일어난 무슨 일 때문이에요. 하지만 이제는 상관없어요. 나는 거기서 완전히 손을 뗐어요."

그들은 해안 도로를 따라 동쪽으로 달리는 앞의 차를 따라 쥐앙 르 팽을 지났다. 그곳에 새 카지노의 골조가 세워지고 있었다. 새벽 4시가 지났고 청회색 하늘 아래 첫 어선들이 삐걱거리며 연한 황록색 바다로 출항하고 있었다. 그들은 간선도로에서 벗어나 시골길로 들어섰다.

"골프장이군." 캄피온이 외쳤다. "그리로 가는 게 틀림없어요."

그의 말이 맞았다. 에이브의 차가 멈췄을 때 동쪽 하늘이 크레용으로 그린 듯 빨갛고 노란 것이, 찌는 듯 무더운 하루를 예고했다. 호텔 차를 작은 소나무숲 속에 대기시켜놓은 다음, 로즈메리와 캄피온은 주변 숲의 그늘에서 벗어나지 않고 에이브와 매키스코가 서성거리는 탈색된 페어웨이*의 언저리에 머물렀다. 매키스코는 이따금 냄새를 맡는 토끼처럼 고개를 쳐들었다. 곧 더 멀리에 있는 티 근처에서 이동하는 사람들의 모습이 보였다. 두 구경꾼은 그게 바르방과 그의 프랑스인 입회인임을 알아보았다. 입회인은 겨드랑이에 피스톨 케이스를 끼고 있었다.

매키스코는 약간 실색해서 슬그머니 에이브 뒤로 가 브랜디를 길게 죽 들이켰다. 긴장으로 언 나머지 그를 그대로 뒀더라면 상대편에게 곧장 돌진했을 것이다. 하지만 에이브가 그를 저지하고 앞으로 나아가 프랑스인 입회인과 이야기를 나눴다. 태양은 지평선 위로 올라와 있었다.

캄피온이 로즈메리의 팔을 움켜잡았다.

"못 참겠어요." 그가 거의 목청이 울리지 않는 새된 소리를 질렀다. "감당이 안 돼요. 이러다가 내가 제명에 못 죽을 거야—"

"이거 봐요." 그녀가 단호히 말했다. 그리고 미친 듯이 프랑스어로 기도를 했다.

*티와 퍼팅 사이의 잔디밭.

결투하는 당사자들이 서로 마주 보았다. 바르방은 소매를 걷어붙이고 있었다. 그의 눈은 가만있지 못하고 햇빛에 번득거렸지만 손바닥을 바지 솔기에 문지르는 동작은 찬찬했다. 브랜디의 영향으로 무모해진 매키스코는 입술을 모아 휘파람을 불며 태연히 고개를 쳐들고 긴 코가 이리저리 향하게 하다가 에이브가 손수건을 쥐고 앞으로 나가자 그때서야 멈췄다. 프랑스인 입회인은 그들에게 등을 돌리고 서 있었다. 로즈메리는 안타까운 마음에 마음을 죄었고 바르방에 대한 미움으로 이를 악물었다. 그때—

　"하나…… 둘…… 셋!" 에이브가 긴장된 목소리로 숫자를 세었다.

　두 사람은 동시에 총을 발사했다. 매키스코는 휘청했지만 곧 몸을 바로잡았다. 양쪽 다 상대방을 맞히지 못했다.

　"자, 이걸로 됐소!" 에이브가 외쳤다.

　결투자들이 가운데로 모였다. 모두 캐묻듯 바르방을 바라보았다.

　"나는 만족하지 못해요."

　"뭐? 만족하지 않기는, 무슨." 에이브가 성마르게 말했다. "자네가 그걸 모를 뿐이지."

　"자네 의뢰인은 한 번 더 하는 걸 거부하는 건가?"

　"그래, 토미. 자네가 결투를 요구했고 내 의뢰인은 그걸 수행했어."

토미가 비웃었다.

"거리가 말도 안 돼." 그가 말했다. "난 이런 어처구니없는 것에 익숙하지 않아. 자네 의뢰인은 자기가 지금 미국에 있는 게 아니란 걸 기억해야 해."

"미국 얘기는 끌어들여 봤자야." 에이브가 다소 날카롭게 말했다. 그러고는 좀 더 회유적인 어조로 말했다. "이걸로 충분하네, 토미." 그들은 잠시 활발히 이야기를 나눴다. 바르방이 고개를 끄덕이고는 이전의 적에게 냉랭하게 고개 숙여 인사를 했다.

"악수는 안 하나요?" 프랑스인 의사가 말했다.

"서로 이미 아는 사이요." 에이브가 말했다.

그가 매키스코에게 돌아섰다.

"자, 갑시다."

매키스코는 에이브와 함께 큰 걸음으로 걷다가 기뻐서 어쩔 줄 몰라 하며 에이브의 팔을 잡았다.

"잠깐!" 에이브가 말했다. "토미에게 피스톨을 돌려줘야죠. 또 필요할 때가 있을지 모르니까."

매키스코가 피스톨을 건넸다.

"그야 어찌 되든." 매키스코가 강인한 목소리로 말했다. "가서 전하시오ㅡ"

"한판 더 하자고 할까요?"

"나 참, 이미 했잖아요." 매키스코가 걸어가면서 소리쳤다.

"내가 아주 잘했죠? 겁먹지도 않고."

"술에 많이 취했잖소." 에이브가 퉁명스레 말했다.

"아니요."

"알겠소, 그럼 취하지 않았다고 하죠."

"술 한두 잔 마셨기로서니 그게 무슨 문제라고 그럽니까?"

자신감이 상승하던 터라 매키스코는 분개하며 에이브를 바라보았다.

"그게 무슨 문제란 말이오?" 그가 반복해 말했다.

"그게 뭔지 보지 못한다면 말해줘도 소용없어요."

"전시에는 사람들이 모두 술에 취해 있었다는 거 몰라요?"

"그만합시다."

등 뒤의 히스 숲에서 급한 발소리가 나더니 프랑스인 의사가 그들 옆으로 다가왔다.

"Pardon, Messieurs(실례합니다)." 그가 헐떡거렸다. "Voulez-vous régler mes honorairies(제 수고비를 내주실 수 있으시겠습니까)? Naturellement c'est pour soins médicaux seulement(물론 의료적 수고에 대한 것만 말씀 드리는 겁니다). M. Barban n'a qu'un billet de mille et ne peut pas les régler et l'autre a laissé son porte-monnaie chez lui(바르방 씨는 천 프랑짜리밖에 없어서 내실 수가 없다고 하고, 다른 분은 지갑을 집에 두고 오셨다는군요)."

"누가 프랑스인 아니랄까봐." 에이브가 말했다. 그러고 나서 의사에게 말했다. "Combien(얼맙니까)?"

"내가 내겠소." 매키스코가 말했다.

"아뇨, 내가 내죠. 우리 모두 똑같은 위험에 관여하고 있었으니까요."

에이브가 의사에게 돈을 주는 동안 매키스코는 갑자기 관목 숲에 들어가 토했다. 그러고 나서 더 창백해진 그는 에이브와 함께 장밋빛 아침을 헤치고 어깨를 으쓱거리며 차를 세워둔 데로 걸어갔다.

이 결투의 유일한 부상자인 캄피온은 관목 숲 속에 누워 헐떡거리고 있었다. 로즈메리는 갑자기 발작적으로 웃으며 에스파드리유를 신은 발로 그의 옆구리를 툭툭 걷어찼다. 그녀는 그가 화를 낼 때까지 집요하게 발길질을 했다. 이제 그녀에게 단 한 가지 중요한 것은, 몇 시간만 있으면 그녀가 아직도 마음속으로 '다이버 씨네'라고 부르는 그 사람을 해변에서 보게 된다는 것이었다.

12

그들은 부아쟁에서 니콜을 기다리고 있었다. 로즈메리, 노스 부부, 딕 다이버, 젊은 프랑스인 음악가 두 명, 모두 여섯 명이었다. 그들은 식당의 손님들 중 평정한 마음의 소유자가 있는지 훑어보았다—딕은 자기를 제외한 모든 미국 남자는 평정한 마음이 없다고 했다. 그래서 그들은 그의 주장을 반박할 예를 찾으려 했다. 상황은 그들에게 절망적이었다. 10분 동안 그 식당에 들어온 손님들 중 얼굴에 손을 가져가지 않는 사람이 없었다.

"우리도 밀랍 바른 콧수염을 포기하지 말았어야 했는데." 에이브가 말했다. "그렇지만 평정한 마음의 소유자라면 딕이 '유일'하지는 않지."

"아냐, 내가 유일해."

"……하지만 술을 마시지 않고도 평정을 유지할 수 있는 건 딕이 유일할지도."

옷을 잘 차려입은 한 미국인 남자가 여자 둘과 함께 들어왔다. 여자들은 새가 날개를 퍼덕이며 휙 내려앉듯 남의 눈을 신경 쓰지 않고 자리에 앉았다. 불현듯 남자는 사람들이 자기를 보고 있다는 것을 의식했다. 그러자 그의 손이 발작적으로 올라가더니 튀어나오지도 않은 멀쩡한 넥타이를 매만졌다. 테이블에 앉지 않고 서 있던 무리 중 한 남자는 면도한 뺨을 손바닥으로 계속해서 톡톡 두드렸고, 그의 일행인 한 사람은 불 꺼진 시가 꽁초를 든 손을 기계적으로 올렸다 내렸다 했다. 그래도 운이 좀 좋은 사람들은 안경을 쓰거나 얼굴에 수염이 있어서 그런 거라도 만졌지만 그런 게 없는 사람들은 휑한 입을 톡톡 두드리거나 심지어는 귓불을 마구 잡아당기기도 했다.

한 유명한 장군이 들어왔다. 그러자 에이브는 장군의 웨스트포인트 사관학교 1학년 생도 시절을 믿고—그 기간에 생도는 중간에 그만두지도 못할뿐더러 그때의 경험을 영원히 떨치지 못한다—딕과 5달러 내기를 했다.

장군은 양손을 옆으로 자연스럽게 늘어뜨린 채 테이블로 안내되기를 기다렸다. 한번은 그가 갑자기 멀리 뛰기 선수처럼 양팔을 뒤로 홱 빼자 딕은 장군이 자제력을 잃었다고 생각하고 "아!" 하고 탄성을 질렀지만, 장군은 원래대로 자세를 바로잡았고 일행은 멈췄던 숨을 다시 쉬었다. 괴로웠던 시간이 거의 다 지나고 안내를 받아 테이블로 간 장군에게 웨이터가 의자를 빼주는데……

정복자는 격분한 기색으로 손을 홱 쳐들더니 깔끔한 백발 머리를 긁었다.

"거 봐." 딕이 의기양양해서 말했다. "내가 유일하다니까."

로즈메리는 그의 말이 맞다고 확신했으며 딕은 이보다 더 열심히 자기에게 주의를 기울이는 청중은 일찍이 없었다는 것을 깨닫고, 일행이 하나가 되어 빛나게 해주었는데, 그것은 로즈메리의 마음속에 다른 테이블에 앉은 사람들을 참을 수 없이 무시하는 느낌이 들게 할 정도였다. 파리에 온 지 이틀이 되었지만 그들은 사실 해변의 파라솔 아래 있는 거나 진배없었다. 로즈메리는 아직 할리우드의 메이페어 파티*에 참석해

---

*1920년대 할리우드의 주요 영화사들이 조직한 메이페어 클럽의 무도회. 엘리트 프로듀서, 감독, 배우 등이 참석했다.

본 적이 없던 터라 딕은 전날 밤에 참석했던 코르 데 파주* 무도회에서처럼 그녀가 주변 환경에 압도되는 것 같자 몇몇 선택되었다고 할 만한 사람들과 인사를 나눔으로써 그 상황을 통제 가능한 범위 안에 두었다—다이버 부부는 아는 사람이 많은 듯했지만 꼭 상대방은 그들을 오래, 아주 오래 보지 못해서 '아니, 어디 숨어 지내십니까?' 하며 몹시 놀라워하는 듯했다—그리고 그는 결정적인 풍자 한마디로 아웃사이더들을 살며시, 그러나 완전히, 묵사발로 만듦으로써 자기 일행의 단일성을 새롭게 했다. 그 결과 로즈메리는 그녀 자신이 어떤 유감스러운 과거에 그 사람들을 알았는데, 그들에게 연락을 취했다가 무시하고 버린 것 같은 기분이 들었다.

그들 자신의 일행들은 압도적으로 미국적이었지만 간혹 전혀 미국적이지 않은 일행도 있었다. 다년간의 해외 생활로 인한 절충으로 불분명해진 그들에게 그가 돌려준 것은 그들 자신이었다.

담배 연기가 자욱하고 어둑한 뷔페의 기름진 날음식 냄새가 나는 식당으로 한 조각 길 잃은 바깥 날씨처럼 하늘색 정장 차림의 니콜이 미끄러지듯 들어왔다. 그들의 눈에서 자기가 얼마나 아름다운지 보고, 그녀는 빛나는 감사의 웃음으로 그들에게 화답했다. 한동안은 모두들 예의 바르게 행동하는 등

*제정 러시아의 귀족들로 구성된 왕실 근위대를 뜻하지만, 1917년 러시아 혁명 이후 파리의 러시아 망명자들이 만든 사교 그룹의 명칭이 되었다.

아주 점잖게 굴었다. 그러다가 그게 물렸는지 익살맞고 신랄해졌다. 그리고 마지막에는 많은 계획을 세웠다. 그들은 나중에는 뚜렷하게 기억하지 못할 일들을 가지고 웃었다—그들은 많이 웃었고, 남자들은 와인 세 병을 비웠다. 그 테이블의 여자 셋은 미국 생활의 거대한 변천을 상징했다. 니콜은 자수성가한 미국 자본가의 손녀딸이자 독일 리페 바이센펠트가 백작의 손녀딸이었다. 메리 노스는 전문 도배장이의 딸이지만 타일러 대통령의 자손이었다. 로즈메리는 중산층에서 중간에 속하는 집안 출신이며 엄마의 공으로 도약하여 할리우드의 미지의 고지에 섰다. 그들이 서로 닮은 지점, 그리고 대다수 미국 여자와 다른 점은, 그들의 경우 기꺼운 마음으로 남자의 세계에 존재한다는 사실에 있었다. 그들은 자신의 개체성을 남자에 대항해서가 아니라 남자를 통해서 유지했다. 그들 세 사람은 모두 태생이라는 우연에 의해서가 아니라 자기 남자를 찾거나 못 찾거나 하는, 더 큰 우연을 통하여 상류층 상대의 고급 창녀든 좋은 아내든 둘 중 하나가 되었을 것이다.

로즈메리는 그 파티가, 그 오찬 모임이 즐거웠다. 일곱 명뿐이어서 더 좋았다. 일곱 명은 좋은 파티가 될 수 있는 인원의 한계다. 어쩌면 그녀가 그들의 세계에 새로 등장해서 서로에 대한 그들의 해묵은 의구심들을 모두 침전시켜버리는 촉매제로 작용했는지도 모를 일이다. 테이블에 둘러앉았던 사람들이 해산한 뒤, 로즈메리는 웨이터의 안내를 받아 프랑스의 식당이라면 어디에든 있는 뒤쪽의 구석진 어두운 곳으로 갔다. 그리고 희미한 오렌지색 전구 불에 의지해 전화번호부에서 프랑코아메리칸 영화사를 찾아 전화를 걸었다. 물론 〈아빠의 딸〉 필름이 있다고 했다. 지금은 필름이 다른 데 가 있지만 그녀를 위해 주말에 생트앙주 가 341번지에서 상영하도록 하겠다며 거기서 크로더 씨를 찾으라고 했다.

그 공중전화 박스 같은 곳은 휴대품 보관소와 면해 있었다. 로즈메리가 수화기를 내려놓는데 코트가 일렬로 걸려 있는 줄 반대편 5피트도 안 되는 곳에서 나지막하게 말하는 두 사람의 목소리가 들렸다.

"……그럼 날 사랑해?"

"오, '그럼' 요!"

그것은 니콜이었다. 로즈메리는 전화박스의 문에서 머뭇거렸다. 그때 딕이 말하는 소리가 들렸다.

"나 당신이 몹시 필요해. 지금 호텔로 갑시다." 니콜은 살짝 헉 하고 한숨을 쉬었다. 그 순간 그 말은 로즈메리에게 아무런 의미도 없었다. 하지만 어조는 달랐다. 그 어조의 거대한 비밀스러운 느낌은 그녀에게 울림으로 느껴졌다.

"나 당신이 필요해."

"4시까지 호텔로 갈게요."

목소리의 주인공들이 멀리 갈 때까지 로즈메리는 숨을 죽이고 서 있었다. 그녀는 처음에는 크게 놀라기까지 했다―그녀는 두 사람의 사이를 볼 때 그들을 서로에 대한 절박함이 없는 사람들로, 냉담한 무엇으로 생각했었다. 깊은 곳의 정체를 알 수 없는 강렬한 감정의 물결이 그녀를 휩쓸었다. 그녀는 그게 매혹인지 혐오인지 알 수 없었다. 다만 자신의 마음이 강렬하게 움직였다는 것만은 알았다. 이 때문에 그녀는 식당 안으로 돌아가며 심한 외로움을 느꼈다. 하지만 그들을 엿본 것은 감동적이었으며 니콜의 "오, 그럼요!"라는 열정적인 보답의 말이 로즈메리의 마음속에 메아리쳤다. 그녀가 목격한 일의 독특한 분위기가 눈에 밟혔다. 하지만 그 분위기로부터 얼마나 떨어졌든 그녀의 본능은 괜찮다고 말했다. 영화에서 어떤 러브신을 연기할 때 느끼던 혐오감은 조금도 느끼지 않았다.

그 분위기와 멀리 떨어져 있어도 이제 그녀는 돌이킬 수 없이 그것의 일부분이 되었고 니콜과 쇼핑하는 동안 니콜 본인보다 훨씬 더 밀회의 약속을 의식했다. 로즈메리는 니콜의 매력을 평가하며 그녀를 새롭게 보았다. 분명 그녀는 로즈메리가 만나본 여자들 중 가장 매력적이었다. 그녀의 냉정함, 헌신과 충실, 그리고 어떤 규정하기 어려운 면, 이것을 로즈메리는 엄마의 중산층적 사고방식에 비추어보고 돈에 대한 그녀의 태도와 결부 지었다. 로즈메리는 자기 힘으로 번 돈을 썼다. 그녀는 체온이 37도에서 39도를 웃돌며 왔다 갔다 하는데 엄마의 만류에도 불구하고 1월에 여섯 번이나 물속에 들어갔던 것때문에 유럽의 이곳에 있었다.

로즈메리는 니콜의 도움을 받아 자기 돈으로 드레스 두 벌과 모자 두 개, 신발 네 켤레를 샀다. 니콜은 두 장이나 되는 아주 긴 목록의 물품을 샀을 뿐 아니라 진열창에 전시된 다른 물건들도 샀다. 자기가 쓸 데는 없지만 마음에 드는 물건은 친구들에게 줄 선물로 샀다. 그녀는 채색된 구슬 목걸이, 접는 해변용 의자, 조화, 꿀, 손님용 침대, 가방, 스카프, 앵무새, 인형 집에 놓을 작은 모형들, 참새우색의 새 천 3야드를 샀다. 수영복 열두 벌, 고무 악어, 에이브에게 줄 커다란 리넨 손수건 몇 장, 금색과 상아색의 여행용 체스 세트, 에르메스의 파랑색과 붉은색 새미 가죽 재킷 두 벌을 샀다. 그녀가 이 모든 것들을 사는 것은 상류층 상대의 고급 창녀가 영업상 또는 보험으로 속옷이나 보석을 사는 것과는 전혀 달랐다. 그런 것들을 살 때 그녀의 관점은 완전히 다른 것이었다. 니콜은 많은 재간과 땀의 산물이었다. 그녀를 위해 시카고에서 대륙의 불룩한 복부를 횡단해 캘리포니아까지 가는 기차가 달리기 시작했다. 껌의 원료인 치클 공장들이 연기를 뿜어냈고 공장의 링크벨트들이 하나하나 늘어났다. 남자들은 큰 통에다 치약을 혼합했고 구리 드럼통에서 구강청결제를 뽑아 담았다. 여자들은 8월이면 빠른 손놀림으로 토마토를 통조림통에 담았고 크리스마스이브에는 싸구려 잡화점에서 무뚝뚝하게 일했다. 혼혈 인디언들이 브라질 커피 농장에서 땀을 흘렸고 공상가들은 신형 트랙터의 특허권을 빼앗겼다—이들은 니콜에게 노동의 십일조를 바치는 부류의 일부였고, 그 모든 체계는 흔들흔들 우르릉 거리며 전진하면서 대량 구매 같은 작용을 하는 그녀의 행위에, 번지는 불길 앞에서 제자리를 지키는 소방관 얼굴의 홍조와 같은, 열광적인 홍조를 부여했다. 그녀는 자신 안에 자신의 비운인 부패함을 내포하고 있기 때문에 매우 단순한 원리들을 몸으로 보여주었는데, 이것은 너무 정확해서 그 절차에 우아함이 있었으며, 로즈메리는 머잖아 그것을 모방할 것이다.

4시가 거의 다 되었다. 니콜은 한 상점에서 어깨에 앵무새 한 마리를 앉히고 한꺼번에 많은 말을 쏟아내는 보기 드문 장면을 연출하고 있었다.

"그런데, 영화 찍을 때 그 물에 들어가지 않았으면 로즈메리 양은 어떻게 됐을까요? 나는 가끔 그런 게 궁금해요. 전쟁이 발발하기 직전에 우리 가족은 베를린에 있었죠. 나는 그때 열세 살이었는데 우리 어머니가 돌아가시기 얼마 전이었죠. 언니가 궁중 무도회에 가게 되었는데, 파트너의 순번이 적힌 댄스 카드에 왕자 셋이 있었어요. 모두 궁궐 시종이 준비해준 거였죠. 출발하기 30분 전에 언니가 옆구리가 아프고 열이 있었어요. 의사한테 보였더니 맹장염이라 수술을 해야 한다고 하더군요. 하지만 엄마는 계획한 게 있었고, 결국 베이비 언니는 무도회에 가서 야회복 안에 얼음주머니를 달고 새벽 2시까지 춤을 췄어요. 그리고 아침 7시에 수술을 받았죠."

그렇다면 엄격은 유익한 거였다. 좋은 사람들은 모두 자신에게 엄격했다. 하지만 시간은 4시였고 로즈메리는 계속 호텔에서 니콜을 기다리고 있을 딕을 생각했다. 니콜은 가야 한다, 그를 기다리게 해서는 안 된다. 로즈메리는 계속해서 생각했다. '안 가세요?' 그러고 나서 불쑥 또 이렇게 생각했다. '가기 싫으면 내가 대신 갈게요.' 하지만 니콜은 한 군데 더 들러 코르사주 세 개를 사서 한 개는 로즈메리에게 주고 한 개는 메리 노스에게 보내도록 했다. 그리고 그때서야 약속을 떠올린 것 같더니 갑자기 멍해져서 손을 흔들어 택시를 잡았다.

13

딕은 방호벽 모퉁이를 돌아 널빤지가 깔린 참호 안을 계속해서 걸었다. 잠망경이 있는 데 이르러 그것을 잠시 들여다보고는 사격 발판에 올라 방어벽 너머를 자세히 내다보았다. 전방의 우중충한 하늘 아래 보몽아멜이 있었다. 왼쪽에는 비극의 티엡발 산이 있었다. 딕은 가져간 쌍안경으로 그것들을 바라보며 비애감에 목이 메었다.

그는 다시 참호 통로를 따라 걸었다. 다음 참호 모퉁이를 돌아가니 일행이 기다리고 있었다. 그는 흥분으로 가슴이 벅차 그것을 쏟아내고 싶었다. 사실 전쟁에 참전했던 사람은 에이브 노스지 자기가 아닌데도 딕은 벅찬 흥분의 내용이 무엇인지 그들에게 이해시키고 싶었다.

"그해 여름 이 땅은 1피트에 20명꼴로 전사자를 냈어요." 그가 로즈메리에게 말했다. 그녀는 여섯 살 된 키가 작은 나무들* 외에는 거의 아무것도 없는 푸른 벌판을 순종적으로 바라보았다. 지금 폭격을 당하고 있다고 했어도 그날 오후 그녀는 그의 말을 믿었을 것이다. 그녀의 사랑은 이제 마침내 그녀가 슬퍼지고, 자포자기의 심정이 되기 시작하는 지점에 이르렀다. 그녀는 어찌할 바를 몰랐다—엄마와 말하고 싶었다.

"그 후로도 수많은 사람들이 죽었고 우리도 머잖아 죽을 테지." 에이브가 위로하듯 말했다.

로즈메리는 딕이 계속하기를 기다렸다.

"저기 작은 개울이 보이죠. 걸어서 2분이면 갈 거예요. 영국군은 저기까지 가는 데 한 달이 걸렸죠. 제국 전체가 아주 천천히 나아갔어요. 앞에서는 사람들이 죽어나가고 뒤에서는 앞으로 밀어붙이면서. 그리고 다른 제국은 하루에 몇 인치씩 아주 천천히 후퇴하며 뒤에 백만 개의 피의 융단을 깐 것 같은 전사자들을 남겼죠. 이 세대에 그 전철을 다시 밟을 유럽인은 없을 겁니다."

"웬걸, 터키전이 끝난 게 엊그제잖아." 에이브가 말했다. "그리고 모로코는—"

*1918년 11월의 전쟁이 끝나고 6년이 지났다는 뜻.

112

"그건 다르지. 이 서부전선 일은 재현하지 못할 거야, 오랫동안. 젊은이들은 자기들이 할 수 있다고 생각하지만 못 할 거야. 마른 강의 1차전 같은 전투는 다시 해낼 수 있을지 몰라도 이건 못 해. 이건 신앙심, 풍부하고 엄청난 무엇을 담보로 하는 오랜 세월, 계층 간에 존재했던 엄격한 관계를 필요로 했다고. 러시아와 이탈리아는 이 전선에서 쓸모가 없었지. 기억할 수 없을 정도로 먼 옛날까지 거슬러 올라가야 하는 전적으로 감상적인 자질이 있어야 했어. 크리스마스, 황태자와 그 약혼자가 그려진 그림엽서, 발랑스의 작은 카페들, 운터 덴 린덴의 노천 맥줏집, 시청에서의 결혼, 더비 경마 참관, 할아버지의 수염을 기억했어야 했지."

　"그랜트 장군이 1865년에 피터스버그에서 이런 종류의 전투를 만들어냈지."

　"아냐. 그는 고작 대량 학살을 만들어냈을 뿐이야. 이런 종류의 전투를 만들어낸 건 루이스 캐럴, 쥘 베른, 누구더라 그물의 요정 《운디네》를 쓴 사람, 그리고 볼링을 하는 시골의 부제(副祭), 일선에 위문편지를 보내는 마르세유의 여자들, 뷔르템베르크와 베스트팔렌의 뒷골목에서 호객하는 여자들이야. 아무렴, 이건 사랑의 전투였어. 여기에 백년분의 중산층 사랑이 소모되었지. 이건 사랑으로 수행한 최후의 전투였어."

　"이 전투는 D. H. 로런스에게 넘겨줘야겠군." 에이브가 말했다.　　　　.

"나의 아름답고 멋지고 안전한 세계가 모두 여기서 고도로 폭발성이 강한 사랑의 폭발과 함께 날아갔어." 딕이 계속해서 개탄했다. "사실 아닌가요, 로즈메리 양?"

"저는 몰라요." 그녀는 심각한 얼굴로 대답했다. "다이버 씨는 뭐든 다 아시잖아요."

두 사람은 일행의 뒤에 처졌다. 갑자기 흙덩어리와 자갈이 두 사람에게 쏟아졌다. 참호 모퉁이를 돌아선 곳에서 에이브가 외쳤다.

"전쟁의 영혼이 다시 내게 임하였도다. 하여 나는 내 배후에 있는 오하이오 주의 백 년치 사랑으로 이 참호를 폭격하련다.*" 그의 머리가 반대편 방호벽 위로 툭 튀어나왔다. "여러분은 죽었소…… 규칙을 모르나보네? 그건 수류탄이었는데."

로즈메리는 웃었고 딕은 복수하기 위해 자갈을 한 줌 집었다가 도로 놓았다.

"여기서 농담을 할 수는 없죠." 그가 다소 변명조로 말했다. "은줄은 풀리고 금그릇은 깨지죠.** 하지만 나 같은 구식 낭만주의자는 그에 대해 아무것도 할 수 있는 게 없어요."

"저도 낭만적이에요."

그들은 깔끔하게 복구된 참호에서 나와 뉴펀들랜드 위령

---

* 오하이오 출신인 에이브 노스가 "사랑으로 수행한 전투"라고 한 딕의 말을 패러디한 것.
** 〈전도서〉 12절 6~7행. "은줄이 풀리고 금그릇이 깨지고 항아리가 샘 곁에서 깨지고 바퀴가 우물 위에서 깨지고 흙은 여전히 땅으로 돌아가고."

비를 마주했다. 로즈메리는 비문을 읽다가 갑자기 울음을 터뜨렸다. 여자들이 대부분 그렇듯 그녀는 자신이 어떻게 생각해야 할지 누군가 말해주는 것이 좋았다. 그녀는 무엇이 터무니없고 무엇이 슬픈 부분인지 딕이 말해주었으면 했다. 그러나 무엇보다 그녀는 자기가 얼마나 사랑하는지 딕이 알아주었으면 했다. 그 사실이 모든 것을 뒤흔들고 있었으므로, 그녀가 감격적인 꿈속에서 전쟁터를 걷고 있으므로.

일행은 거기서 나와 차를 되돌려 아미앵으로 출발했다. 새로이 조성된 관목 숲과 덤불에 따뜻한 가랑비가 내리고 있었고 그들은 탄피, 폭탄, 수류탄 등 분류된 불발탄과 헬멧, 대검, 개머리판, 썩은 가죽 등 군장들이 6년 동안 땅에 방기돼 거대한 장례용 장작더미처럼 쌓인 곳을 지나갔다. 그리고 굽은 길을 돌자 갑자기 하얀 덮개가 깔린 광대한 무덤의 바다가 나왔다. 그때 딕이 운전사에게 차를 세우라고 말했다.

"저기 그 여자가 있네, 화환을 아직도 들고 있어."

일행은 그가 차에서 내려 그 여자에게 가는 것을 지켜보았다. 여자는 화환을 든 채 정문 앞에 머뭇머뭇 서 있었다. 택시가 그녀를 기다리고 있었다. 그들은 그날 아침 테네시 주에서 온 빨강 머리의 그 여자와 같은 기차를 탔었다. 오빠의 무덤에 헌화하기 위해 녹스빌에서 왔다는 그녀는 속이 상해 눈물을 흘렸다.

"육군성이 번호를 잘못 가르쳐준 게 틀림없어요." 그녀가 울먹였다. "거기에 보니 다른 사람의 이름이 있었어요. 2시부터 계속 찾아다녔어요. 그런데 무덤이 너무 많아서……"

"그렇다면, 저라면 이름을 보지 않고 아무 무덤에나 놓겠어요." 딕이 조언했다.

"그렇게 생각하세요?"

"고인도 그러기를 원할 거예요."

날이 어두워지고 있었고 비는 더욱 세게 내렸다. 그녀는 문 안으로 들어가 첫 번째 무덤에 화환을 놓고, 택시를 그냥 보내고 아미앵까지 함께 가자는 딕의 제안을 받아들였다.

로즈메리는 그 비운의 이야기를 듣고 다시 눈물이 나왔다. 이래저래 얼굴이 많이 젖은 날이었다. 무언가 배웠다는 생각이 들었지만 그게 딱히 무엇인지는 알지 못했다. 그녀는 나중에 그날 오후의 모든 시간이 행복했던 것으로 기억했다. 당시에는 단순히 과거와 미래의 즐거움을 잇는 시간인 것 같지만 나중에 뒤돌아보면 그 시간이 즐거움 자체인, 그런 무사 평온한 시간이었다.

메아리가 울리는 찬란한 도시 아미앵은 아직도 전쟁으로 슬퍼 보였다. 파리 북역이나 런던의 워털루역 같은 기차역들이 그런 것처럼. 그런 도시에 있으면 낮에는 기분이 처진다. 20년 전의 작은 전차들이 성당 앞 회색 자갈 깔린 드넓은 광장을 지나고 날씨조차 오래된 사진처럼 흐릿하다. 그러나 해가 지면 프랑스 생활에서 가장 만족스러운 모든 것들이 사진 안으로 밀려든다—명랑한 창녀들, 카페에서 '부알라'*를 수도 없이 외치며 논쟁하는 남자들, 어딘지 모를 만족스럽고 값싼 곳을 향하여 머리를 맞대고 정처 없이 떠도는 남녀들. 그들은 기차를 기다리며 거대한 아케이드 안에 앉아 있었다. 담배 연기와 떠드는 소리와 음악이 위로 방출될 수 있을 만치 천장이 높았다. 오케스트라가 친절하게 〈그래, 우리는 바나나가 없어〉를 연주하기 시작했다—그들은 박수를 쳤다. 악단장이 스스로에게 만족해하는 모습이었기 때문이다. 테네시에서 온 여자는 슬픔을 잊고 즐거워했다. 열정적으로 눈을 굴리기도 하고 몸을 건드리기도 하며 딕과 에이브에게 추파를 던지기도 했다. 그들은 점잖게 그녀를 애타게 만들었다.

그리고 그들은 뷔르템베르크 부대원, 프로이센 근위병, 프랑스 정예 산악 보병, 맨체스터의 공장 노동자, 옛 이튼 졸업생들이 따뜻한 빗물을 받으며 영원한 분해를 추구하는 지극히 작은 구역들을 뒤로하고 파리행 열차에 올랐다. 그들은 기차역 구내식당에서 사 온 모르타델라 소시지와 벨 파에제 치즈를 넣은 샌드위치를 먹으며 보졸레를 마셨다. 니콜은 멍하니 계속 입술을 깨물며 딕이 가져온 그 전쟁터 안내서를 되풀이해서 읽고 있었다—그는 실로 모든 것을 금방 이해하고, 그것을 언제나 단순화해서, 그것은 결국 그가 주최하는 파티와 어

*논점을 강조하는 '그런데', '결국', '자, 봐' 등을 뜻하는 프랑스어의 허사.

렴풋이 닮아갔다.

14

파리에 도착했을 때 니콜은 너무 피곤해서 계획했던 장식미술 전시회의 점등식에 가지 않았다. 일행은 그녀를 루아 조르주 호텔에 내려주었다. 로비의 조명을 받아 엇갈려 보이는 유리 문 사이로 그녀의 모습이 사라지자 로즈메리는 압박감에서 벗어났다. 니콜은 어떤 세력—로즈메리 자신의 엄마처럼 반드시 호의적이다거나 예측 가능하다고 볼 수 없는—어림할 수 없는 세력이었다. 로즈메리는 슬쩍 그녀가 두려웠다.

로즈메리는 딕, 노스 부부와 함께 11시에 새로 문을 연 센 강의 선상 가옥 카페에 앉아 있었다. 다리의 불빛이 강물에 닿아 어른어른 반짝였고 수많은 차가운 달이 강물의 요람에 담겨 흔들거렸다. 로즈메리와 그녀의 엄마는 파리에 살았을 때 일요일이면 간혹 작은 기선을 타고 슈렌까지 가면서 장래의 계획을 이야기했었다. 그들은 가진 돈이 별로 없었지만 스피어스 부인은 로즈메리의 미모에 대한 확신이 있었고 그녀에게 많은 야심을 심어놓았기 때문에, 그 돈을 '장점들'에 걸기를 주저하지 않았다. 그래서 결국 로즈메리는 영화에 처음 출연했을 때 엄마의 은혜를 갚게 되었다.

파리에 도착한 뒤로 에이브 노스는 계속 와인을 마셨다. 그의 눈은 햇빛과 와인으로 충혈되어 있었다. 로즈메리는 그가 술을 한 잔 마시기 위해 항상 어딘가 들어가곤 한다는 것을 그때 처음으로 알아차리고는 메리 노스가 그걸 어떻게 생각하는지 궁금했다. 메리는 말수가 적었다. 자주 웃는 것 말고는 너무 말이 없어서 로즈메리는 그녀가 어떤 사람인지 알 수가 없었다. 그녀는 곧고 검은 머리칼을 뒤로 빗어 넘겨 가만 내버려두어도 자연스럽게 층층이 흘러내리게 하기를 좋아했다—간혹 머리칼이 관자놀이 한쪽으로 비스듬히 멋지게 흘러내리다가 눈에 거의 닿으면 고개를 뒤로 젖혀 머리칼이 다시 매끄럽게 제자리로 돌아가도록 했다.

"이것만 마시고 오늘밤은 일찍 들어가 자요, 여보." 메리의 목소리는 밝았지만 걱정하는 빛이 슬쩍 엿보였다. "배에서 술을 많이 마시지 말아요."

"시간이 꽤 됐군." 딕이 말했다. "모두 이만 일어서는 게 좋겠어요."

귀족적인 기품이 있는 에이브의 얼굴이 완고한 표정을 띠었다. 그리고 그는 단호히 말했다.

"천만에." 그는 진지한 표정으로 뜸을 들였다. "천만에, 아직 아냐. 샴페인 한 병만 더 마시자고."

"나는 안 마실 걸세." 딕이 말했다.

"로즈메리 양을 생각해서 그러는 거야. 로즈메리 양은 타고 난 알코올중독자야. 화장실에 진을 병째 두고 있다든지 그러거든. 모친께서 그러시더군."

그는 마시던 병에 남은 것을 로즈메리의 잔에 모두 부었다. 그녀는 파리에 온 첫날 레모네이드를 몇 컵 마시고 탈이 났었다. 그러고 나서 그들과는 아무것도 마시지 않았지만 그녀는 샴페인 잔을 들어 올려 보이더니 입으로 가져갔다.

"이게 어찌된 거죠?" 딕이 외쳤다. "술을 안 마신다고 했잖아요."

"평생 안 마신다고는 안 했어요."

"어머니가 하신 말은?"

"그냥 이거 한 잔만 마실 거예요." 그녀는 그것을 마실 필요 같은 것을 느꼈다. 딕은 술을 마셨다. 과음하지는 않았지만 어쨌든 술을 마셨다. 어쩌면 술은 그녀를 좀 더 가까워지게 해서 그녀가 해야 했던 무언가를 위한 준비의 일부가 될지 모른다. 그녀는 술을 급히 마시다 목이 메었다. "게다가 어제는 제 생일이었어요. 열여덟 살이 되었죠."

"그걸 왜 우리한테 말하지 않았어요?" 그들은 분개해서 말했다.

"생일이라고 너무 야단스럽게 애를 쓰실까봐 그랬어요." 그녀는 샴페인 잔을 비웠다. "그러니까 이게 제 생일 축하 파티예요."

"절대로 그럴 수는 없죠." 딕이 확신시키듯 말했다. "내일 저녁 식사가 로즈메리 양의 생일 축하 파티가 될 테니 잊지 말아요. 열여덟이라…… 아니 그게 얼마나 중요한 나이인데."

"나는 열여덟 살이 되기까지의 인생은 중요하지 않다고 생각하곤 했어요." 메리가 말했다.

"맞아." 에이브가 동의했다. "그런데 그다음도 마찬가지지."

"에이브는 귀국하는 배에 오르기 전까지는 아무래도 좋다고 생각해요." 메리가 말했다. "이번에는 정말 뉴욕에 가서 해야 할 모든 것을 계획해놓고 있어요." 그녀는 마치 더 이상 의미가 없는 말을 하기가 물린 듯이, 그녀와 남편이 밟아온 진로는, 이니 밟지 못한 진로는, 사실상 한낱 의도에 그쳤다는 듯이 말했다.

"저이는 미국에서 작곡을 할 거고 나는 뮌헨에서 성악을 하고 있을 거예요. 그리고 다시 만나면 우리가 못할 건 아무것도 없을 거예요."

"멋져요." 로즈메리가 샴페인이 몸속에 퍼지는 것을 느끼며 말했다.

"이참에, 로즈메리 양에게 샴페인을 조금 더. 그러면 이제 로즈메리 양도 자기 임파선의 작용을 좀 더 합리적으로 설명할 수 있을 겁니다. 임파선은 열여덟이 되어서야 비로소 기능하거든요."

딕은 에이브를 보고 사람 좋은 웃음을 지었다. 딕은 그를 사랑했지만, 그에게 희망이 있다는 생각을 접은 지 오래되었다.

"그건 의학적으로 정확하지 않은 얘기야. 이제 가세." 그러자 어렴풋이 보호자 같은 태도를 감지한 에이브가 밝은 목소리로 말했다.

"나는 어쩐지 자네가 과학 논문을 완성하기 훨씬 전에 내가 먼저 브로드웨이에 신곡을 올릴 거 같은걸."

"그랬으면 좋겠네." 딕이 차분히 말했다. "그랬으면 좋겠어. 난 자네가 말하는 '과학 논문'을 단념할지도 몰라."

"오, 딕!" 메리가 말했다. 깜짝 놀란, 충격받은 목소리였다. 딕의 얼굴이 그렇게 완전히 무표정한 것을 로즈메리는 처음 보았다. 그 공표의 말이 무언가 중요한 것이라는 것을 알고 그녀는 메리처럼 "오, 딕!"이라고 외치고 싶은 기분이었다.

하지만 딕은 별안간 다시 웃고는 "—그걸 단념하고 다른 걸 한다는 말이지"라고 말한 뒤 자리에서 일어났다.

"아니 이보게 딕, 좀 앉아봐. 그게 뭔지 알고 싶은데—"

"언젠가 말해주겠네. 잘 자게, 에이브. 잘 자요, 메리."

"잘 자요, 딕." 메리는 거의 텅 빈 배에 그렇게 앉아 있기만 해도 충분히 행복할 것처럼 웃었다. 그녀는 희망을 안고 사는 용감한 여자였으며 어디론가 남편을 따라가고 있었다. 이런 사람 저런 사람으로 스스로를 바꾸어가면서, 그가 걸어가는 길에서 그를 한 발자국도 이끌어내지 못하면서, 때로는 그녀가 잘 간직하고 있는 비밀인, 그녀 자신이 향하고 있는 방향이 그의 마음속에 얼마만큼 깊이 자리 잡고 있는지를 깨닫고는 낙심하면서. 그럼에도 그녀에게는 행운의 느낌이 감돌았다, 그녀 자신이 일종의 징조인 것처럼…….

15

"뭘 단념하신다는 거예요?" 택시 안에서 로즈메리는 진지한 얼굴로 딕을 마주 보고 물었다.

"중요한 거 아니에요."

"과학자세요?"

"의사입니다."

"오오!" 그녀가 기뻐하며 미소 지었다. "제 아버지도 의사였어요. 그런데 왜……" 그녀가 말을 멈췄다.

"비밀스러운 건 없어요. 의사 경력의 절정에 불명예스러운 일을 저질러 리비에라에 숨어 산다거나 하는 건 아니니까요. 그냥 의사 일을 안 하고 있을 뿐이에요. 하지만 또 모르죠, 언젠가 다시 할지도."

로즈메리는 키스를 바라며 아무 말 없이 고개를 쳐들었다. 그는 왜 그러는지 이해하지 못하겠다는 듯 잠시 그녀를 바라보기만 했다. 그러더니 한쪽 팔로 그녀를 감아 안고는 그녀의 볼에 볼을 맞대고 살살 비볐다. 그런 다음 그는 눈을 내리뜨고 그녀를 다시 한참 바라보았다.

"사랑스럽기 그지없는 아이로군." 그가 근엄하게 말했다.

그녀는 그를 보고 미소지었다. 손은 진부하게 그의 양복 옷깃을 만지작거렸다. "당신과 니콜을 사랑해요. 사실 그건 제 비밀이에요. 누구에게도 당신에 관해 말하지 못해요, 더 많은 사람들이 당신이 얼마나 멋진지 알게 될까 봐요. 당신과 니콜을 사랑해요, 정말이에요."

그는 그 말을 얼마나 많이 들었는지 모른다—그 방식마저 똑같았다.

느닷없이 그녀가 달려들었다. 그녀의 얼굴이 초점을 잃는 지점 안으로 들어오면서 그녀의 어린 나이도 시야에서 사라졌다. 그는 그녀의 나이는 전혀 생각해본 적이 없었던 것처럼 숨도 쉴 수 없이 그녀에게 키스했다. 그러고 난 뒤 그녀는 그의 팔에 등을 기대고 한숨지었다.

"나는 당신을 포기하기로 했어요." 그녀가 말했다.

딕은 깜짝 놀랐다. 그녀가 그를 조금이라도 소유하고 있다고 암시하는 말을 그가 했던가?

"하지만 그건 아주 잔인한데." 그는 가볍게 받아넘겼다. "이제 막 흥미를 가지려던 참인데."

"당신을 정말 사랑했어요……" 마치 몇 년째 그런 사이였던 것처럼. 이제 찔끔거리기까지 했다. "당신을 정말, 정말 사랑했어요."

그때 그는 웃어야 했겠지만 자신도 모르게 이렇게 말했다.

"로즈메리 양은 그냥 아름다운 게 아니라 무언가 은막의 규모를 느끼게 해주는 군. 사랑에 빠진 척한다든가 수줍어하는 척한다든가 하는 모든 행동이 성공적으로 전달되니."

로즈메리와 니콜이 함께 산 향수 냄새로 향기로운 어두운 동굴 같은 택시 안, 그녀가 다시 그에게 가까이 몸을 붙였다. 그는 그녀에게 키스했지만 그게 즐겁지 않았다. 그녀의 행동에 정열이 있다는 것은 알았지만 눈이나 입에는 그런 기미가 없었다. 그녀의 숨결에서 살짝 샴페인 냄새가 났다. 그녀는 절박하게, 더 가까이 그에게 들러붙었다. 그는 한 번 더 키스했다. 그녀의 키스가 순수한 것을 보고, 입술이 접촉하는 순간 그녀의 시선이 그를 넘어 밤의 어두움을 향하는, 세상의 어두움을 향하는 것을 보고 그는 흥이 깨졌다. 광휘란 가슴속에 있는 무엇이란 것을 그녀는 아직 모르고 있었다. 그녀가 그것을 알고 우주적 정열에 녹아들 때, 그때는 두말 않고, 또는 후회 없이, 그녀를 취할 수 있을 것이다.

그녀의 호텔 방은 엘리베이터에서 가까웠으며 다이버 부부의 방과 대각선 방향이었다. 그녀의 방문 앞에 이르자 그녀가 별안간 다음과 같이 말했다.

"당신이 나를 사랑하지 않는다는 걸 알아요. 그것까지 기대하지는 않아요. 생일을 왜 알리지 않았느냐고 했죠. 그런데 아까 알려드렸어요. 내 생일 선물로 잠깐만 방에 들어와 내 얘기를 들어주세요. 잠깐이면 돼요."

두 사람은 방으로 들어갔다. 그가 문을 닫았다. 로즈메리는 그에게 손을 대지 않고 가까이 서 있었다. 밤이 그녀의 얼굴에서 혈색을 앗아갔다—그녀는 이제 창백할 만치 창백했다. 무도회가 끝난 뒤에 남은 하얀 카네이션 한 송이 같았다.

"로즈메리 양이 웃을 때……" 그는 아버지 같은 태도를 되찾았다. 말은 없어도 니콜이 가까운 데 있어서였을 것이다. "나는 항상 젖니 빠진 자리가 보이겠지, 라는 생각이 들어요."

하지만 이미 늦었다. 그녀가 쓸쓸히 속삭이며 그에게 찰싹 달라붙었다.

"나를 가지세요."

"가지다니?"

그는 너무 놀라 그 자리에 얼어붙었다.

"어서요." 그녀가 속삭였다. "자, 어서요, 이럴 때 사람들이 하는 게 무엇이든. 내가 그걸 좋아하지 않는다 해도 상관없어요. 그러리라 기대하지도 않았지만요. 그 생각을 하는 게 언제나 싫었지만 지금은 아니에요. 당신이 가졌으면 해요."

그녀는 스스로에게 깜짝 놀랐다. 자기가 그렇게 말할 수 있으리라곤 상상도 못했다. 그녀는 과거 가톨릭 학교에서 보낸 10년 동안 읽고, 보고, 꿈꿨던 것들을 인용했다. 그녀는 불현듯 이것이 자기가 맡은 최고의 배역 중 하나라는 것을 깨닫고는 더욱 정열적으로 그 역할에 몰입했다.

"이래선 안 돼." 딕은 신중했다. "샴페인 때문 아닌가? 이제

대충 그만합시다."

"안 돼요, 지금. 지금 했으면 해요. 나를 가지세요, 어떻게 하는지 보여주세요, 나는 온전히 당신 거예요. 그건 제가 원하는 거예요."

"무엇보다, 이게 니콜에게 얼마나 큰 상처를 줄지 생각해봤어요?"

"니콜은 모를 거예요. 이 일은 니콜과 아무런 상관이 없을 거예요."

그는 상냥한 목소리로 계속했다.

"그리고 내가 니콜을 사랑한다는 사실도 생각해야죠."

"하지만 당신은 한 사람 이상을 사랑할 수 있잖아요? 내가 엄마를 사랑하면서도 당신을 사랑하듯이, 아니, 더 사랑하듯이. 나는 지금 당신을 더 사랑해요."

"……그리고 또, 로즈메리 양이 느끼는 건 사랑이 아니에요. 나중에 진짜 사랑을 할 수도 있겠죠. 그래도 그러면 로즈메리 양의 인생은 아주 엉망진창이 될 거예요."

"아뇨, 약속할게요, 다시는 당신을 만나지 않겠다고. 엄마와 함께 곧바로 미국에 돌아갈게요."

그는 그 말을 묵살했다. 경험 없는 젊음의 입술에 대한 기억이 너무 생생했다. 그는 어조를 바꾸었다.

"그냥 일시적인 기분일 뿐이야."

"오, 제발, 아이를 가지게 되어도 괜찮아요. 스튜디오의 여자처럼 멕시코로 갈 수도 있어요.* 오오, 이건 내가 생각했던 것과는 아주 달라요. 나는 상대가 진지하게 키스할 때마다 그게 싫었어요." 그는 그녀가 여전히 그 일을 치러야 한다는 생각에서 벗어나지 못하고 있음을 보았다. "이빨이 아주 큰 사람들도 있었어요. 그런데 당신의 이는 완전히 달라요, 예쁘고요. 당신이 저를 가졌으면 좋겠어요."

"로즈메리 양은 사람들이 그저 어떻게든 키스를 한다고 생각하고 내가 키스해주기를 원한다는 거군요."

"아아, 나를 애태우지 말아요, 난 어린애가 아니에요. 날 사랑하지 않는다는 거 알아요." 그녀는 갑자기 풀이 꺾여 조용해졌다. "거기까지는 기대하지 않아요. 당신한테는 내가 하찮게 보일 거라는 거 알아요."

"바보 같은 소리. 하지만 내게는 로즈메리 양이 너무 어려보여요." 그리고 그는 생각에 잠겼다가 말을 보탰다. "……로즈메리 양에게 가르쳐줘야 할 게 아주 많을 거 같고."

로즈메리는 딕이 말을 잇기까지 열망의 숨을 쉬며 기다렸다. "마지막으로, 상황은 로즈메리 양이 원하는 대로 될 수 없도록 되어 있어요."

그녀가 낙담과 실망으로 고개를 수그리자 딕이 반사적으로 "우리는 그냥 단순히—"라고 말하다가 자제하고 그녀를 따라

*임신할 경우 멕시코로 가서 아이를 낳거나 낙태할 용의도 있다는 것.

침대로 가 그녀가 우는 동안 옆에서 가만히 앉아 있었다. 그는 갑자기 혼란스러웠다. 윤리적인 측면에서 혼란스러운 것은 아니었다. 어느 면을 보아도 그것은 한마디로 불가능했기 때문에 그저 혼란스러웠다. 평상시의 도덕적 힘이, 평정의 장력이, 그를 잠시 떠나 있었다.

"당신이 거절할 거란 걸 알았어요." 그녀가 흐느꼈다. "그냥 내 절망적인 희망이었을 뿐이에요."

그는 일어섰다.

"잘 자요, 어린 아가씨. 정말 유감스러운 일이군. 이제 그 얘기는 그만합시다." 그는 잠자리에서 생각해보도록 병원에서 쓰는 것 같은 말 두 마디를 해주었다. "많은 사람들이 로즈메리 양을 사랑할 거예요. 정서적으로나 어느 모로나 흠이 없는 온전한 상태로 첫사랑을 만나는 게 좋아요. 생각이 구식이죠?" 그가 문 쪽으로 발을 옮기자 그녀가 그를 올려다보았다. 그가 무슨 생각을 하는지 전혀 감을 못 잡고 그를 쳐다보았다. 그녀는 그가 천천히 한 걸음 더 옮기고 그녀를 돌아다보는 것을 지켜보았다. 잠시 그녀는 그를 붙들고 그를 집어삼키고 싶었다. 그의 입을, 귀를, 옷깃을 원했다. 그를 에워싸 삼켜버리고 싶었다. 그의 손이 문고리로 가는 것을 지켜보았다. 결국 그녀는 단념하고 침대에 드러누웠다. 문이 닫히자 그녀는 일어나 거울 앞으로 가 약간 훌쩍이며 머리에 빗질을 하기 시작했다. 늘 하던 대로 빗질을 150번 하고 나서 150번을 더 했다.

팔이 아프도록 그러고 나서 다른 팔로 바꿔 계속해서 빗질을
했다.

16

감정이 가라앉은 그녀는 수치를 느끼며 일어났다. 거울에 비
친 모습은 아름다웠어도 기분을 북돋기는커녕 어제의 아픈 기
억만 되살아났다. 지난가을 예일대 무도회에 같이 간 학생이
파리에 왔다고 알리는 편지를 엄마가 보내줘서 받았는데도 전
혀 도움이 되지 않았다. 그 모든 것이 멀게만 느껴졌다. 그녀
는 방에서 나와 다이버 부부를 보고 이중의 중압감으로 괴로
웠다. 하지만 그 심정은 그들을 만나서 옷을 가봉하러 같이 다
닐 때 니콜의 괴로움과 마찬가지로 관통할 수 없는 외피에 가
려 있었다. 그래도 마음이 몹시 동요된 점원에 관해 니콜이 다
음과 같이 한 말이 위안을 주었다. "대부분의 사람들은 남들이
실제로 그러는 것보다 훨씬 더 자기에 대해 심한 생각을 한다
고 생각해요. 자신에 대한 다른 사람들의 의견이 승인과 거부
사이에서 큰 호를 그리며 왔다 갔다 한다고 생각하는 거죠."
어제만 해도 로즈메리는 마음에 거리낌이 없었기 때문에 니콜
의 말을 불쾌하게 여겼을 것이다. 오늘은 간밤에 있었던 일을
축소하고 싶은 갈망 때문에 그 말을 열렬히 받아들였다. 그녀
는 니콜의 아름다움과 지혜에 감탄했다. 그리고 생전 처음으

로 질투심을 느꼈다. 로즈메리는 엄마가 진짜 중요한 의견은 건성으로 하는 말로 포장한다는 것을 알고 있었는데, 그녀가 고스 호텔을 떠나기 직전에 그런 엄마가 니콜은 대단한 미인이라고 말했다. 그 말은 로즈메리가 그런 미인은 아니라는 공공연한 암시였다. 하지만 마음이 불편하지는 않았다. 자기가 매력적이라는 것을 아는 것조차 최근에야 허락된 일이기 때문이었다. 그래서 자기의 예쁜 미모는 엄밀히 자기의 것이 아니라, 프랑스어처럼, 습득한 무엇으로 생각되었다. 하지만 그녀는 택시 안에서 니콜을 보며 자신과 비교했다. 그 예쁜 몸, 때로는 꼭 다물고 때로는 기대감으로 세상을 향해 반쯤 벌리고 있는 섬세한 입, 낭만적인 사랑을 할 수 있는 모든 잠재력을 가지고 있었다. 니콜은 젊은 처녀였을 때도 미인이었으며 나중에 높은 광대뼈를 덮는 피부가 바짝 당겨져도 여전히 미인일 얼굴이었다. 기본적인 미인의 틀을 갖추고 있었다. 원래 백인의 색슨족 금발 머리를 가지고 있었지만, 그것이 먹구름이 끼듯 전보다 더 짙어지자 그녀는 더욱 아름다웠을 뿐 아니라, 로즈메리보다도 더 아름다웠다.

"우리 저기서 살았던 적이 있어요." 로즈메리가 문득 생페르 가의 한 건물을 가리켰다.

"그거 참 신기하네. 나도 열두 살 때 엄마, 베이비 언니와 저기서 겨울을 난 적이 있는데." 니콜은 길 바로 건너편에 있는 호텔을 가리켰다. 양쪽 건물의 거무스름한 문이 그들을 응시했다. 소녀 시절의 잿빛 자취였다.

"우리가 레이크 포리스트에 집을 막 지은 터라 절약하느라 그랬죠." 니콜이 계속해서 말했다. "적어도 언니하고 나하고 가정교사는 절약했어요, 엄마는 여행을 다녔고요."

"우리도 절약하느라 그랬어요." 로즈메리는 그 말이 니콜이 의미하는 것과는 다르다는 것을 알고 말했다.

"엄마는 언제나 조심스럽게 저걸 작은 호텔이라고 했어요." 니콜은 그녀만의 빠르고 작은 매력적인 웃음을 웃었다. "그러니까, '싸구려' 호텔이라고 하지 않고요. 누군가 사치스러운 친구들이 주소를 물으면 우린 절대로 '수돗물이 나오는 것만도 감지덕지한 우범 지대의 더럽고 작은 토굴 같은 데 산다'고 하지 않고 '작은 호텔에 산다'고 말하곤 했어요. 마치 큰 호텔은 모두 우리가 지내기에는 너무 시끄럽고 천박하기라도 한 듯 말이죠. 물론 친구들은 우리의 말을 꿰뚫어 보고 사람들에게 떠들고 다녔어요. 그래도 엄마는 항상 그건 우리가 유럽을 잘 알고 있다는 것을 증명해주는 거라고 하셨죠. 물론 엄마는 유럽을 잘 알고 있었어요. 독일 국민으로 태어났으니까요. 하지만 외할머니는 미국인이셨죠. 그래서 시카고에서 성장했기 때문에 엄마도 유럽인이라기보다는 미국인이었어요."

그들은 2분 후면 나머지 일행을 만나게 되어 있었다. 로즈메리는 긴메르 가의 뤽상부르 공원 건너편에서 내릴 때 다시금 마음을 추슬렀다. 그들은 나뭇잎이 빼곡한 나무보다 높은 층, 이미 가구가 다 옮겨져 텅 빈, 노스 부부의 아파트에서 점심 약속이 있었다. 로즈메리에게 오늘은 어제와 달라 보였다—그녀는 그와 대면했고 눈이 마주쳤지만 새가 날기 시작할 때 날갯짓하듯 서로의 눈길은 스쳐 지나갔다. 그런 뒤로는 모든 게 괜찮았고 모든 게 경이로웠다. 그녀는 그가 자기를 사랑하기 시작했다는 것을 알았다. 그녀는 지극히 행복했고 감정의 따뜻한 피가 온몸을 수액처럼 힘차게 도는 것을 느꼈다. 차분하고 분명한 자신감이 심화되어 그녀는 기쁜 마음이 되었다. 그녀는 그를 거의 바라보지 않았지만 모든 게 아무렇지 않다는 것을 알았다.

점심 식사 후 다이버 부부와 노스 부부, 로즈메리는 콜리스 클레이를 만나러 프랑코아메리칸 영화사로 갔다. 로즈메리는 뉴헤이븐*에서 온 그 청년에게 전화를 걸어 거기서 만나기로 했다. 조지아 주 출신인 그는 북부에서 교육받은 남부 사람들이 갖고 있기 마련인 각별히 평범한, 심지어 등사한 것 같은 생각을 갖고 있었다. 그녀는 지난겨울만 해도 그를 매력적인 사람이라고 생각했다. 자동차를 타고 뉴헤이븐에서 뉴욕까지 가는 동안 손을 한 번 잡은 적도 있었지만 이제 그는 그녀에게는 더 이상 없는 존재였다.

그녀는 영사실에서 콜리스 클레이와 딕 사이에 앉았다. 기

*코네티컷 주, 예일 대학교가 있는 도시.

사가 〈아빠의 딸〉 필름을 영사기에 거는 동안 프랑스인 간부가 그녀에게 미국 속어를 구사하려고 애쓰며 주변에서 서성거렸다. "그래." 영사기에 문제가 있자 그가 말했다. "나는 바나나가 없어.*" 그리고 나서 실내조명이 꺼지고 갑자기 째깍하는 소리와 함께 화면이 깜박이면서 잡음이 났으며 그녀는 마침내 딕과 둘이 함께 사람들의 눈을 피할 수 있게 되었다. 그들은 설어둠 속에서 서로 바라보았다.

"사랑스러운 로즈메리." 그는 속삭이듯 말했다. 두 사람의 어깨가 서로 닿았다. 니콜은 그 줄 끝에 앉아 가만있지 못하고 꿈틀거렸다. 에이브는 발작적인 기침을 하고 코를 풀었다. 그리고 모두 편안히 자리를 잡았고 영화가 시작되었다.

거기에 그녀가 있었다―1년 전의 여학생, 뒤로 내린 머리는 타나그라 인형의 고형적인 머리처럼 뻣뻣하게 물결을 이루며 퍼졌다. 거기에 그녀가 있었다―지극히 젊고 순진한 그녀―엄마의 사랑과 보살핌의 산물. 거기에 그녀가 있었다―미국 국민의 미성숙을 그대로 체현하는 그녀의 모습, 텅 빈 창녀 같은 정신을 가진 그들의 눈앞으로 지나가는 새로운 마분지 인형 같은 그녀의 모습이. 그녀는 그 옷을 입었을 때 어떤 느낌이었는지 갓 지은 어린 누에의 실크가 얼마나 상쾌하고 새로웠는지 생각났다.

---

* '어떻게 할 수 없다'거나 '어림도 없다'는 거절, 불찬성을 뜻하는 1920년대의 미국 속어.

아빠의 딸. 작고 귀엽고 용감한 것, 고생이 많았겠지? 귀여운 것 끔찍하게 귀여운 것, 그냥 너무 귀엽지 않은가? 그 여자아이의 작은 주먹 앞에서 탐욕과 타락은 힘을 잃었다. 아니, 운명의 행진 그 자체가 멈췄다. 불가피한 것은 피할 수 있는 것이 되었고 삼단논법, 변증법, 모든 합리성은 떨어져나갔다. 여자들은 돌봐야 할 가사를 잊고 눈물을 흘렸으며, 심지어 영화 속의 한 여자가 너무 오랫동안 우는 바람에 로즈메리보다 더 관객의 주목을 끌 뻔했다. 그 여자는 많은 돈을 들인 영화 세트 여기저기에서 울었다. 덩컨 파이프* 가구로 이루어진 식당에서, 공항에서, 두 번의 순간적인 장면에만 나온 요트 경주 동안에, 지하철에서, 마지막으로 화장실에서. 하지만 개가를 올린 건 로즈메리였다. 천박한 세상의 침범을 받은 그녀의 훌륭한 성품과 용기와 착실함, 그리고 아직은 감정을 감추지 못하는 얼굴로 배역이 필요로 하는 것을 보여준 로즈메리—그것은 실제로도 감동적이어서 영화가 상영되는 동안에도 일렬로 앉은 일행의 감정이 이따금 그녀에게로 쏠렸다. 중간에 휴식 시간이 한 번 있었다. 그때 불이 들어오자 사람들이 칭찬의 말들을 했고, 그 뒤 딕이 그녀에게 진지하게 말했다. "난 정말 놀랐어요. 로즈메리는 최고의 여배우가 될 거예요."

그러고 나서 다시 〈아빠의 딸〉이 시작되었다. 바야흐로 행

*Duncan Phyfe(1770~1854). 미국의 유명한 가구 제작자, 또는 그가 만든 가구. 가벼우면서 우아한 스타일로 이름이 높다.

복한 시절이었다. 마지막은 로즈메리와 부모가 하나가 되는 아름다운 장면이었는데, 아버지 콤플렉스가 너무 자명해서 딕은 모든 심리학자를 대신해 그 지독한 감상의 표출 앞에 움찔했다. 영사 화면이 사라지고 실내 조명등이 켜졌고, 그 시간이 왔다.

"한 가지 더 준비한 게 있어요." 로즈메리가 전체를 향해 큰소리로 알렸다. "딕을 위해 테스트를 준비했어요."

"테스트라뇨?"

"스크린 테스트요. 지금 찍을 거예요."

모두 쥐 죽은 듯 잠잠해졌다—이내 노스 부부가 참지 못하고 깔깔 웃었다. 로즈메리는 딕이 그 의미를 파악하는 모습을 지켜보았다. 그의 얼굴은 먼저 아일랜드인식으로 움직였다. 그와 동시에 그녀는 자신이 으뜸 패를 내놓는 행위에 어떤 실수가 있었다는 것을 깨달았지만 그 카드 자체가 잘못되었다는 사실은 알아채지 못했다.

"테스트 필요 없어요." 딕이 단호히 말했다. 그런 다음 전체적인 상황을 파악하고는 밝은 목소리로 말을 이었다. "로즈메리 양, 실망인데요. 영화배우는 여자에게는 좋은 직업이죠. 하지만 맙소사, 나를 찍는다는 건 말도 안 돼요. 나는 개인적인 생활에 파묻혀 있는 나이 든 과학자예요."

니콜과 메리가 딕에게 비꼬듯 그 기회를 놓치지 말라고 강권했다. 그들은 자기들이 스크린 테스트 제안을 받지 못한 것이 은근히 불쾌해 딕을 놀렸다. 하지만 딕은 배우들에 관한, 다소 신랄한 이야기로 그 문제에 종지부를 찍었다. "가장 힘센 문지기가 아무것도 아닌 곳 입구에 배치되어 있어요." 그가 말했다. "그 공허한 상태가 너무 창피해서 알려지게 할 수 없기 때문인지도 모르죠."

딕과 콜리스 클레이와 함께 탄 택시에서—콜리스를 내려주고 로즈메리와 차를 마시러 갈 예정이었고, 니콜과 노스 부부는 에이브가 마지막에 하려고 남겨둔 일들을 처리하기 위해 차는 사양했다—로즈메리는 딕을 나무랐다.

"테스트 결과가 좋으면 캘리포니아에 가져갈 생각이었어요. 그래서 거기 사람들의 마음에 들면 당신이 와서 내 상대역 주연배우가 될 수 있지 않을까 했어요."

그는 어찌할 바를 몰랐다. "생각은 정말 고맙지만 나는 로즈메리 양을 보는 쪽에 있는 게 낫겠어요. 내가 본 영화 중에서 로즈메리 양보다 아름다운 사람은 별로 없었어요."

"아주 좋은 영화였어요." 콜리스가 말했다. "저는 네 번이나 봤어요. 뉴헤이븐에 있는 제가 아는 어떤 친구는 열두 번을 봤어요. 한번은 멀리 하트퍼드까지 가서 봤대요. 로즈메리를 뉴헤이븐에 데려갔을 때 그 친구가 너무 수줍어하는 바람에 로즈메리를 만나려 하지 않더라고요. 놀랍지 않아요? 이 어린 아가씨가 사람들 정신을 잃게 만든다니까요."

딕과 로즈메리는 단둘이 있고 싶은 마음에 서로를 바라보앗지만 콜리스는 그것을 알아채지 못했다.

"가시는 곳에 제가 내려드리죠." 콜리스가 제안했다. "저는 루테시아에 묵고 있어요."

"우리가 콜리스 군을 먼저 내려줄게요." 딕이 말했다.

"제가 선생님을 먼저 내려드리는 게 편할 겁니다. 전 괜찮아요."

"우리가 콜리스 군을 먼저 내려주는 게 좋겠소."

"하지만……" 콜리스가 말을 이으려다 마침내 상황을 파악하고 로즈메리와 언제 다시 만날 수 있을지 의논하기 시작했다.

마침내 그가 내렸다. 그럼으로써 제삼자라는 그림자 같은 하찮음과 불쾌한 부피감도 사라졌다. 차가 느닷없이, 마뜩잖게도 딕이 일러준 주소에서 멈췄다. 그는 길게 한숨을 쉬었다.

"들어갈까요?"

"아무래도 좋아요." 로즈메리가 말했다. "당신이 원하는 건 무엇이든 할게요."

그는 생각했다.

"나는 들어가야 해요…… 니콜이 돈이 필요한 내 친구한테서 그림을 샀으면 하거든."

로즈메리는 무언가 암시하는 잠깐 동안 헝클어졌던 머리를 매만졌다.

"5분만 들어갔다 갑시다." 그가 결정했다. "로즈메리 양은 이 사람들을 별로 좋아하지 않을 테니까요."

그녀는 그 사람들이 따분하고 판에 박은 사람들이거나 상스러운 술꾼들이거나 성가시고 고집을 부리는 사람들이거나 기타 다이버 부부가 피하는 부류의 사람들일 거라고 추측했다. 그녀는 그 장면이 주는 인상에 대한 마음의 준비가 전혀 되어 있지 않았다.

17

그것은 무슈 가에 있는 레츠 대주교의 관저를 잘라내 개조한 주택이었다. 하지만 집 안으로 들어가면 과거와 관련된 것뿐 아니라 로즈메리가 아는 현재와 관련된 것은 아무것도 없었다. 오히려 석조물인 건물 외부는 미래를 에워싸고 있는 것 같아서, 문지방이라고 부를 수 있을지 모르겠지만, 그 문지방을 넘어서서 강청색, 은도금, 기묘하게 비스듬히 깎인 무수하게 많은 면이 있는 거울로 장식된 긴 현관 복도로 들어가는 경험은 오트밀에 대마초를 곁들인 아침 식사처럼 변태적이어서 전기 쇼크와도 같았으며, 뚜렷한 신경과민을 일으키는 경험이었다. 그 효과는 장식미술 전시회의 그 어떤 부분과도 달랐다— 사람들이 그 앞에 있는 게 아니라 안에 있었기 때문이다. 로즈메리는 촬영 세트에 있을 때의 허위적이기도 하고 고양되기도 하는, 현실로부터 분리된 기분을 느끼고 거기에 있는 다른 사람들도 그런 기분이리라고 추측했다.

거기에 있는 30명 정도 되는 사람들은 대부분 여자였고 모두 루이자 M. 올컷이나 세귀르 부인*의 피조물이었다. 이 세트의 사람들은 삐죽삐죽한 깨진 유리 조각을 집는 손처럼 조심스럽고 정밀하게 움직였다. 개별적으로나 전체로서나 그들은 사람들이 자기가 소유하는 예술 작품을 지배하듯 주변 환경을 지배한다고 할 수 없었다. 얼마나 선택된 소수만을 위한 것이든 아무도 이 방이 무엇을 의미하는지 알지 못했다. 왜냐하면 그것은 항상 다른 무언가로 진화하고 있었고, 방이 아닌 다른 모든 것이 되고 있었기 때문이다. 그 안에 있는 것은 고도로 매끄럽게 닦은 이동 계단 위를 걷는 것만큼이나 어려웠다. 그래서 깨진 유리 조각들을 만지면서도 다치지 않는 손에 부여된, 앞서 말한 것과 같은 자질이 없으면 아무도 그 동작을 성공적으로 수행할 수 없었다—그 자질은 그곳에 있는 사람들 대다수를 제한하고 규정했다.

　그들은 두 부류로 나뉘었다. 먼저 봄여름 내내 방탕한 생활을 했었기 때문에 이제는 그들이 행하는 모든 것이 순전히 신경의 자극에서 말미암는 미국인들과 영국인들이 있었다. 그들은 어떤 때는 아주 조용하고 무기력하다가도 갑자기 봇물 터지듯 다투거나 신경쇠약을 일으키거나 유혹에 몰입하곤 했다.

*올컷은(Louisa May Alcott, 1832~1888) 《작은 아씨들》의 작가이고, 세귀르 부인 (Madame de Ségur, 1799~1874) 역시 소녀와 성인 여성의 경계에 있는 인물을 주인공으로 한 작품들을 즐겨 썼다.

나머지 다른 부류는, 착취자라고 부를 수 있겠는데, 자기들보다 위에 있는 사람들과 어울림으로써 부와 지위를 탐하는 사람들로 이루어져 있었다. 그들은 술에 취하지 않고 상대적으로 진지한 사람들로서, 인생의 목적이 있어 헛된 일에 낭비할 시간이 없었다. 그들은 그 환경에서 최선의 균형을 유지했으며, 그 아파트가 가벼운 가치관의 색다른 편성을 넘어 어떤 분위기를 갖추고 있다면 그것은 그들에게서 비롯한 것이었다.

프랑켄슈타인 같은 그 집은 딕과 로즈메리를 단숨에 집어삼켰다─그것은 곧바로 두 사람을 떨어뜨려놓았고 로즈메리는 불현듯 높은 목소리로 말하며 감독이 와주었으면 하고 바라는, 위선적이고 하찮은 자신의 모습을 발견했다. 그러나 실내가 태연한 태도를 유지하려고 안간힘을 쓰는 불안한 사람들로 가득해서 자신의 처지가 다른 사람보다 그곳에 덜 어울린다는 생각은 들지 않았다. 게다가 그녀가 받은 훈련이 효과가 있어서 다소 군인처럼 뒤로 돌거나 방향을 바꾸며 행진을 했으며, 그러다가 미소년의 얼굴을 가진 균형 잡힌 몸매의 반반한 여자와 이야기하는 척하고 있었지만 사실은 그녀와 대각선으로 4피트쯤 떨어진 맞은편에 있는 일종의 청동 사다리 같은 데에 앉은 사람들이 나누는 대화에 온 신경을 집중하고 있었다.

그 벤치에는 젊은 여자 셋이 앉아 있었다. 작은 머리를 마네킹처럼 손질한 그들은 모두 키가 크고 날씬했다. 이야기를 할 때면 그들의 머리가 짙은색 맞춤 정장 위에서 우아하게 흔들렸다. 꽃자루가 긴 꽃처럼, 우산 모양의 코브라 목처럼.

"응, 그들은 겉보기엔 아주 훌륭하지." 그중 한 여자가 풍부한 성량의 낮은 목소리로 말했다. "그야말로 파리에서는 최고야. 그건 부인할 수 없지." 그녀가 한숨을 쉬었다. "그 사람이 하고 또 하는 그 말들, '쥐에 시달린 가장 나이 많은 주민.' 한 번은 웃지만."

"난 인생의 굴곡진 면이 좀 더 바깥으로 드러난 사람들이 더 좋아." 두 번째 여자가 말했다. "그리고 난 그 여자가 싫어."

"난 그들 부부가 썩 마음에 내킨 적이 없어. 그들 주변 사람들도 마찬가지고. 가령, 술 자체인 노스 씨는 또 어떻고?"

"그는 열외고말고." 첫 번째 여자가 말했다. "하지만 문제의 그 일행이 네가 만나본 사람들 중 가장 매력적인 사람들이란 건 인정해야지."

그 말은 로즈메리가 그들이 다이버 부부 이야기를 하고 있다는 것을 알게 된 첫 암시였으며, 그녀는 분노로 몸이 뻣뻣해졌다. 하지만 풀 먹인 파란색 셔츠, 선명한 파란색 눈, 불그스름한 뺨, 그리고 회색 정장까지 포스터 같은, 그녀와 말을 하던 그 여자가 부지런히 자기를 과시하고 있었다. 여자는 로즈메리가 자기가 어떤 사람인지 알아보지 못하기라도 할까 봐 그들 사이의 걸리적거리는 것을 계속 걷어냈다.* 그러다가 곧

---

*동성애자인 상대 여자가 로즈메리의 환심을 사려고 암탉 앞의 수탉처럼 뽐내는 모습.

그 여자를 가리던 불안정한 유머의 베일마저 걷히자, 로즈메리는 그녀를 있는 그대로 보고 혐오감을 느꼈다.

"점심 식사도 안 돼요? 그럼 저녁은 어때요? 아니면 그다음 날 점심은요?" 여자가 졸랐다. 로즈메리는 딕을 찾아 두리번거리다 그가 도착해서부터 이야기하던 여주인과 함께 있는 것을 보았다. 눈길이 마주치자 딕이 고개를 살짝 끄덕였다. 그와 동시에 그 코브라 같은 여자 셋이 로즈메리를 알아차렸다. 그들의 긴 목이 돌진하듯 그녀에게로 향했다. 그들은 정밀한 비평의 눈으로 그녀를 응시했다. 그녀는 도전적으로 마주 쳐다봄으로써 그들의 이야기를 다 들었다는 것을 알렸다. 그런 다음 방금 전 딕을 보고 배운 방식대로, 정중하지만 짧게 자르듯 작별을 고함으로써 자꾸 졸라대는 상대를 떨어버리고 딕에게로 갔다. 여주인은—미국의 번영에 힘입어 안일한 생활을 하는, 키 크고 부유한 또 다른 미국 여자였는데—그가 마음 내켜하지 않는데도 한사코 고스 호텔에 관해 수없이 많은 질문을 퍼부었다. 보아하니 거기에 가고 싶어 하는 듯했다. 그녀는 로즈메리가 옆에 와 있는 것을 보고 주인으로서 자기가 너무 고집 부린 것을 깨닫고 주변을 둘러보며 다음과 같이 말했다. "아무도 재미있는 사람이 없어요? 혹시 인사 나눴나요, 그—" 그녀는 로즈메리의 흥미를 자극할 만한 남자를 찾아 여기저기 바라보았지만 딕이 가야겠다고 말했다. 그들은 곧바로 자리를 떠 짧은 미래의 문지방을 넘어 석조 건물 정면의 갑작스러운 과거로 나갔다.

"끔찍하지 않았어요?" 그가 물었다.

"끔찍했어요." 그녀가 공손히 말을 받았다.

"로즈메리, 왜 그래요?"

그녀가 두려움이 어린 작은 목소리로 "네?" 하고 말했다.

"참담하군."

그녀는 고통스럽게 들릴 정도로 흐느끼며 몸을 떨었다. "손수건 있어요?" 그녀는 말을 더듬었다. 하지만 울 시간이 별로 없었다. 이제 연인이 된 두 사람은 몇 초의 짧은 시간도 허비하지 않고 게걸스레 서로를 탐했다. 택시의 차창 밖으로 초록과 크림색 땅거미가 지고, 진홍색, 청색 수성가스, 유령 같은 초록색 네온사인들이 잔잔히 내리는 빗속에서 뿌옇게 빛을 발하기 시작했다. 거의 6시였다. 거리는 변하고 있었다. 비스트로의 불빛이 빛났고 택시가 북쪽으로 돌 때 창밖으로 분홍빛 콩코르드 광장이 지나쳐 갔다.

그들은 마침내 서로 바라보고 주문처럼 서로의 이름을 중얼거렸다. 두 이름이 살짝 허공에 머물다 다른 말보다, 다른 이름보다, 마음속의 음악보다 더 더디게 잦아들었다.

"간밤에 나한테 뭔가 씌었었나 봐요." 로즈메리가 말했다. "그 샴페인 때문일까요? 전엔 그런 적이 없었는데."

"그냥 나를 사랑한다는 말뿐이었는데."

"당신을 사랑하고말고요, 그 사실은 바꿀 수 없어요." 다시 울

타이밍이었다. 그녀는 손수건에 얼굴을 대고 조금 더 울었다.

"아무래도 내가 로즈메리를 사랑하나봐." 딕이 말했다. "그러면 안 되는데."

다시 서로의 이름이 흘러나왔다. 그리고 그들은 택시가 돌면서 그렇게 된 것처럼 하나가 되어 한쪽으로 기울었다. 그녀의 가슴이 그의 가슴팍에 밀착했다. 공동의 소유가 된 그녀의 입술은 새로움과 따뜻함 그 자체였다. 그들은 괴롭다시피 한 안도감을 느끼며 생각하기를 멈췄고, 보기를 멈췄다. 숨을 쉴 뿐, 서로를 추구할 뿐이었다. 두 사람 모두 피로의 가벼운 여파가 만들어낸 회색의 부드러운 세계 속에 있었다. 그럴 때 신경은 피아노 줄처럼 다발로 이완되다가 고리버들 의자처럼 탁탁 소리를 내며 활기를 얻는다. 그렇게 원초적이고 부드러운 신경은 응당히 다른 신경과 결합하는 법이다. 입술과 입술이, 가슴과 가슴이……

그들은 아직 사랑의 행복한 단계에 있었다. 서로에 대한 눈부신 환상, 엄청난 환상으로 충만했다. 그래서 자아와 자아의 교섭이 다른 인간관계는 개의치 않는 국면에 있는 것 같았다. 그들은 둘 다 특별히 순진해서 그 지점에 이른 것으로 생각되었다. 마치 일련의 순전한 우연을 통해 함께 있게 되었으며, 결국은 서로를 위해 존재한다고 결론을 내리지 않을 수 없을 정도로 많은 우연한 일이 있었던 것처럼. 그들은 단순한 호기심이나 은밀함과는 아무런 관계도 갖지 않고 결백하게 그 지점에 이르렀다. 혹은 그렇다고 생각되었다.

하지만 딕에게는 그 길이 짧았다. 호텔 길로 돌아서는 모퉁이에 이르렀다.

"어떻게 할 도리가 없어요." 그가 낭패감에 젖어 말했다. "로즈메리 양을 사랑하지만 내가 간밤에 한 말에는 변함이 없어."

"이제 그건 아무래도 상관없어요. 당신이 나를 사랑하게 만들고 싶었을 뿐. 당신이 나를 사랑한다면 그것으로 됐어요."

"불행히도 나는 로즈메리를 사랑해. 하지만 니콜이 알면 안돼. 조금이라도 눈치채면 안 돼. 니콜과 나는 함께 계속 가야하고. 어찌 보면 그건 단순히 계속 가고 싶다는 것보다 더 중요해요."

"한 번 더 키스해주세요."

그는 키스했다. 하지만 순간적으로 그녀를 떠나 있었다.

"니콜이 상처를 입으면 안 돼, 니콜은 나를 사랑하고 나도 니콜을 사랑해, 로즈메리 양도 그거 이해하잖아요."

그녀도 그것을 이해했다―그건, 사람들에게 상처를 주지 않는다는 건, 그녀가 잘 이해할 수 있는 종류의 문제였다. 그녀는 다이버 부부가 서로 사랑한다는 것을 알았는데, 그것은 처음부터 그러리라 가정하고 있었기 때문이다. 하지만 그녀는 그들의 관계가 다소 식었다고, 또 사실상 다소 자기와 엄마의 모녀간의 사랑과도 같다고 생각했다. 연인이 다른 사람들에게 내어줄 공간이 많다면, 그건 그만큼 서로를 향한 열렬한 마음이 모자라다는 표시가 아닐까?

"사랑이라고 했는데, 그냥 한 말이 아니야." 그가 그녀의 생각을 추측하고 말했다. "적극적인 사랑이지. 내가 말해줄 수 있는 것보다 더 복잡해. 그 말도 안 되는 결투의 원인도 거기에 있고."

"결투 얘기는 어떻게 알았어요? 그건 우리끼리 비밀로 하기로 한 줄 알았는데."

"에이브가 비밀을 지킬 수 있다고 생각해?" 그가 신랄하게 비꼬아 말했다. "라디오 방송에 비밀을 말하거나 타블로이드에 실을지언정 하루에 술을 석 잔 넉 잔 이상 마시는 사람한테는 절대로 비밀을 말하면 안 돼."

그녀는 그에게 빠짝 붙어 그 말에 동조하는 뜻으로 웃었다.

"그러니까 나와 니콜의 관계가 복잡하다는 걸 이해하겠지? 니콜은 별로 강하지 않…… 강하게 보이지만 사실은 그렇지 않아. 그래서 상황이 좀 엉망인 거지."

"오오, 그 얘기는 나중에 해요! 지금은 우리 키스해요, 지금 사랑해주세요. 당신을 사랑할 거예요. 니콜이 알지 못하게."

"사랑스러운 사람."

호텔에 도착하자 로즈메리는 딕을 황홀하게 바라보기 위해, 그를 숭배하기 위해 약간 뒤에서 걸었다. 마치 어떤 큰 행사에서 방금 나와서 다른 행사로 서둘러 가듯 그의 걸음걸이가 민첩했다. 비공개 축제의 조직자, 호화롭게 장식된 행복의

큐레이터. 그는 완벽한 모자를 썼고 무거운 지팡이와 노란 장갑을 가지고 다녔다. 그녀는 오늘밤 모두 함께 그와 지낼 즐거운 시간을 생각했다.

그들은 위층으로 올라가는 계단을 밟았다―5층이었다. 그들은 첫 층계참에서 멈추고 키스했다. 다음 층계참에서 그녀는 조심스러웠고 그다음 층계참에서는 더욱 조심스러웠다. 그다음―두 층계참이 남았다―그녀는 도중에 멈추고 쏜살같은 키스로 작별 인사를 했다. 그가 재촉해 그녀는 그와 함께 잠시 한 층 밑으로 내려갔다. 그리고 다시 한 층 올라가고 다시 한 층 올라갔다. 마침내 작별의 말이 오가면서 내민 손이 비스듬한 난간에 닿은 채 이동하다가 미끄러지듯 난간에서 떨어졌다. 딕은 그날 밤을 위한 준비를 하러 도로 층계를 내려갔다. 로즈메리는 방으로 달려가 엄마에게 편지를 썼다. 그녀는 조금도 엄마를 그리워하지 않은 것이 마음에 걸렸다.

18

다이버 부부는 체계적으로 짜여진 유행에는 정말로 무관심했지만 그렇다고 당대의 풍조를 버리기에는 너무 예민했다―딕이 여는 파티들은 오직 흥분 위주여서 그 흥분된 파티와 파티 사이에 쐬는 뜻밖의 상쾌한 밤바람은 그만큼 더 소중했다.

그날 밤 파티는 슬랩스틱코미디의 속도로 진행되었다. 그들은 열두 명이었다가 열여섯 명이 되었으며 네 명씩 차에 나누어 타고 파리를 돌아다니는 오디세이아에 나섰다. 모든 것은 예견된 일이었다. 사람들이 마법처럼 나타나 일행과 합류했다. 그들은 전문가로서 거의 가이드 역할을 하며 저녁 시간 동안 단계별로 일행과 동행하다가 중간에 빠지고는 다른 사람들이 그들의 자리를 채우는 식이어서, 각 단계의 신선함이 온종일 그들을 위해 절약되어 있었던 듯했다. 할리우드의 파티가 규모 면에서 얼마나 화려하든, 로즈메리는 딕의 파티가 그런 파티와는 다르다는 것을 알았다. 놀잇감으로 삼은 많은 것 중에 페르시아 황제의 자동차도 있었다. 딕이 그것을 어디서 빼내어 마음대로 쓰는지, 어떤 뇌물을 동원했는지는 중요하지 않았다. 로즈메리는 그것을 단순히 지난 2년 동안 자신의 삶을 가득 채운, 기막히게 멋진 생활의 새로운 양상으로 받아들였다. 그 차는 미국에서 특별 제작된 차대를 골격으로 해서 만든 것이었다. 바퀴도 라디에이터도 은색이었다. 차체의 안쪽에는 수많은 보석이 박혀 있었는데, 다음 주에 차가 테헤란에 배달되면 궁정 보석 세공인들에 의해 진짜 보석으로 대체될 것들이었다. 황제는 혼자 타기 때문에 실제 좌석은 단 한 개였다. 그래서 그들은 담비 모피가 깔린 바닥에 있다가 번갈아가며 그 자리에 앉았다.

하지만 거기에는 언제나 딕이 있었다. 로즈메리는 마음속에 항상 지니고 다니는 엄마의 모습을 떠올리고 자기는 그날 밤 딕처럼 그렇게 멋진 사람은, 그렇게 완벽하게 멋진 사람은 본 적이 없다고 확신했다. 그녀는 에이브가 공들여 "헹기스트 소령과 호르사 씨*"라고 칭한 두 음침한 영국인, 스칸디나비아의 어느 나라의 왕위를 이어받을 사람, 러시아에서 돌아온 지 얼마 안 되는 어떤 소설가, 될 대로 되라는 식이고 재치 있는 에이브, 그날 밤 어디선가 일행과 합류해 함께 다닌 콜리스 클레이 등 그들 모두와 딕을 비교하고 그들은 그와 비교도 안 된다고 생각했다. 그녀는 그 모든 행위 뒤에 깔린 그의 열정과 이타심에 황홀했다. 보병 대대가 휴대 식량에 의존하듯 저마다 관심과 배려의 공급에 의존하는, 움직일 수 없는, 다양한 유형의 사람들을 움직이는 그의 수완은 나중에 모든 사람들에게 그의 가장 개인적인 면을 나누어줄 게 남아 있을 정도로 수월해 보였다.

　—나중에 로즈메리는 가장 행복했던 순간들이 언제였는지 뒤돌아보았다. 처음은 딕과 함께 춤을 추었을 때였다. 그와 함께 신나는 꿈나라의 사람들처럼 공중에 맴돌며 돌아다닐 때 그녀는 키 크고 강인한 그의 모습에 대비되어 자신이 환하게 빛나는 느낌이 들었다—그는 그녀가 빛나는 꽃다발 같다는, 50개의 눈 앞에 펼쳐진 한 필의 귀한 옷감 같다는 느낌이 들게

---

*5세기 처음으로 브리튼 침략을 이끈 게르만족 형제.

하는 섬세한 동작으로 여기저기서 그녀를 회전시켰다. 그들은 춤을 추지 않고 그저 서로 붙어 있는 때가 더 많았다. 새벽 어느 시간엔가는 단둘만 있었다. 파우더 바른 몸이 촉촉한 한창 젊은 그녀가 구겨진 옷을 뭉개며 그에게 밀착하고 그 자리에서 떠나지 않았다. 주변에는 사람들의 모자와 목도리가 널려 있었다……

그녀가 정말 실컷 웃은 것은 그보다 나중에 있었던 일 때문이었다. 그날 밤 참석자 중 가장 고귀한 유물인 정예멤버 여섯 명이 조명이 희미한 리츠 호텔 로비에서 접객 담당에게 퍼싱 장군*이 밖에 있는데 캐비아와 샴페인을 원한다고 말했다. "장군은 촌각도 지체할 수 없소. 모든 사람은, 총을 든 모든 사람이 그의 분부를 따르오." 웨이터들이 정신없이 서두르며 어디선가 나타나 로비에 식탁을 마련했다. 그리고 그들이 기억나는 대로 군가를 웅얼웅얼 부르는 가운데 에이브가 퍼싱 장군 대신 입장했다. 큰 기대에 따른 실망에 감정이 상한 웨이터들은 서비스에 소홀했다. 그러자 일행은 웨이터를 골탕 먹일 함정을 만들었다. 로비에 있는 가구를 모두 사용해 만든, 골드버그** 만화에 나오는 별난 기계 장치와 같은 거대하고 기상천외한 장치였다. 에이브가 그것을 보고 미심쩍어하며 고개를

*John J. Pershing(1860~1948). 제1차 세계대전 당시 유럽의 미군을 지휘한 장군.
**Rube Goldberg(1883~1970). 단순한 일상적인 일에 쓰겠다고 만든 정교하고 비실용적인 기계 설비를 소재로 한 만화를 그린 미국 만화가.

흔들었다.

"연주용 톱을 훔치는 게 더 나을지도, 그래서—"

"됐어요." 메리가 말을 잘랐다. "저 이 입에서 저 말이 나오면 집에 갈 때가 됐다는 신호예요." 그녀는 걱정이 되어 로즈메리에게 속마음을 털어놓았다.

"에이브를 집에 데려가야 해요. 항구로 가는 열차가 11시에 출발하거든요. 너무 중요한 일이에요. 나는 저이가 열차를 타고 안 타고에 미래가 달려 있다는 생각이 들어요. 그런데 우리가 다투면 저이는 꼭 정반대로 행동해요."

"제가 설득해볼게요." 로즈메리가 제안했다.

"그래줄래요?" 메리가 미심쩍어하며 말했다. "로즈메리라면 할 수 있을지도 모르죠."

그때 딕이 로즈메리에게 다가왔다.

"니콜과 나는 집에 가려고 하는데, 로즈메리도 우리와 함께 가고 싶어할까 해서요."

그녀의 피곤한 얼굴이 이른 새벽의 미광 속에 창백했다. 낮에 홍조가 돌았던 양쪽 뺨에 핏기 없이 짙은 반점 같은 것이 보였다.

"안 돼요." 그녀가 말했다. "노스 부부와 함께 남기로 메리에게 약속했어요. 안 그러면 에이브가 잠자러 가지 않을지도 몰라요. 당신이라면 무언가 손을 쓸 수도 있을 텐데요."

"누구도 다른 사람을 어떻게 할 수 없다는 걸 몰라요?" 그가 그녀에게 충고했다. "만일 에이브가 내 기숙사 룸메이트인데 처음으로 술에 취했다면 이야기는 다를 거예요. 지금은 뭘 어떻게 할 수가 없어요."

"어쨌든, 나는 여기 있어야 해요. 에이브가 그러는데 우리가 아파트까지 함께 가기만 하면 잠자러 간대요." 그녀가 거의 도전적으로 말했다.

그는 재빨리 그녀의 팔꿈치 안쪽에 키스했다.

"로즈메리가 혼자 집에 가는 일이 없게 해요." 니콜이 딕과 함께 떠나며 메리에게 큰 소리로 외쳤다. "안 그러면 어머니에게 할 말이 없을 거 같아요."

—나중에 로즈메리와 노스 부부, 뉴어크에서 온 말하는 인형의 음성 제조업자, 어디를 가든 꼭 끼는 콜리스, 호사스럽게 차려입은 몸집이 큰 석유 인디언* 조지 T. 호스프로텍션은 당근을 산더미처럼 실은 시장 마차를 탔다. 어둠 속 당근 줄기의 흙에서 나는 냄새가 향기로웠다. 로즈메리가 앉아 있는 데는 짐 높은 곳이라서 띄엄띄엄 한참 만에 있는 가로등에 이르기 전에는 다른 사람들이 잘 보이지 않았다. 그들의 목소리는 마치 그녀와는 다른 경험을, 멀리서 다른 경험을 하고 있는 것처럼 멀게만 들렸다. 그녀는 마음속으로 딕과 함께 있었기 때문이다. 노스 부부와 함께 가는 것을 유감스럽게 생각하며, 복도

*거주 지역에서 석유가 발견되어 큰돈을 만지게 된 북미 원주민.

건너편에서 딕이 잠자는 호텔에 있거나 그가 더운 어둠이 흘러내리는 바로 이곳에 함께 있었으면 하면서.

"올라오지 마. 당근들이 다 굴러 내릴 거야." 그녀가 콜리스에게 소리쳤다. 그리고 당근을 한 개 집어 운전사 옆에 늙은이처럼 뻣뻣하게 앉아 있는 에이브에게 던져주었다.

시간이 흘러 대낮이 다 되어 마침내 숙소로 가는 길이었다. 비둘기들이 벌써 생쉴피스 교회 위로 흩어지고 있었다. 그들은 거리의 사람들은 지금이 덥고 쾌청한 아침이라고 착각하지만 자기들에게는 아직도 지난밤의 연속이라는 것을 알고 모두 동시에 웃기 시작했다.

'드디어 내가 광란의 파티에 참석해봤구나.' 로즈메리가 생각했다. '하지만 딕이 없으면 재미가 없어.'

그녀는 살짝 배신감과 비애감을 느꼈다. 그때 어떤 움직이는 물체가 나타났다. 긴 트럭에 묶인, 꽃이 만발한 마로니에 나무가 샹젤리제를 향해 가면서 흔들거리며 웃는 듯했다—아름다운 사람은 품위 없는 자리에 있어도 자신의 아름다움에 대한 자신감을 잃지 않는 것처럼. 로즈메리는 넋을 잃고 바라보며 그것과 자기를 동일시했다. 그러고는 그것과 함께 쾌활하게 웃었다. 갑자기 모든 것이 찬란해 보였다.

19

에이브는 생라자르 기차역에서 11시 기차를 타고 떠났다. 그는 수정궁* 시대에 속하는 1870년대의 유물인 더러운 유리 돔 아래에 혼자 서 있었다. 그는 떨리는 손가락을 숨기기 위해 불면의 스물네 시간만이 초래할 수 있는 그 희미한 회색빛 손을 재킷 주머니에 넣고 있었다. 모자를 벗자 그가 머리칼 표면만 빗질한 게 분명히 드러났다. 표면 아래의 머리칼은 어기차게 옆으로 엇나가 있었다. 2주 전 고스 호텔의 해변에서 수영을 하던 모습을 거의 알아볼 수 없을 지경이었다.

그는 역에 일찍 도착했다. 그는 눈만 돌려 좌우를 살폈다. 신체의 다른 부분마저 움직였더라면 과민한 신경이 걷잡을 수 없이 놓여났을 것이다. 새것으로 보이는 수하물이 옆으로 지나갔다. 곧 승객이 될 사람들이 뒤따랐다. 피부가 검고 체구가 작은 그들은 어둡고 날카로운 목소리로 "귀중품이오, 우우!" 하고 소리쳤다.

역내 식당에서 술 한 잔 마실 시간이 있을까 생각하다 주머니에 손을 넣고 땀에 젖은 천 프랑짜리 지폐 뭉치를 꼭 쥐려고 하는데 좌우를 살피던 그의 시선이 옆쪽의 층계 꼭대기에 서 있는 허깨비 같은 니콜에 머물렀다. 그는 그녀를 지켜보았다

*1851년 런던에 세워진 유리 전시장. 이후 많은 공공건물이 이것을 본 떠 세워졌다.

─사람들이 자기를 기다리는 사람의 눈에 아직 띄지 않았을 때 그렇게 보이기 마련인 것처럼 그녀는 작은 얼굴 표정으로 속마음을 드러내고 있었다. 그녀는 아이들에게 마음을 쓰며, 그들을 흡족한 마음으로 바라보기보다는 고양이가 발로 제 새끼들을 점검하듯 단순히 그들의 수를 세며 얼굴을 찡그리고 있었다.

에이브를 보자 그녀의 얼굴에서 그런 기색이 사라졌다. 채광창을 통해 비치는 하늘 빛이 칙칙했다. 붉게 태운 피부에도 불구하고 눈 밑에 다크서클이 보이는 에이브의 모습이 침울했다. 그들은 벤치에 앉았다.

"와달라고 해서 왔어요." 니콜이 방어적으로 말했다. 에이브는 왜 자기가 그녀에게 와달라고 했는지 잊은 것 같았고 니콜은 지나가는 여행객들을 구경하는 것으로 만족한 듯했다.

"저 여자가 당신이 탈 배에서 최고의 미인이겠어요. 저기 저 모든 남자들과 작별 인사를 하는 여자요. 저 여자가 왜 저 드레스를 샀는지 알아요?" 니콜의 말이 점점 빨라졌다. "왜 국제 순항선을 타는 사람 중 최고의 미인만이 저걸 사는지 알아요? 알아요? 몰라요? 정신 차려요! 저건 이야기 드레스예요. 저 필요 이상으로 많이 쓰인 옷감은 이야기를 들려주는데, 순항선에 탄 누군가는 그걸 듣고 싶을 만치 외로울 거예요."

그녀는 입을 딱 다물고 마지막 말을 억제했다. 그녀답지 않게 너무 말이 많았다. 그녀의 심각하고 굳은 얼굴을 바라보는 에이브로서는 그녀가 입이라도 벙긋했는지 알기 어려웠다. 그는 애써 몸을 곧게 하여 마치 앉아 있으면서 서 있는 것 같은 자세를 취했다.

"니콜이 나를 그 이상한 무도회에 데려간 그날 오후—왜 있잖아요, 생트주느비에브의—" 그가 말하기 시작했다.

"기억나요. 재미있었죠?"

"난 재미없었어요. 이번 여름에는 당신들을 보는 게 즐겁지 않았어요. 두 사람 모두한테 넌더리가 났어요. 하지만 두 사람이 나한테 더 넌더리가 나서 내가 그렇다는 게 보이지 않는 거죠. 무슨 말인지 알잖아요. 내게 의욕이 조금이라도 있다면 새로운 사람들을 찾겠어요."

니콜이 그의 말을 되받아칠 때 그녀의 벨벳 장갑에 보풀이 거칠게 일어 있었다.

"기분 나쁘게 구는 건 좀 어리석은 것 같군요, 에이브 씨. 아무튼 그건 진심이 아니잖아요. 나는 왜 에이브 씨가 모든 걸 포기하는지 모르겠어요."

에이브는 기침을 하거나 코를 풀지 않으려 애를 쓰며 그 말을 곰곰이 생각했다.

"모든 게 싫증났나봐요. 그런데 성공하기 위해 되돌아가기에는 너무 멀리 온 거죠."

남자는 종종 여자 앞에서 무력한 아이처럼 꾸미는 수가 있다. 하지만 무력한 아이인 것 같은 기분이 압도적이라면 그것은 거의 언제나 통하지 않는다.

"그건 변명이 안 돼요." 니콜이 딱 부러지게 잘라 말했다.

에이브는 매순간 더욱 참담한 기분이 되었다. 유쾌하지 않은, 순전히 신경질적인 말밖에 생각이 나지 않았다. 니콜은 자신이 보여야 할 올바른 태도는 무릎에 손을 얹고 정면을 똑바로 바라보며 앉아 있는 것이라는 생각을 했다. 한동안 두 사람 사이에 아무런 이야기도 오가지 않았다. 그들은 서로 반대 방향으로 뛰고 있었다. 앞에 푸른 공간이 있을 때에만 숨을 쉬었다. 그 공간은 상대방에게는 보이지 않는 하늘이었다. 연인들과 달리 그들에게는 과거가 없었다. 부부와 달리 미래도 없었다. 하지만 이날 아침 전까지만 해도 니콜은 딕을 제외한 다른 누구보다 더 에이브를 좋아했다. 그리고 그는 수년 동안 니콜을 향한 사랑으로 마음이 무겁고 몹시 겁이 났다.

"여자들의 세계에 넌더리가 나요." 그가 갑자기 목청을 높였다.

"그럼 에이브 씨 자신의 세계를 만들지그래요?"

"친구들한테 넌더리가 나요. 요는 아첨꾼들이란 거죠."

니콜은 기차역의 시곗바늘을 마음속으로 빨리 돌리고 싶었다. 그런데 그가 "동의해요?" 하고 물었다.

"나는 여자예요. 만사를 결속시키는 게 내 일이에요."

"내 일은 그걸 허무는 거죠."

"에이브 씨가 술에 취했을 때 허무는 것은 자기 자신뿐이에요." 그녀는 이제 냉정했다. 그러면서도 겁이 났고 자신감이 없었다. 역 안에 사람들이 많아지고 있었지만 아는 사람은 보이지 않았다. 잠시 후 고맙게도 니콜의 눈에 머리가 밀짚 빛깔 헬멧 모양인 키 큰 여자가 보였다. 그 여자는 우편 투입구에 편지들을 넣고 있었다.

"가서 누구랑 얘기 좀 하고 올게요, 에이브. 에이브, 정신 차려요! 바보 같은 사람!"

에이브의 시선이 골똘히 그녀의 뒤를 따랐다. 그 여자는 돌아서 크게 놀라며 니콜과 인사했다. 에이브도 그녀가 파리에서 본 적이 있는 여자란 것을 곧 알았다. 그는 니콜이 자리를 비운 틈을 이용해 손수건에 대고 토할 것처럼 심하게 기침을 하고 나서 요란하게 코를 풀었다. 다른 날보다 더운 아침이라 속옷이 땀으로 흠뻑 젖었다. 손가락이 너무 심하게 떨려 성냥개비를 계속 부러뜨리다 네 개째에야 담배에 불을 붙였다. 역내 식당에 가서 한 잔 마시지 않으면 안 될 것 같았지만 니콜이 곧 돌아왔다.

"실수였어요." 그녀가 쌀쌀맞은 기분이 되어 말했다. "와달라고 할 때는 언제고 나를 보기 좋게 무시하잖아요. 나를 썩은 시체 보듯 하네요." 흥분한 그녀는 두 손가락으로 피아노의 높은 음을 누른 것처럼 작은 웃음소리를 냈다. "내가 가지 말고 사람들이 오게 해야 하는데."

에이브는 담배를 피우다 나온 기침을 가라앉히고 다음과

같이 한마디 했다.

"문제는, 맑은 정신일 때는 아무도 만나고 싶지 않고, 술에 취했을 때는 아무도 만나주지 않는다는 거예요."

"누가, 내가요?" 니콜이 다시 웃었다. 어쩐 일인지 방금 전의 만남이 있고 나서 그녀는 활기를 얻었다.

"아니…… 내가요."

"나는 그렇지 않아요. 나는 사람을 좋아해요, 많은 사람을요. 나는 또……"

로즈메리와 메리 노스가 보였다. 천천히 걸으며 에이브를 찾고 있는데 니콜이 수선스레 튀어나가며 "여기야! 여기! 여기야!"라고 외치고 웃으면서 에이브에게 주려고 산 손수건 포장을 흔들었다.

몇 명 안 되는 일행은 에이브의 거대한 풍채에 눌려 불편하게 서 있었다. 그는 풍채로 그의 결점과 방종, 옹졸함과 가슴에 맺힌 응어리 위에 군림하며 난파된 범선처럼 그들과 비스듬한 각도로 서 있었다. 일행은 모두 그에게서 흘러나오는 엄숙한 위엄을, 그가 성취한 것이 단편적이고 암시적이고 다른 사람에게 뒤졌다는 것을 의식하고 있었다. 하지만 그들은 그의 잔존하는 의지가, 한때는 살고자 하는 의지였지만 이제는 죽고자 하는 의지로 변한 그 의지가 두려웠다.

딕 다이버가 왔다. 그의 빛나는 훌륭한 외관을 보자 세 여자가 안도의 환성을 지르며 달려가는 모양이 원숭이가 그의 어

깨로, 근사한 모자 꼭대기로, 지팡이의 황금색 손잡이로 뛰어
오르는 듯했다. 이제 그들은 잠시라도 에이브의 거대한 역겨
운 모습을 무시할 수 있었다. 딕은 곧 그 상황을 보고 조용히
무슨 일인지 파악했다. 그는 안으로 향했던 그들의 주의를 이
끌어내 기차역의 기이한 광경을 분명히 인식할 수 있게 해주
었다. 가까이에 있는 몇몇 미국인들이 오래된 커다란 욕조에
물이 떨어지는 리듬을 흉내 내는 것 같은 목소리로 작별 인사
를 나눴다. 기차역에 서 있는 중에도, 파리 시가 바로 등 뒤에
있는데도, 그들은 여행할 사람의 입장이 되어 대양 위로 몸을
기울이고 있는 듯 보였다. 원자들이 새로운 종족을 이루는 핵
심적인 분자를 형성하는 변화, 바닷물에 의한 변화를 이미 경
험하면서.

그렇게 부유한 미국인들이 지적인 얼굴, 자상한 얼굴, 생각
이 없는 얼굴, 숙고하는 얼굴 등 숨김없는 새로운 얼굴 표정을
하고 역으로 쏟아져 들어와 플랫폼으로 갔다. 그들 사이에 이
따금 눈에 띄는 영국인의 얼굴은 빈틈이 없고 긴급해 보였다.
플랫폼에 미국인들이 상당히 많아지자 그들에게 결함이 없다
는 첫인상은, 그들과 그들을 관찰하는 사람들을 똑같이 가로
막아 앞이 안 보이게 하는 막연한 민족적인 그늘 속에 자취를
감추기 시작했다.

니콜이 와락 딕의 팔을 잡으며 외쳤다. "저기!" 딕은 제때
고개를 돌려 잠깐 동안에 무슨 일이 벌어지는지 보았다. 풀먼

침대차 두 량 앞의 입구에서 작별 인사를 하는 많은 사람들 가운데 한 장면이 생생하게 분리되어 눈에 들어왔다. 니콜이 말을 걸었던 헬멧 모양 머리의 젊은 여자가 어떤 남자와 이야기를 하다가 그로부터 몇 걸음 달아나다 멈추어 이상한 자세로 몸을 비키더니 미친 듯이 핸드백에 손을 집어넣었다. 그리고 두 번의 권총 소리가 좁은 플랫폼의 공기를 깨뜨렸다. 그와 동시에 기관차가 날카로운 기적을 울려 일시적으로 총성의 의미를 축소시키더니 기차가 움직이기 시작했다. 에이브는 무슨 일이 일어났는지 모르고 차창 밖으로 다시 손을 흔들었다. 하지만 나머지 일행은 사람들이 몰려들기 전에 총격의 효력이 나타나는 것을, 표적이 플랫폼에 주저앉는 것을 보았다.

기차가 비로소 멈추기까지 백 년은 흐른 듯했다. 니콜, 메리, 로즈메리는 딕이 사람들을 헤치고 그리로 간 동안 언저리에서 기다렸다. 그가 그들을 다시 찾은 것은 5분이 지나서였다. 이때 모여든 사람들은 둘로 나뉘어 각각 들것에 실린 남자를 따라가거나 제정신이 아닌 경찰관들 사이에서 걸어가는 창백하고 결연한 여자를 따라갔다.

"마리아 월리스였어." 딕이 급히 말했다. "마리아의 총에 맞은 사람은 영국인이고, 총알이 신분증을 관통해서 경찰이 그 사람이 누군지 알아내는 데 아주 애를 먹었어." 그들은 다른 사람들과 마찬가지로 동요되어 기차를 등지고 급히 걸어 나가고 있었다. "마리아를 어느 경찰서로 데려가는지 알아냈는데,

내가 그리로 가려고—"

"하지만 마리아의 언니가 파리에 살잖아요." 니콜이 반대했다. "전화하면 되잖아요? 아무도 그 생각을 못했다는 게 정말 이상한 거 같아요. 마리아의 형부가 프랑스인이니까 우리보다 더 큰 도움이 될 수 있어요."

딕은 머뭇거리다가 고개를 흔들고는 걸어가기 시작했다.

"잠깐만요!" 니콜이 돌아서 가는 그에게 외쳤다. "바보 같은 짓이에요. 당신이 무슨 소용이 있다고 그래요. 당신 프랑스어 실력 가지고요?"

"적어도 경찰이 터무니없는 짓을 못 하게 감시할 수는 있겠지."

"분명히 마리아를 잡아두겠죠." 니콜이 거침없이 장담했다. "그 남자를 총으로 쐈잖아요. 가장 좋은 건 지금 바로 로라에게 전화하는 거예요. 로라가 우리보다 더 큰 도움이 될 거라고요."

딕은 설득당하지 않았다. 게다가 그는 로즈메리 앞에서 과시하고 있었다.

"기다려요." 니콜이 단호히 말하고 공중전화 박스로 서둘러 갔다.

"니콜이 무언가 직접 틀어쥐고 하면 더 이상 어떻게 할 수가 없어요." 딕이 애정 어린 투로 비꼬아 말했다.

그는 그날 아침 처음으로 로즈메리를 바라보았다. 그들은 서로 흘끔흘끔 쳐다보며 전날의 감정을 확인하려고 했다. 잠시 그들은 서로에게 너무도 이상해 보였다. 그러다가 다시 느릿하고 다정스러운 사랑이 두런거리기 시작했다.

"모든 사람을 돕고 싶어 하시는군요." 로즈메리가 말했다.

"그러는 척할 뿐이야."

"우리 엄마도 모든 사람을 돕고 싶어 하세요. 물론 엄마는 다이버 씨처럼 많은 사람을 도울 수는 없지만요." 그녀는 한숨을 쉬었다. "나는 가끔 내가 세상에서 제일 이기적인 사람이라는 생각이 들어요."

그녀가 엄마 이야기를 꺼내자 딕은 즐겁지 않았고 처음으로 짜증이 났다. 그는 그녀의 엄마를 쓸어버리고 싶었다. 로즈메리가 어린아이 같은 발판 위에 집요하게 설정해온 그들의 관계를 그 발판에서 떼어내고 싶었다. 하지만 이 충동은 자제력의 상실이라는 것을 그는 알았다. 그가 잠시라도 긴장을 풀면 그를 바라는 로즈메리의 충동은 어떻게 될까. 그는 다소 당황하며 그들의 관계가 미끄러지다 멈추는 것을 보았다. 그것은 한 곳에 가만히 있을 수 없을 것이다. 계속해서 앞으로 가거나 뒤로 가야 할 것이다. 그는 처음으로 자기보다 로즈메리가 쥐고 있는 제어 손잡이에 더 많은 힘이 실려 있다는 생각이 들었다.

그가 어떻게 해야 할지 단계적인 방향을 생각해내기 전에 니콜이 돌아왔다.

"로라와 연락이 됐어요. 소식을 처음 듣고는 목소리가 희미해지더니 도로 커지더군요. 혼절했다가 정신을 차린 것같이.

오늘 아침에 무슨 일이 생길 줄 알았대요."

"마리아는 디아길레프* 밑에서 일해야 하는데." 딕이 모두를 진정시키기 위하여 온화한 목소리로 말했다. "무대장치 감각이 좋거든…… 리듬감마저. 우리는 앞으로 기차가 떠나는 것을 볼 때마다 총성을 기억하게 되지 않을까?"

그들은 넓은 철제 계단을 쿵쿵 밟으며 내려갔다. "그 남자가 안됐어요." 니콜이 말했다. "그래, 그래서 마리아가 나한테 그렇게 이상하게 행동한 거야…… 총을 쏠 준비를 하고 있었던 거였어."

그녀는 웃었다. 로즈메리도 웃었다. 하지만 두 여자 모두 충격을 받았다. 또 두 여자 모두 딕이 그 문제를 각자 알아서 생각하라고 내버려두지 말고 도덕적인 논평을 해주기를 간절히 원했다. 이 바람은 전적으로 의식적인 것은 아니었다. 그런 큰 일들의 포탄 파편이 날카로운 소리를 내며 머리를 스쳐 지나가게 하는 데 익숙한 로즈메리의 경우에는 특히 그랬다. 하지만 총체적인 충격은 그녀의 내면에도 축적되었다. 딕은 새로 인지한 감정의 자극에 너무 동요된 나머지 문제들을 풀어내 휴가의 일상과 조화를 이루게 하는 역할을 하지 못했다. 그래서 결국 여자들은 무언가 허전함을 느끼고 막연히 불만스러워졌다.

*Sergei Diaghilev(1872~1929). 러시아의 유명한 예술 비평가이자 발레단 창설자.

아무런 일도 일어나지 않은 양 다이버 부부와 친구들은 그들의 삶과 함께 거리로 쏟아져 나왔다.

하지만 모든 것은 다가왔다 지나갔다. 에이브는 떠났고 메리가 잘츠부르크로 떠날 오후 시간이 임박했다. 이로써 파리에서의 시간이 막을 내렸다. 아니 어쩌면 그 총성이, 얼마나 음험한지 아무도 모를 문제에 종지부를 찍은 그 충격이 그 시간을 마무리했는지도 모른다. 총성은 그들 모두의 삶에 침투했다. 폭력의 메아리가 길까지 그들을 뒤따랐다. 그들이 택시를 기다리는데 옆에서 짐꾼 둘이 사건에 대한 사후 분석을 논했다.

"Tu as vu le revolver(자네 그 권총 봤나)? Il était très petit, vraie perle-un jouet(아주 작은 건데 정말 일품이야, 장난감 같아)."

"Mais, assez puissant(하지만 아주 강력했지)!" 다른 짐꾼이 사려 깊은 체하며 말했다. "Tu as vu sa chemise(그 남자 셔츠 봤어)? Assez de sang pour se croire à la guerre(전쟁터라고 해도 믿을 정도로 피가 범벅이던데)."

20

그들이 밖으로 나왔을 때 광장에서는 공기 중에 떠도는 지독한 배기가스가 7월의 햇볕에 천천히 달궈지고 있었다. 끔찍했다. 단순한 더위와는 달리 전원으로 도피할 가망도 없고 달라지는 것 없이 탁한 천식 유발성 공기로 꽉 찬 도로만 떠올리게 할 뿐이다. 뤽상부르 공원 건너편의 노천 식당에서 점심을 먹을 때 로즈메리는 생리통에 짜증이 난데다 성마른 권태감에 휩싸여 있었다. 역 안에서 이기적이라며 스스로를 질책했던 것은 그 전조였다.

덕은 그 급작스러운 변화를 전혀 알지 못했다. 그는 심히 기분이 좋지 않았으며, 이로 인해 증가한 이기심은 주변에서 일어나는 일에 일시적으로 눈을 멀게 했고 그가 판단을 내릴 때 의존했던 연속적인 거대한 파도 같은 상상력을 앗아갔다.

그들과 합류해 커피 한 잔을 나누고 메리 노스가 그녀를 기차역까지 바래다줄 이탈리아인 성악 선생과 함께 떠난 뒤 로즈메리도 영화 스튜디오에서 약속이 있다며 자리에서 일어섰다. "임원들과 만나기로 했어요."

"아, 그런데⋯⋯" 그녀가 말했다. "⋯⋯혹시 콜리스 클레이가, 그 남부 출신 있잖아요, 혹시 그 친구가 두 분이 여기 있을 때 오면 내가 기다릴 수 없어 그냥 갔다고 전해주세요. 내일 전화하라고요."

조금 전에 있었던 소동에 대한 반응으로 그녀는 너무도 아무렇지 않게 마음대로 어린아이의 특권을 취하려 했다. 이것은 어린아이에 대한 다이버 부부의 사랑은 오로지 그들의 자식들에게 한정된 것임을 깨닫게 하는 결과를 초래했다. 로즈메리는 단 한 마디 말로 날카로운 꾸지람을 받았다. "웨이터에게 시켜요." 니콜의 목소리는 준엄하고 음조가 일정했다. "우리는 금방 갈 거예요."

로즈메리는 무슨 말인지 알아들었고, 적의 없이 그것을 받아들였다.

"그럼 그냥 내버려두죠 뭐. 두 분, 안녕히 가세요."

딕이 계산서를 달라고 했다. 다이버 부부는 긴장을 풀고 이쑤시개를 입에 무는 둥 마는 둥 했다.

"그럼—" 두 사람은 동시에 말했다.

딕은 순간적으로 니콜의 입에 불만이 스치는 것을 보았다. 그가 아니면 알아채지 못할 정도로 순식간의 변화였다. 그는 그것을 못 본 척할 수 있었다. 니콜은 무슨 생각을 했을까? 로즈메리는 지난 몇 년간 그가 '고찰'해온 열두어 명 중 하나였다. 프랑스인 서커스 광대, 에이브와 메리 노스 부부, 한 쌍의 무용가, 소설가, 화가, 그랑기뇰 극장의 여성 코미디언, 러시아 발레단 출신의 반쯤 미친 남색꾼, 그들이 1년 동안 밀라노에서 재정을 지원해준 전도가 유망한 테너 가수 등이었다. 니콜은 그들이 그의 관심과 열의의 뜻을 얼마나 진지하게 해석했는지 잘 알고 있었다. 하지만 그녀는 결혼한 뒤로, 출산하는 동안을 제외하고는 딕이 하룻밤도 그녀와 떨어져 산 적이 없다는 사실 또한 알고 있었다. 한편 그에게는 그야말로 사람들이 이용해먹기 마련인 호감을 주는 면이 있었다. 그런 호감을 주는 사람들은 꼭 적극적으로 뛰어다니면서 계속 아무 소용도 없는 사람들이 자기를 따르게 했다.

그러고 나서 딕은 마음을 굳어지게 하고 서로에 대한 신뢰의 표시를 하거나, 그들은 하나라는 사실에 대하여 끊임없이 되풀이되는 놀라운 기쁨의 표시도 하지 않고 몇 분이라는 시간이 흐르게 내버려두었다.

남부 출신 콜리스 클레이가 빽빽한 테이블 사이를 비집고 다가와 다이버 부부에게 호방하게 인사를 했다. 딕은 언제나 그런 인사가 놀라웠다. 그냥 얼굴만 아는 사람들이 격식 없이 '하이!'라고 인사하거나 두 사람 중 한 사람만 바라보고 인사하는 것이. 마음이 냉담한 상태일 때는 사람들의 눈에 띄지 않았으면 할 정도로 사람들에 대한 그의 태도는 진지했다. 그의 면전에 그렇게 대놓고 격의 없이 행동한다는 것은 그의 생활 양식에 대한 도전이었다.

콜리스는 격식을 갖추지 않아 환영받지 못한다는 것을 모르고 이렇게 말하며 자신의 도착을 알렸다. "내가 늦었군요. 봉을 놓쳤어요." 딕은 쓰라린 마음을 삭히고 나서야 콜리스가 니콜을 칭찬하는 말부터 하지 않은 것을 용서할 수 있었다.

그녀는 거의 곧바로 자리에서 일어나 가버렸고 딕은 콜리스와 앉아 남은 와인을 마셨다. 그는 콜리스가 싫지 않았다. 콜리스는 '전후(戰後)' 세대였다. 콜리스는 딕이 10년 전 뉴헤이븐에서 알았던 대부분의 남부 사람들보다는 덜 까다로웠다.

딕은 그가 천천히 깊은 정성을 들여 파이프에 담배를 채우면서 하는 말을 재미있게 들었다. 오후 시간이 되자 어린아이들과 유모들이 뤽상부르 공원으로 몰려들기 시작했다. 하루 중이 시간에 그가 책임지고 할 일이 없게 된 것은 몇 달 만에 처음이었다.

그러다가 딕은 콜리스의 은밀한 독백의 내용이 무엇인지 깨닫고 갑자기 오싹해졌다.

"……그렇다고 생각하실지 모르지만 로즈메리는 그렇게 석녀(石女)가 아니더라고요. 솔직히 말해서 나는 오랫동안 로즈메리가 석녀라고 생각했거든요. 그런데 로즈메리가 부활절에 뉴욕에서 시카고로 가는 기차 안에서 내 친구랑 곤경에 빠진 일이 있었어요. 힐리스라는 친구였는데 뉴헤이븐에 있을 때 로즈메리가 그 친구를 보고 아주 잘생겼다고 했죠. 로즈메리는 내 사촌 여동생하고 같은 객실을 썼는데 힐리스와 단둘이 있고 싶어 했어요. 그래서 오후에 사촌 여동생이 내가 있는 데로 와서 나와 카드놀이를 했어요. 그런데 우리가 한두 시간 뒤에 그쪽으로 가보니까 로즈메리와 빌 힐리스가 차량 사이의 통로에서 차장과 승강이를 벌이고 있더라고요. 로즈메리는 안색이 아주 창백했죠. 둘이 문을 잠그고 문에 달린 창의 블라인드를 내리고 있었던 것 같아요. 차장이 표를 검사하려고 와서 문을 두드렸을 때 안에서 뭔가 끈적끈적한 일이 벌어지고 있었나봐요. 두 사람은 우리가 장난치는 줄로 생각하고 처음에는 문을 열려고 하지 않았어요. 그러다가 마침내 문을 열었을 때는 차장이 아주 화가 나 있었던 거죠. 차장은 힐리스에게 거기가 그의 방이냐고 묻고, 문을 잠그고 있었으니 로즈메리와 부부 관계냐고 물었어요. 그러자 힐리스는 자기들은 나쁜 짓한 게 없다며 설명을 하다 욱해서는 화를 냈어요. 그리고 로즈메리를 모욕했다며 차장과 결투하고 싶다고 했어요. 하지만 그 차장이 맘만 먹었으면 애를 먹였을 거예요. 정말이지 내가 그 일을 처리하느라고 얼마나 힘이 들었는지 몰라요."

그때의 세세한 일들이 상상 속에 펼쳐지고 두 남녀가 연결통로에서 불행을 공유했다는 사실에 질투심이 일면서 딕은 자신에게 변화가 일어나는 것을 느꼈다. 로즈메리와 자신의 관계에 제삼자의 모습이, 더욱이 사라지고 없는 사람의 모습이 개입했을 뿐인데도 그것만으로 그의 평정심이 깨지다니, 그가 고통과 비참과 욕망과 절망에 휩싸이기에 충분했다. 로즈메리의 뺨을 만지는 손이 생생하게 머릿속에 그려졌다. 빨라지는 호흡, 밖으로 보이는 그 사건의 격렬한 백색 흥분, 안에는 불가침의 은밀한 온기.

—커튼 내려도 돼?

—그래. 이 안이 너무 밝아.

이때 콜리스 클레이는 뉴헤이븐의 남학생회 정치에 대하여 똑같은 어조와 똑같은 억양으로 이야기하고 있었다. 딕은 콜리스가 로즈메리를, 그는 이해하지 못할 어떤 이상한 방식으로 사랑하고 있다고 추측했다. 힐리스 사건은 로즈메리가 '인간'이라는, 기쁨에 넘치는 확신을 준 것 말고는 콜리스에게 다른 감정적인 영향은 주지 않은 듯했다.

"본스*는 굉장한 회원들로 구성되어 있었죠." 그가 말했다. "사실 다른 클럽들도 모두 그랬지만요. 뉴헤이븐은 이제 너무 커져서 제외시켜야 하는 남학생들을 생각하면 애석해요."

─커튼 내려도 돼?

─그래. 이 안이 너무 밝아.

……딕은 파리의 다른 지역에 있는 거래 은행으로 갔다. 그는 현금으로 바꿀 수표를 쓰려고 하면서 책상에 죽 앉아 있는 직원들을 바라보고 누구한테 가면 좋을지 생각했다. 막상 수표를 쓸 때는 펜을 세심하게 검사하고 유리판으로 덮인 높은 테이블에 대고 글씨를 쓰는 물리적인 행위에 몰입했다. 그는 한 번 흐려진 눈을 들어 우편 담당 부서 쪽을 쳐다보고는 다시 자기가 다루고 있는 물체들에 집중함으로써 이번에는 마음을 흐릿하게 했다.

그는 아직도 누구에게 수표를 제시할 것인지, 그중 누가 가장 그의 우울한 처지를 짐작하지 못할지, 또한 누구의 입이 가장 무거울지 정하지 못했다. 상냥한 뉴요커인 페린은 그에게 아메리칸 클럽에서 점심을 같이 하자고 청한 적이 있다. 스페

*예일 대학교 4학년생들로 구성된 비밀단체, 스컬 앤드 본스(Skull and Bones).

인 사람인 카사수스는 이미 열두어 해 전에 딕의 인생에서 잊힌, 딕의 친구이기도 한 사람의 이야기를 하기 일쑤였다. 무크하우스는 항상 니콜의 계좌에서 인출할 것인지 딕 본인의 계좌에서 인출할 것인지 물었다.

수표 부본에 금액을 기재하고 그 밑에 줄을 두 번 그으며 그는 피어스에게 가기로 했다. 젊은 청년인 그 앞에서라면 조금만 연극을 해도 될 것 같았다. 대체로 연극을 하는 게 연극을 구경하는 것보다 더 쉬웠다.

그는 먼저 우편물 취급 창구로 갔다. 그를 상대한 여직원이 바닥에 떨어질 뻔했던 종잇조각을 가슴으로 막아 책상에 밀어 올리는 것을 보고 그는 여자들이 남자들에 비해 몸을 얼마나 다르게 쓰는지 생각했다. 그는 한쪽으로 편지를 가져가 뜯어 보았다. 정신의학 서적 열일곱 권에 대한 어떤 독일 회사의 청구서, 매년 갈수록 더욱 글씨를 알아보기 힘든, 버펄로의 아버지에게서 온 편지, 모로코의 페스 시(市) 소인이 찍힌, 익살맞은 소식이 담긴 토미 바르방의 편지, 취리히의 의사들에게서 온 독일어 편지, 칸의 미장공이 이의를 제기하고 되돌려 보내 온 청구서, 가구 제조업자로부터 온 청구서, 볼티모어 소재의 의학 학술지 출판사에서 온 편지, 잡다한 통지서, 신인 화가의 전시회 초청장, 니콜 앞으로 온 편지 세 통, 딕의 주소에 로즈메리 앞으로 온 편지 한 통 등이 있었다.

—커튼 내려도 돼?

딕은 피어스 쪽으로 갔지만 그는 어떤 여성 고객을 상대하느라 바빴다. 그의 발은 이미 방향을 바꾸어 그다음 책상의 한가한 카사수스에게 향하며 하는 수 없이 그에게 수표를 제시할 수밖에 없겠다고 생각했다.

"안녕하세요, 다이버 씨?" 카사수스가 상냥하게 말했다. 그는 일어섰다. 콧수염이 웃음과 함께 옆으로 벌어졌다. "얼마 전에 우리들끼리 페더스톤 얘기를 했는데 그때 다이버 씨 생각이 났어요. 그 친구는 지금 캘리포니아에 있어요."

딕은 눈을 둥그렇게 뜨고 몸을 약간 앞으로 굽혔다.

"캘리포니아라고요?"

"그렇다더군요."

딕은 수표를 똑바로 내밀어 놓았다. 그리고 카사수스가 수표에 주의를 쏟도록 하기 위해 잠시 피어스 쪽을 바라보고 그에게 3년 전 피어스가 리투아니아의 백작 부인과 깊은 관계를 가졌던 일에 대한 오래된 농담을 전제로 하는 친근하고 장난스러운 눈길을 주었다. 피어스도 그와 맞장구치며 씩 웃었다. 그사이 카사수스는 수표를 결재하고 나서 외알 안경을 손에 들고 "네, 그는 캘리포니아에 있습니다" 하고 말하며 일어날 뿐, 그가 좋아하는 딕을 계속 붙잡아둘 도리가 없었다.

한편 딕은 제일 끝 책상에 있는 페린이 헤비급 세계 챔피언과 이야기하고 있는 것을 보았다. 그는 페린이 곁눈질하는 것을 보고 자기를 불러 그와 소개시켜줄까 생각하다가 결국은 그러지 않기로 한 것을 알았다.

그는 유리판이 깔린 책상 앞에 앉아 있는 동안 축적한 치열함을 발휘해 카사수스의 사교적 기분을 무시하고—그러니까, 수표를 뚫어지게 보고 면밀히 살피더니 중대한 문제를 생각하는 척 그 은행원의 머리 오른쪽 첫 번째 대리석 기둥 너머에 시선을 고정시켰다가 열심히 지팡이와 모자와 편지 꾸러미를 이리저리 옮겨 들면서—작별 인사를 하고는 밖으로 나갔다. 오래전에 도어맨을 매수해둔 터라 택시가 쏜살같이 그의 앞에 다가와 섰다.

"파르 엑셀랑스 영화 스튜디오로 갑시다. 파시 가에 있어요. 일단 뮈에트로 갑시다. 거기서 가는 길을 가르쳐주겠소."

그는 지난 48시간 동안 일어난 일들로 인하여 자기가 무엇을 원하는지 잘 모를 정도로 불안정해졌다. 그는 뮈에트에서 내려 스튜디오를 향해 걸어가다 스튜디오 건물에 이르기 전에 길 건너편으로 건너갔다. 고급 옷을 입고 고급 장신구를 하고 있어서 품위가 있어 보였어도 동물처럼 동요되고 동물 같은 충동에 사로잡혀 있었다. 품위는 과거를, 지난 6년 동안의 수고를 집어던졌을 때에만 지닐 수 있었다. 그는 타킹턴* 소설의 청소년처럼 얼이 빠진 상태로 신속하게 그 건물을 둘러싼 길을 빙 돌았는데, 스튜디오 출입구가 보이지 않는 지점에서

*Booth Tarkington(1869~1946). 미국의 소설가. 미국 중서부 청소년들의 삶을 그린 소설들을 썼다.

는 로즈메리가 나오는 걸 놓칠까 봐 걸음을 재촉했다. 그곳은 우울한 동네였다. 스튜디오 옆 건물에 '1000개의 슈미즈'라는 간판이 붙어 있었다. 진열창을 가득 채우고 있는 셔츠는 바닥에 첩첩이 쌓여 있거나 칼라에 넥타이를 매어 놓거나 속을 채워 부피감을 주거나 바닥에 펼쳐져 조잡하게 장식되어 있었다—"1000개의 슈미즈"—세어보세요! 가게 양쪽에는 다음과 같은 간판이 있었다. '문방구', '제과', '바겐세일', '할인 판매'—그리고 영화 〈동틀 녘에 아침을〉의 콘스턴스 탈미지 포스터가 붙어 있었고 좀 더 떨어진 곳에는 다음과 같은 음울한 글귀들이 보였다. '성직자 의류', '사망 신고', '성대한 장례식'. 생사에 관련된 것들이었다.

그는 지금 하는 일이 인생에 획을 긋는 일임을 알고 있었다. 그것은 그전까지 일어난 모든 일과 맞지 않았다. 심지어는 그게 무엇이든 그가 로즈메리에게 주고자 하는 영향과도 조화를 이루지 않았다. 로즈메리의 눈에 그는 언제나 옳음의 모델이었다—그가 이 거리에 와서 주위를 빙빙 도는 것은 사생활 침해였다. 하지만 그가 이렇게 행동할 필요를 느낀 것은 그의 마음속에 감춰진 어떤 실재가 투영되었기 때문이다. 그는 걸어 다니든 가만히 서 있든, 거기에 있지 않을 수 없었다. 셔츠 소매는 손목에 꼭 끼었고 재킷 소매는 축에 덮어 끼우는 관처럼 셔츠 소매를 감싸고 있었으며, 칼라는 석고로 본을 뜬 것처럼 목에 꼭 맞았고 붉은 머리칼은 완벽한 길이로 조발되었으며 손에는 멋쟁이답게 작은 서류 가방이 들려 있었다. 언젠가 페라라의 교회 앞에 서서 굵은 베를 입고 재를 뒤집어쓰지 않을 수 없었던 그 사람처럼*. 딕은 잊히지 않은, 참회하지 않은, 정화되지 않은 것들에 경의를 표하고 있었다.

21

그곳에서 45분가량 서성이다가 느닷없이 어떤 사람과 접촉하게 되었다. 그가 아무도 마주치고 싶지 않은 기분일 때 생기기 마련인 바로 그런 종류의 만남이었다. 이따금 그는 자신의 노출된 자의식을 너무 엄격히 억제하려다가 역효과가 나는 경우가 있었다. 그것은 마치 소극적인 연기를 하는 배우가 관객의 흥미, 즉 자극된 관객의 감정적인 관심을 촉발해서, 자기가 벌려놓은 간격을 다른 배우들이 메울 수 있게 해주는 것과 같았다. 동정을 필요로 하고 동정을 구하는 사람한테는 별로 안됐다는 생각이 들지 않는 것과 마찬가지 원리이다. 이런 동정심은, 우리의 추상적인 동정심의 기능을 다른 수단으로 발동시키는 사람들에게 쓰려고 아껴두는 것이다.

　딕은 그 스스로 다음과 같은 일을 그렇게 분석했을지 모른

*성인 프란치스코 아시시(1181~1226)를 가리킨다. '굵은 베와 재를 뒤집어쓰는' 것은 회개한다는 의미의 관용어로 쓰인다.

다. 그가 생트앙주 가를 왔다 갔다 하는데, 무슨 상처가 있는 것 같고 살짝 사악한 미소가 어려 있는 얼굴이 홀쭉한, 나이는 서른 정도인 미국인이 말을 걸었다. 딕은 그가 요청한 담뱃불을 주면서 그를 어린 소년기부터 의식하기 시작한 어떤 유형의 사람으로 판단했다―담배 가게에서 한쪽 팔꿈치를 카운터에 얹고, 무슨 생각을 품고 있는지 모를 마음의 작은 틈새로 사람들이 드나드는 것을 지켜보는 유형이었다. 자동차 정비소에서 소곤거리며 모호한 거래를 하는 게 익숙해 보이는 사람, 이발소, 극장 로비에 있는 게 익숙해 보이는 사람―어쨌든 딕은 그를 그런 사람으로 판단했다. 그런 얼굴은 태드*의 만화 중에도 좀 더 야만적인 도시인을 그린 만화에서 튀어나오곤 했다―딕은 소년기에 그가 위치해 있던 희미한 범죄의 경계지를 얼핏 보고 종종 불안한 마음이 될 때가 있었다.

"파리 어때요, 형씨?"

그자는 대답을 기다리지 않고 딕과 보조를 맞추려고 했다. "어디서 왔습니까?" 그가 달래듯 물었다.

"버펄로요."

"난 샌안토니오에서 왔어요. 전쟁 이후로 계속 여기서 살았죠."

"군에 있었소?"

---

*Tad Dorgan(1877~1929). 미국의 풍자만화가.

"그럼요, 그랬죠. 84사단? 그런 부대 이름은 들어봤어요?"

그자는 딕보다 약간 앞서 걸으며 으르는 거나 다름없는 눈으로 그를 뚫어지게 보았다.

"파리에는 좀 있는 거요? 아니면 그냥 거쳐 가는 길?"

"거쳐 가는 길이오."

"어느 호텔에 있습니까?"

딕은 혼자 슬그머니 웃고 있었다. 그자의 일당이 그날 밤 그의 호텔방을 털려고 한다는 생각에. 도둑이 제발 저렸는지, 그는 딕이 무슨 생각을 하는지 알아차렸다.

"형씨는 덩치가 크니 나를 두려워할 것 없죠. 미국 관광객들을 털려고 숨어 기다리는 부랑자들이 많지만 형씨가 나를 두려워할 필요는 없어요."

딕은 지겨워하며 걸음을 멈췄다. "왜 그쪽이 이렇게 하릴없이 시간을 버리고 있나 생각할 뿐이오."

"난 여기 파리에서 장사를 하고 있어요."

"뭘 파시오?"

"신문을 팝니다."

두려움을 주는 거동과 점잖은 직업 사이의 대비는 터무니없는 것이었다. 하지만 그자는 다음과 같이 고쳐 말했다.

"걱정 말아요. 난 작년에 돈을 충분히 벌었으니까. 〈뉴욕타임스〉 일요일판을 6프랑에 사서 10프랑이나 20프랑에 팔았죠."

그는 낡은 지갑에서 신문 오린 것을 꺼내 산보에 동행자가 된 딕에게 내밀었다. 금이 적재된 정기선 트랩을 밟고 줄지어 쏟아져 나오는 미국인들을 묘사한 풍자만화였다.

"20만 명, 여름 한철에 1천만 달러를 쓴답니다."

"그런데 여기 파시*에는 무슨 일로 왔습니까?"

그의 길동무는 조심스레 주위를 돌아보았다. "영화 때문이 죠." 그가 안색을 흐리며 말했다. "저기에 미국 영화사 스튜디오가 있어요. 영어를 할 줄 아는 사람을 필요로 하죠. 그래서 기회를 기다리고 있어요."

딕은 신속하고 단호하게 그를 떨어버렸다.

로즈메리는 건물 주변을 돌기 시작했을 때쯤 그곳을 빠져나갔거나, 그가 그 동네에 오기도 전에 이미 떠나고 없었던 게 분명했다. 그는 길모퉁이의 비스트로에 들어가 공중전화용 주화를 바꿔 가지고 주방과 냄새나는 화장실 사이의 벽감실에 비집고 들어가 루아 조르주 호텔에 전화를 걸었다. 그는 자신에게 체인스토크스 호흡의 증상이 나타나는 것을 자각했다. 그러나 다른 모든 것과 마찬가지로 이 증상은 그로 하여금 감정적으로 치우치게 하는 역할을 할 따름이었다. 그는 교환에게 호텔 전화번호를 불러주고 수화기를 잡은 채 서서 카페 안을 응시했다. 한참 후에 여보세요 하는 작고 생소한 목소리가 들렸다.

*파리의 주택가.

"나 딕이야. 전화하지 않을 수 없어서."

그녀는 묵묵부답이었다. 그러다가 씩씩하게, 그리고 그의 감정과 조화를 이루어 이렇게 말했다. "잘하셨어요."

"로즈메리를 만나러 여기 스튜디오에 왔어. 파시에 왔는데 스튜디오 건너편에 있어. 함께 차를 타고 부아 지역이나 여기저기 돌아다니면 어떨까 해서."

"저런, 거기 갔다 금방 나왔는데! 미안해요." 침묵이 흘렀다.

"로즈메리."

"네."

"저기 말이야, 나는 로즈메리 때문에 아주 의외의 상황에 처해 있어. 어린 사람이 중년 신사의 마음을 혼란스럽게 하면…… 사정이 좀 어려워지지."

"당신이 무슨 중년이라고 그래요. 당신은 세상에서 가장 젊어요."

"로즈메리?" 침묵이 따랐다. 그는 선반의 변변치 않은 프랑스산 독주를 응시했다. 오타르, 럼 세인트 제임스, 마리 브리자르, 펀치 오랑자드, 앙드레 페르네트 블랑코, 셰리 로세, 아르마냐크 술병들이 있었다.

"혼자 있어?"

―커튼 내려도 돼?

"내가 누구랑 있겠어요?"

"지금 내 심정이 그래. 지금 로즈메리와 함께 있고 싶어."

침묵이 흘렀다. 그리고 한숨과 대답이 뒤따랐다. "당신이 지금 나와 함께 있으면 좋겠어요."

호텔 방, 어떤 전화번호가 보였고 그 뒤에 그녀가 누워 있었다. 그녀의 주변을 감도는 작고 애처로운 음악 소리가 수화기에 들락날락했다.

차를 마실 때는…… 두 사람.
나는 당신과
당신은 나와
홀로.*

햇빛에 그은 피부를 덮은 티끌 같은 분이 눈앞에 어른거렸다. 그가 그녀의 얼굴에 키스했을 때 그녀의 머리칼 끝이 젖어 있었다. 그의 얼굴 아래에, 활 모양으로 굽은 어깨 아래에 언뜻 하얀 얼굴이 보였다.

"있을 수 없는 일이야." 그는 혼잣말을 했다. 그는 곧 거리로 나와 뮈에트 쪽인지 뮈에트에서 반대쪽인지 모를 방향으로 행진했다. 손에는 여전히 작은 서류 가방을 들고 손잡이가 금도금된 지팡이는 검을 찬 것 같은 각도로 들고 걸었다.

로즈메리는 책상으로 돌아가 엄마에게 보내는 편지를 마저 썼다.

*1924년 뮤지컬 〈노, 노, 나네트〉에 삽입되어 인기를 끈 듀엣 곡.

"……그 남자를 본 건 잠깐뿐이었지만 아주 잘생겼다는 생각이 들었어요. 저 사랑에 빠졌어요(물론 딕을 사랑하지만 제 말이 무슨 말인지 엄마도 아시겠죠). 그 사람이 정말 그 영화를 감독한대요, 그래서 곧바로 할리우드로 떠날 거예요. 그러니까 우리도 이제 가야해요. 콜리스 클레이가 여기 있었어요. 저는 콜리스가 정말 좋은데 다이버 부부 때문에 볼 시간이 별로 없었어요. 다이버 부부는 아주 멋지죠, 아마 제가 아는 사람 중 가장 좋은 사람들일 거예요. 오늘은 몸이 좀 안 좋아서 약을 먹어야겠어요. 그럴 필요까지는 없을 거 같지만요. 여기서 있었던 일은 편지로는 다 말할 수가 없어요! 만나서 이야기 해드릴게요. 아무튼 이 편지를 받으면 바로 전보를 보내주세요, 전보라야 해요! 엄마가 이쪽으로 올라오시겠어요, 아니면 다이버 부부가 그리로 내려갈 때 제가 같이 갈까요?"

6시에 딕은 니콜에게 전화를 했다.

"특별한 계획이 있어?" 그가 물었다. "뭔가 조용한 시간을 가질까? 아니면 호텔에서 저녁을 먹고 연극이나 보러 갈까?"

"그러고 싶어요? 당신이 하고 싶은 대로 할게요. 아까 로즈메리한테 전화를 했더니 그냥 자기 방에서 저녁을 먹겠다는군요. 당황스러워요, 그렇지 않아요?"

"난 아무렇지 않은데." 그가 이의를 표했다. "여보, 당신 몸이 피곤하지 않으면 우리 뭔가 합시다. 그러지 않으면 남쪽에 가서 일주일 동안은 우리가 왜 부셰*를 보지 않았는지를 생각하며 보내게 될 거야. 그런 일에 신경 쓰는 것보다야 낫지—"

이 말은 큰 실수였다. 니콜은 날카롭게 그의 말을 가로막았다.

"신경을 쓰다니, 무엇에요?"

"마리아 월리스 말이야."

그녀는 연극을 보러 가겠다고 했다. 아무것도 못 할 정도로 지치지 말자는 게 그들이 서로 지켜온 전통이었으며 그럼으로써 전반적으로 낮 시간을 더 잘 보내고 저녁 시간도 덩달아 제대로 보낼 수 있었다. 어쩔 수 없이 기분이 처질 때면 그들은 다른 사람들이 기분이 처지고 피곤한 탓으로 돌렸다. 파리에서 볼 수 있는 어떤 커플 못지않게 멋져 보이는 두 사람은 외출하기 전에 로즈메리의 방 문을 살짝 두드려보았다. 아무런 응답이 없었다. 그녀가 잠든 줄 생각하고 그들은 덥고 시끄러운 파리의 밤거리로 나가 푸케츠 바에 들러 어둑한 데서 비터스를 넣은 베르무트를 급히 들이켰다.

22

니콜이 무언가 꿈결에 중얼거리더니 잠에서 깼다. 자는 동안

---

*François Boucher(1703~1770). 로코코 양식의 프랑스 화가.

엉겨 붙은 속눈썹이 긴 눈을 떴다. 딕은 침대에 없었다. 잠시 뒤에야 그녀는 누군가 응접실 문을 두드리는 소리에 잠이 깬 것을 자각했다.

"Entrez(들어와요)!" 그녀는 큰 소리로 말했다. 하지만 아무 런 응답이 없었다. 그녀는 잠시 기다렸다가 일어나 드레싱가 운을 걸치고 가서 문을 열었다. 순찰 경관이 예의를 갖추어 그 녀를 대면하고 문 안으로 들어섰다.

"아프간 노스 씨. 그런 사람 여기 있습니까?"

"네? 아뇨, 그 사람은 미국으로 떠났어요."

"언제 떠났습니까, 부인?"

"어제 아침에요."

경관은 고개를 흔들고 집게손가락을 들어 그녀를 향해 고 개를 젓는 속도보다 더 빠르게 흔들어 보였다.

"그 사람은 간밤에 파리에 있었습니다. 호텔 숙박부에는 기 재가 되어 있는데 방은 비어 있어요. 사람들이 이 방에 가서 물어보라 그러더군요."

"참으로 이상한 일이네요. 우리가 어제 그를 기차역에서 전 송했거든요."

"그건 그렇다고 해도 어쨌든 오늘 아침에 그가 여기에 있는 걸 봤다고들 합니다. 심지어 신분증까지 확인했다더군요. 그 래서 여기 온 겁니다."

"우리는 아무것도 몰라요." 그녀는 깜짝 놀라며 선언했다.

경관은 곰곰이 생각했다. 불쾌한 냄새가 나는 미남이었다.

"어젯밤에 그와 전혀 만나지 않았다는 겁니까?"

"……그렇다니까요."

"경찰에서 흑인을 한 명 체포했습니다. 우리는 드디어 우리가 범인인 흑인을 체포했다고 있습니다."

"분명히 말하지만 나는 지금 무슨 말을 하시는지 전혀 모르겠어요. 그 사람이 우리가 아는 에이브러햄 노스 씨라면, 글쎄요, 그 사람이 간밤에 파리에 있었다면 우리는 모르고 있었어요."

경관은 고개를 끄덕였다. 그녀의 말을 알아듣긴 했지만 기대에 어긋난 말이라 윗입술을 빨았다.

"무슨 일이에요?" 니콜이 다그쳤다.

경관은 다물고 있던 입에서 숨을 터뜨리며 손바닥을 펴 보였다. 그는 그녀의 매력을 느끼기 시작하고 그녀를 쳐다보며 눈을 깜박였다.

"뭘 바라십니까? 한여름의 연애사건요? 아프간 노스 씨가 강도를 당하고 신고했어요. 우리는 그 악한을 체포했고요. 아프간 씨가 경찰에 와서 범인을 확인한 다음 적절한 기소를 해야 합니다."

니콜은 드레싱가운을 바짝 여미고 서둘러 그를 내보냈다. 그녀는 얼떨떨한 기분으로 목욕을 하고 옷을 입었다. 그러고 나니 오전 10시가 넘었다. 로즈메리에게 전화를 했지만 받지 않았다. 그런 다음 호텔 사무실에 전화를 해 에이브가 실제로 아침 6시 30분에 투숙했다는 것을 알아냈다. 하지만 그는 아직도 방에 들지 않았다. 그녀는 딕에게서 무슨 연락이 있기를 바라며 응접실에서 기다렸다. 기다리기를 단념하고 나가려는 참에 사무실에서 전화로 다음과 같이 알렸다.

"크로쇼 씨가 왔는데요, 흑인입니다."

"무슨 일이죠?" 그녀가 다그치듯 물었다.

"의사 선생님과 부인을 안답니다. 구치소에 프리먼 씨라는 사람이 갇혀 있는데 온 세상이 다 아는 친구라는군요. 부당한 일을 당했다며 노스 씨를 보고 싶답니다. 그 자신도 체포되기 전에요."

"우리는 전혀 모르는 일이에요." 니콜은 모든 일을 부인하고 수화기를 힘껏 내려놓았다. 기이하게도 에이브가 다시 나타나자 그녀는 그의 방종한 생활을 지켜보는 자신이 얼마나 지쳐 있는지 분명히 알게 되었다. 그에 관한 생각을 몰아내고 그녀는 밖으로 나갔다. 양장점에서 우연히 로즈메리를 만나 그녀와 함께 리볼리 가에서 조화와 색색의 구슬을 꿴 목걸이들을 샀다. 그녀는 로즈메리가 엄마에게 줄 다이아몬드, 집에 돌아가 캘리포니아의 업계 동료들에게 줄 스카프, 진기한 담뱃갑 등을 고르는 것을 도와주었다. 니콜 자신은 아들에게 줄 그리스와 로마 병정 부대 전체를 사는 데 1천 프랑 이상을 썼다. 한 번 더 그들은 서로 다른 방식으로 돈을 썼고 로즈메리는 다시금 니콜이 돈을 쓰는 방식에 놀랐다. 니콜은 자기가 쓰는 돈이 자기의 것임을 확신하고 썼다―로즈메리는 아직도 자기의 돈은 누군가에게서 기적적으로 빌린 돈이며 따라서 아주 조심해서 써야 할 것만 같았다.

얼굴에 화색을 뿜어 올리는 건강한 몸으로 이국의 도시에 내리쬐는 햇빛 속에서 돈을 쓰는 것은 즐거운 일이었다. 그들은 자신만만하게 팔과 손, 다리와 발목을 쭉 뻗고 걸었다. 남자들 눈에 사랑스러운 여자들이 가진 자신감을 가지고 손을 뻗고 발을 내디뎠다.

그들은 호텔로 돌아와 아침 시간의 생기 있고 새로운 딕을 본 순간 어린애들처럼 더없이 기뻤다.

그는 방금 전, 오전 내내 숨어 있었던 것으로 보이는 에이브로부터 알아들을 수 없는 전화를 받은 참이었다.

"아주 이상한 전화였어."

딕은 에이브 외에도 여러 사람들과 통화했다. 이 엑스트라들은 한결같이 다음과 같이 소개되었다. "……자네와 말하고 싶다는 사람이 있는데 말이야, 티푸트 돔*과 관련이 있어, 아니 관련이 있대. ―뭐라고?"

"이봐, 아무개, 조용히 해. ―아무든 무슨 스핸들, 스캔들에 휘말렸는데 도저히 집에 돌아갈 수 없다네. 내 개인적인 생각

---

*에이브 노스는 술에 취해 'Teapot Dome'을 'teput dome'이라고 잘못 말한다. 1922년 미국의 내무장관 앨버트 B. 폴스가 와이오밍의 티포트 돔에 있는 해군의 원유 매장량을 민간에 불법으로 대여해주어 하딩 행정부를 곤경에 빠뜨렸던 스캔들이다. 정부 내외의 많은 사람들이 이에 연루되었다.

으로는 말이야, 내 개인적인 생각으로는 이 사람이—" 무언가 꿀꺽꿀꺽 마시는 소리가 들리더니 그에게 있던 수화기가 미지의 누군가에게 넘어갔다.

전화에서 추가 제안이 들려왔다.

"심리학자라서 어떤 식으로든 관심이 있을 줄 알았는데요." 말이 애매한 이 인물은 끝내 전화기를 붙들고 놓지 않았다. 그는 결국 심리학자로서의, 아니 심리학자로서가 아니라도 딕의 관심을 끌지 못했다. 에이브의 대화는 다음과 같이 계속되었다.

"여보세요?"

"응, 말하게."

"저, 여보세요."

"당신 누구요?"

"음." 간간이 코웃음이 끼어들었다.

"저, 다른 사람 바꿔드리리다."

에이브의 목소리가 나기도 하고 수화기를 가지고 서로 옥신각신하다가 떨어뜨리는 소리가 나는가 하면 멀리서 나는 소리 같은 단편적인 말들이 들렸다. "아냐, 안 그래, 노스 씨……." 그러고 나서 누군가 건방진 목소리로 단호하게 말했다. "댁이 노스 씨 친구라면 이리 와서 데려가시오."

엄숙하고 느릿느릿한 에이브가 현실적인 결단을 보이는 큰 소리로 소란을 내리누르며 끼어들었다.

"딕, 내가 몽마르트르에서 인종 폭동을 일으켰네. 이제 구치소로 가서 프리먼을 꺼내 와야겠어. 구두약을 만드는 코펜하겐 출신의 흑인이…… 여보세요, 들리나 ……음, 있잖아, 누가 거기에 오면—" 또다시 수화기에서 수많은 음조로 뒤범벅된 소리가 났다.

"파리엔 왜 도로 온 거야?" 딕이 따지듯이 물었다.

"에브뢰*까지 갔다가 에브뢰와 생쉴피스**를 비교하려고 비행기를 타고 돌아왔어. 그렇다고 생쉴피스를 파리에 되돌려 놓으려는 건 아니란 말씀이야. 바로크 양식은 더더욱 아니야! 생제르맹***을 말하는 거야. 제발 좀, 잠깐만 기다리게, 호텔 종업원을 바꿔줄게."

"제발, 그러지 말게."

"여보게, 메리는 잘 떠났나?"

"응."

"딕, 오늘 아침에 만난 어떤 사람과 자네가 얘기 좀 해줬으면 하네, 어떤 해군장교의 아들인데 유럽의 의사란 의사는 다 찾아가봤다는구먼. 내가 그 사람 얘기 좀 할게—"

이 시점에서 딕은 전화를 끊었다—머리를 활용할 수 있는 일이 필요했는데 감사한 줄 모르는 행동이었을지도 모른다.

---

*파리에서 북서쪽으로 약 55마일 떨어진 노르망디의 도시. 12세기에 건축된 성당이 있다.
**뤽상부르 공원에서 가까운 센 강의 좌안 지역의 성당.
***센 강 좌안의 생제르맹 대로에 있는 생제르맹 데 프레 성당.

"에이브는 아주 좋은 사람이었는데." 니콜이 로즈메리에게 말했다. "아주 좋은 사람이었어요. 오래전, 우리 이이와 내가 먼저 결혼했을 때. 로즈메리 양이 그때 그를 알았더라면. 에이브는 우리 집에서 몇 주고 지내곤 했는데, 우리는 에이브가 집안에 있는지 없는지도 모를 정도였어요. 어떤 때는 놀이를 하고, 어떤 때는 서재에서 피아노의 소리를 죽이고 몇 시간이고 피아노와 사랑을 나누곤 했어요. 여보, 당신 그 하인 기억해요? 그 아이는 에이브가 유령이라고 생각했잖아요. 그래서 에이브가 복도에서 그 아이와 마주치면 우 하는 소리로 놀라게 하곤 했죠. 한번은 그애가 차를 내오다가 모두 깨먹기도 했어요. 그래도 우리는 개의치 않았죠."

그렇게 즐거웠다니, 그리도 오래전에. 로즈메리는 자신과는 달랐을 한가한 생활을 상상하고, 그들의 즐거웠던 시간을 부러워했다. 자신은 한가한 생활을 거의 누려보지 못했어도, 그녀는 그래 본 적이 없는 사람들이 그런 사람들에 대해 갖고 있는 종류의 존중하는 마음을 갖고 있었다. 로즈메리는 다이버 부부의 생활이 자신처럼 긴장이 없는 느긋한 것과는 거리가 멀다는 사실을 모르고, 그런 생활을 휴식으로 여겼다.

"에이브는 무엇 때문에 그렇게 됐어요?" 그녀가 물었다. "왜 술을 마셔야만 하는 거죠?"

니콜은 고개를 가로젓고 그 문제에 대한 책임을 부인했다. "요즘 세상에는 똑똑한 사람들이 그리도 많이들 허물어져요."

"그렇지 않은 때가 언제 있었어?" 딕이 물었다. "똑똑한 사람들은 압박을 받으며 살지, 그렇게 살지 않을 수 없거든. 어떤 이들은 그걸 견디지 못하고 끝내는 도중하차하고."

"원인은 틀림없이 그보다 더 깊은 데 있을 거예요." 니콜은 이 대화를 붙들고 늘어졌다. 게다가 그녀는 딕이 로즈메리 앞에서 자기의 말에 반론해서 화가 났다. "예술가들이라고 해서 모두 술독에 빠져서 살아야 하는 것 같지는 않아요. 페르낭은 안 그러잖아요. 왜 미국인들만 방탕하게 사는 거죠?"

딕은 그에 대해 해줄 수 있는 대답이 너무 많아서 그냥 그 질문이 니콜의 귓가에 승전고를 울리게 내버려두고 더 이상 말하지 않기로 했다. 그는 근래 니콜에 대해 심하게 비판적이었다. 니콜이 지금껏 그가 본 인간 중 그 누구보다 매력적이라고는 생각했지만, 또 그녀로부터 그가 필요로 하는 것을 모두 얻고 있었지만, 그는 멀리에서 불어오는 전쟁의 냄새를 맡고는 매 순간 무의식적으로 스스로를 굳게 다지며 무장하고 있었다. 그는 기분에 자신을 내맡기는 사람이 아니었다. 그래서 그는 니콜이 로즈메리와 관련해서 그가 마음만 들떠 있다고 짐작하리라는 희망적인 생각에 눈이 멀어 스스로를 자제하지 못한 이 순간, 상대적으로 자신이 꼴사납게 굴었다는 느낌이 들었다. 확신하지는 않았다―간밤에 극장에서 니콜은 로즈메리 얘기를 할 때 날카롭게 그녀를 어린애라고 했다.

세 사람은 아래층으로 내려가 카펫이 깔려 있고 웨이터들이 조용조용 일하는 분위기 속에서 점심을 먹었다. 웨이터들은 그들이 최근에 식사를 했을 때와는 달리, 좋은 음식을 내올 때 행진하듯 빠르게 발을 쿵쿵 내딛는 걸음걸이로 걷지 않았다. 여기에 있는 손님들은 미국인 가족들이었는데, 그들은 주변의 다른 미국인 가족들을 유심히 쳐다보기도 하고 서로 말을 걸어보기도 했다.

옆 테이블에는 무얼 하는 사람들인지 그들로서는 알 수 없는 일행이 앉아 있었다. 거기에 포용력이 있어 보이고 왠지 비서관 같은 인상에 정중한 '다시 말씀해주시겠습니까'라는 말이 특징적인 청년 한 명과 여자 스무 명이 있었다. 여자들은 젊지도 늙지도 않았고 어떤 한 특정 사회계층에 속하지도 않았다. 하지만 일행은 가령 남편들이 어떤 직업적인 모임에 참석하고 있는 동안 오도 가도 못하고 함께 모여 시간을 보내는 여자들과는 달리 좀 더 똘똘 뭉쳐서 단일체 같아 보였다. 확실히 그들은 관광객이라고 생각될 수 있는 그룹이라기보다는 어떤 단일체였다.

딕은 목구멍까지 올라온 근엄한 조롱의 말을 본능적으로 억제하고 웨이터에게 그들이 어떤 사람들인지 물었다.

"전사자들의 어머니들입니다." 웨이터가 설명해주었다.

그 말을 들은 세 사람의 입에서 크고 작은 감탄사가 나왔다. 로즈메리는 눈에 눈물이 그렁그렁 돌았다.

"젊은 여자들은 아내들이겠네." 니콜이 말했다.

딕은 와인 잔을 기울이며 그들을 다시 바라보았다. 그들의 얼굴에서, 그들을 에워싸고 넘쳐흐르는 기품에서, 딕은 과거 미국의 도덕적 성숙을 감지했다. 죽은 이를 애도하기 위하여, 자기들이 바로잡을 수 없는 무언가를 애도하기 위하여 온 그 엄숙한 여자들로 인하여 실내가 한동안 아름다웠다. 순간적으로 그는 옛날로 돌아가 아버지의 무릎 위에 앉아 모즈비*와 함께 말을 타고 과거의 충절과 헌신으로 무장한 용사들이 싸우는 틈을 헤치며 달렸다. 그는 거의 애를 쓰다시피 해서 눈길을 거둬, 테이블에 앉아 있는 자신의 두 여자에게 눈길을 돌리고, 그가 믿고 있는 신세계 전체를 직시했다.

　─커튼 내려도 돼?

23

에이브 노스는 아직도 리츠 호텔 바에 있었다. 그는 아침 9시부터 줄곧 거기에 있었다. 은신처를 찾아 그곳에 도착했을 때는 창문들이 활짝 열려 있었고, 폭넓은 햇살들이 칙칙한 카펫과 의자의 쿠션에서 분주히 먼지를 일으켰다. 해방되고 해산되어 잠시 텅 빈 공간에서 돌아다니던 호텔 종업원들이 복도

*John Singleton Mosby(1833~1916). 미국 남북 전쟁(1861~1865) 당시 남부의 빨치산 부대 사령관.

를 질주해 갔다. 의자가 있는 여성 전용 바는 메인 바 맞은편에 있었는데 매우 작아 보였다. 사람들이 많이 몰릴 때면 어떻게 그들을 수용할 수 있을지 상상하기 어려웠다.

바 영업권 소유자*인 유명한 폴은 아직 나오지 않았다. 재고를 점검하던 클로드가 예의에서 벗어나게 놀란 티를 내지 않고 하던 일을 멈추고 다가와 에이브의 기운을 북돋울 칵테일을 만들어주었다. 에이브는 벽에 붙은 긴 의자에 앉았다. 두 잔을 마시자 기분이 좋아지기 시작했다. 기분이 훨씬 좋아진 그는 이발소로 올라가 면도를 했다. 그리고 바에 돌아와 보니 폴이 와 있었다. 그는 주문 제작한 자동차를 의당 카퓌생 대로에 주차하고 왔다.** 폴은 에이브를 좋아해서 이야기를 나누려 그에게 왔다.

"오늘 아침에 귀국하는 배를 탈 예정이었소." 에이브가 말했다. "아니 그러니까, 어제 아침에, 아니 오늘, 오늘이 며칠이든."

"왜 안 탔어요?" 폴이 물었다.

에이브는 생각에 잠기더니 마침내 그 이유를 찾아냈다. "《리버티》지***의 연재물을 읽는데 다음 회가 여기 파리에 도

---

*호텔에서 직접 운영하지 않는 바를 세내어 장사하는 업자.
**파리 리츠 호텔에서 세 블록 떨어진 거리. 폴은 바의 주인이라고는 하지만 바텐더가 고급차를 타고 호텔에 나타나는 것은 남들 보기에 좋지 않다고 생각한다.
***대량 판매된 미국의 일반 대중 주간지. 피츠제럴드는 《밤은 부드러워》를 이 잡지에 게재할 계획이었다.

착할 예정이었소. 그러니까 배를 타면 그걸 보지 못할 것 같았던 거지. 하지만 어찌되었건 그걸 읽지 않았겠지만."

"아주 재미있는 연재물인가 보군요."

"형—편없어요."

폴은 낄낄거리며 일어나 가려다 멈추고 몸을 굽혀 의자 등받이에 기댔다.

"노스 씨, 정말 떠나고 싶으시다면, 친구분들 중에 내일 프랑스 여객선 편으로 떠나는 분들이 있는데요. 이름을 모르는 어떤 분하고⋯⋯ 슬림 피어슨 씨가. 그분 이름이⋯⋯ 생각해볼게요⋯⋯ 키가 크고 새로 수염을 기른 분인데."

"야들리." 에이브가 대신 말해주었다.

"야들리 씨. 두 분이 모두 프랑스 여객선 편으로 떠납니다."

폴은 일을 하기 위해 가려는 참이었지만 에이브가 그를 붙들어두고 있었다. "내가 셰르부르*에 들러서 짐을 찾아갈 필요가 없다면 그럴 텐데. 내 짐이 그리로 가서 말이오."

"짐은 뉴욕에서 찾으면 되잖아요." 폴이 물러나며 말했다.

그 제안의 논리가 점차 그의 관점과 꼭 들어맞기 시작했다. 그는 보살핌을 받는 일에, 아니 그보다는 무책임한 상태를 연장시키는 일에 다소 열중하게 되었다.

그동안 손님들이 어슬렁어슬렁 바에 들어왔다. 먼저 에이

---

*셰르부르에 정박해 있는 영국 회사 소유의 큐나드 여객선. 프랑스 회사 소유의 프랑스 여객선은 센 강 어귀의 르아브르에 정박해 있다.

브가 어디선가 마주친 적이 있는 거구의 덴마크 사람이 들어왔다. 그 덴마크 사람은 바 안의 반대편 자리에 앉았다. 에이브는 그가 술을 마시거나 밥을 먹거나 대화하거나 신문을 보면서 온종일 거기에 있을 것이라고 추측했다. 그는 그 사람보다 더 늦게까지 거기에 계속 있고 싶은 욕구가 일었다. 11시에 대학생들이 들어오기 시작했다. 서로 자칫 다른 사람의 넓은 바짓가랑이를 밟아 찢어놓는 일이 없도록 조심스럽게 걸어 들어왔다. 그가 호텔 사환을 시켜 다이버 부부에게 전화한 것은 그맘때였다. 그들과 연락이 닿았을 때는 이미 다른 친구들과도 연락이 닿아 있었다―그의 직감은 각기 다른 전화로 그들 모두를 한꺼번에 연결하는 것이었다―그 결과는 다소 막연했다. 생각이 이따금 구치소로 가서 프리먼을 꺼내 와야 한다는 사실로 되돌아가기도 했지만 그는 모든 사실들을 악몽의 일부로서 떨쳐버렸다.

오후 1시가 되자 바는 사람들로 바글바글했다. 결과적으로 많은 목소리들이 뒤섞인 와중에서 웨이터들은 손님들에게 주문을 받고 술값 지불을 독촉하며 제 역할들을 다했다.

"그럼 모두 스팅어 두 잔입니다…… 그리고 하나 더요…… 마티니 두 잔하고 하나는…… 쿼털리 씨는 더 안 드세요…… 그럼 모두 세 차례 돌아간 겁니다. 전부 해서 75프랑입니다. 세이퍼 씨가 이걸 드셨대요, 손님이 마지막 걸 드셨고요…… 저는 손님이 시키시는 대로 할 수 있을 뿐입니다…… 감사합니다."

에이브는 그 와중에 자리를 빼앗겼다. 그래서 선 채로 몸을 흐느적거리며 거기서 알게 된 사람들과 이야기를 나눴다. 테리어 한 마리가 돌아다니는 바람에 에이브의 다리가 개 줄에 휘감겼지만 그는 넘어지지 않고 줄에서 잘 빠져나왔고 주인은 그에게 끊임없이 사과했다. 이어서 그는 점심 식사에 초대받았지만 사양했다. 거의 4시가 다 되었으며 4시에 해야 할 일이 있다고 둘러댔다. 잠시 후, 죄수나 가정집 하인의 태도를 연상케 하는 정교한 알코올 중독자적 거동으로 아는 사람들에게 작별 인사를 고하고 돌아서는 순간, 그는 바의 찬란한 시간은 그것이 시작되었을 때만큼이나 갑작스럽게 끝나버렸다는 것을 깨달았다.

건너편에 앉은 덴마크 사람과 그 일행이 점심을 주문했다. 에이브도 점심을 시켰지만 음식은 거의 건드리지도 않았다. 그 후 그는 과거에 사는 것을 만족스러워하며 그냥 앉아 있었다. 술은 과거의 행복했던 일을 현재와 같은 시간에 속하는 것으로 만들었다. 마치 그 행복했던 일이 아직도 계속되고 있는 것처럼. 그리고 심지어는, 마치 금방이라도 다시 일어날 것처럼, 그것을 미래와도 같은 시간에 속하는 것으로 만들었다.

4시에 호텔 직원이 그에게 다가왔다.

"쥘 페테숀이라는 흑인이 왔는데 만나시겠어요?"

"맙소사! 그자가 나를 어떻게 찾았지?"

"손님께서 여기 계시다는 말은 안 했습니다."

"누가 말한 거야?" 에이브는 자기 잔 위로 넘어졌다가 다시 일어났다.

"다른 미국인 바와 호텔들을 모두 돌아다녔답니다."

"가서 내가 여기 없다고 하게⋯⋯" 호텔 직원이 돌아서 가려고 할 때 에이브가 물었다. "그 사람 여기에 들어올 수 있나?"

"알아보겠습니다."

호텔 직원의 질문을 받은 폴이 어깨 너머로 흘끗 보고 고개를 가로저었다. 그러고 나서 에이브를 보고는 그에게 왔다.

"미안합니다. 그건 허용할 수 없어요."*

에이브는 힘들여 일어나 캉봉 가로 나갔다.

24

리처드 다이버는 가죽으로 된 작은 서류 가방을 들고 파리의 7구에서—그곳에서 마리아 월리스 앞으로 그와 니콜이 연애 초기에 교신할 때 쓰던 '디콜'이라는 이름으로 서명한 메모를 남겼다—셔츠 맞춤복점까지 걸었다. 점원들이 그가 쓰는 돈에 비해 지나친 법석을 떨었다. 그는 세련된 몸가짐, 경제적 안정의 비결을 쥐고 있는 것으로 보이는 태도로 이 가엾은 영국인들

---

*당시 프랑스의 인종차별이 미국 같지는 않았지만 고급 호텔이나 식당은 흑인의 출입을 금했다.

에게 너무 많은 기대감을 주어서 부끄러웠다. 재단사에게 실크 소매를 조금 고쳐달라고 한 게 부끄러웠다. 그다음 그는 크리용 호텔*의 바에 가서 커피 작은 잔과 손가락 굵기 두 개 분량의 진을 마셨다.

호텔에 들어갔을 때 실내가 부자연스럽게 밝아 보였다. 그곳을 떠날 때 보니 바깥이 이미 어두워져서 그랬다는 것을 깨달았다. 바람이 몹시 부는 오후 4시의 밤, 바람이 샹젤리제의 가로수 잎들에 스치며 가냘프고 광포하게 쌩쌩 소리를 내다가는 잦아들기도 했다. 딕은 리볼리 가로 들어서 아케이드 아래로 두 블록을 걸어 그가 우편물을 받는 은행으로 갔다. 그런 뒤 택시를 타고 사랑하는 사람을 마음에 품고 홀로 샹젤리제를 지나가는 동안 후두두 첫 비가 내렸다.

그 전으로 거슬러 올라가 오후 2시, 루아 조르주 호텔의 복도, 니콜의 아름다움과 로즈메리의 아름다움이 레오나르도가 그린 여인**의 아름다움과 어떤 일러스트레이터***가 그린 여자의 그것처럼 대비되었었다. 빗속을 헤치고 달리는 차 안의 딕은 귀신 들린 사람 같았고 두려움에 싸여 있었다. 그의 내면에는 많은 남자의 격정이 꿈틀댔으며 그가 아는 한 그것은 전

---

*파리 센 강 우안에 위치한 고급 호텔.
**레오나르도 다빈치의 〈모나리자〉를 암시하는 듯하다.
***존 헬드(John Held)를 암시하는 듯하다. 1920년대, 단발머리에 짧은 치마를 입고 재즈와 춤을 즐기며 파격적인 행동을 잘하던, 짙은 화장의 날씬한 신여성을 소재로 한 잡지 삽화를 많이 그렸다.

혀 단순한 문제가 아니었다.

로즈메리는 어느 누구도 그녀가 그러리라 알지 못하는 감정으로 충만한 상태에서 문을 열었다. 그녀는 지금 사람들이 간혹 '귀여운 야생녀'라고 부르는 무엇이었다—꼬박 24시간이 지났는데도 그녀는 아직도 마음을 하나로 가다듬지 못한 채 혼돈과의 유희에 마음을 빼앗기고 있었다. 마치 그녀의 운명이 조각 그림 맞추기인 것처럼—줄에 꿴 구슬처럼 이득을 세고, 희망을 세고, 딕, 니콜, 엄마, 그리고 어제 만난 감독을 각각 세어 넘겼다.

딕이 문을 두드렸을 때 그녀는 방금 전에 옷을 입고 비 오는 창밖을 내다보며 어떤 시를 생각하고 비벌리힐스의 차도와 인도 사이의 도랑이 범람하는 모습을 떠올리고 있었다. 문을 열었을 때 그녀는 언제나 그랬듯이 그를 변치 않고 하느님 같은 무엇으로 보았다. 융통성 없고 고집 센 신세대 눈에 기성세대가 그렇게 보이듯이. 딕은 피할 길 없는 실망감에 싸여 그녀를 바라보았다. 그녀의 미소에 어린 무방비적인 꽃다움에, 그리고 봉오리라는 암시를 주지만 꽃을 약속하기 위해 미세한 부분까지 계산된 그녀의 몸에 반응하기까지는 약간의 시간이 걸렸다. 그는 화장실에서부터 양탄자에 묻은 그녀의 젖은 발자국을 의식했다.

"포토제닉이야." 그런 기분이 아니었지만 그는 명랑하게 말했다. 그러고는 장갑과 서류 가방을 화장대 위에 놓고 지팡이는 벽에 기대어 놓았다. 그의 턱이 입가에 형성된 고뇌의 말을 지배하고 그것들을 이마와 눈가로 밀어 올렸다. 남들 앞에 보일 수 없는 공포처럼.

"이리 와 내 무릎에 앉아." 그가 작은 소리로 말했다. "로즈메리의 예쁜 입 좀 보게."

그녀가 다가와서 그의 무릎에 앉았다. 창밖의 빗물이 똑— 또옥— 떨어지는 속도가 느려지고 있었고 그녀는 입술 모양을 그녀가 고안한 아름답고 차가운 이미지에 맞게 맞췄다. 그녀의 얼굴이 가까이 오며 커지더니 곧 그의 입에 여러 번 키스했다. 그는 그녀의 피부처럼 눈부신 것을 보지 못했다. 때로는 아름다운 것을 보면 최선의 생각에서 나오는 심상이 떠오르는 터라 그는 니콜에 대한 책임에, 그녀가 두 방 건너 맞은편에 있다는 사실로 인한 부담에 마음이 쓰였다.

"비가 그쳤군." 그가 말했다. "지붕에 햇빛이 보여?"

로즈메리가 일어나 몸을 구부리더니 그 어느 때보다 더 진지한 말을 했다.

"아아, 우리는 정말 대단한 배우들이에요, 당신과 나 말이에요."

그녀가 화장대로 가서 머리에 빗을 바싹 댄 순간 천천히 계속해서 문을 두드리는 소리가 났다.

그들은 깜짝 놀라 움직이지 않았다. 문 두드리는 소리가 그치지 않았다. 불현듯 문이 잠겨 있지 않다는 것을 깨달은 로즈메리는 한 번 빗질로 머리 손질을 마치고 침대에 앉은 자리에 생긴 주름을 급히 당겨 그새 평평하게 펴놓은 딕에게 고개를 끄덕해 보이더니 문으로 갔다. 딕은 너무 크지 않은 아주 자연스러운 목소리로 다음과 같이 말했다.

"……외출할 기운이 없으면 그렇다고 니콜한테 말할게요, 그럼 마지막 밤을 조용하게 보내도록 하죠."

그렇게 조심할 필요가 없었다. 문밖의 사람들이 자기들과 관련이 없는 문제들에 관해서는 지극히 순간적인 판단만 할 수 있을 정도로 시달리는 상황에 처해 있었기 때문이다. 거기에 서 있는 사람은 에이브였다. 지난 24시간 동안 몇 달은 더 나이 먹어 보였다. 그 옆에 몹시 겁에 질린, 염려스러운 표정의 흑인이 있었는데, 에이브는 그를 스톡홀름에서 온 페테숀 씨라고 소개했다.

"이 사람이 지금 아주 끔찍한 상황에 처해 있는데, 다 내 잘못이야." 에이브가 말했다. "현명한 조언이 필요해."

"내 방으로 가세." 딕이 말했다.

에이브가 로즈메리에게도 같이 가자고 고집해서 그들은 모두 복도 건너편 다이버 부부의 스위트룸으로 갔다. 쥘 페테숀이라는 체구가 작고 옷차림이 점잖은 흑인이 뒤를 따랐다. 미국의 경계 주*의 공화당에 입당한 유순한 흑인을 그대로 가져

*남북전쟁 당시 미국의 가장 최남동부와 북부 사이의 경계를 이루는 주. 야심적인 흑인들은 참정권을 인정하지 않는데도 민주당이 아닌 공화당에 입당했다.

다놓은 것 같았다.

쥘 페테숑은 몽파르나스에서 새벽에 발생한 분쟁의 법적 목격자인 것으로 드러났다. 그는 에이브와 함께 경찰서에 가서 어떤 흑인이 에이브가 쥐고 있던 천 프랑짜리 지폐를 빼앗아 갔다는 에이브의 주장을 입증해주었다. 그 흑인이 누구인지 신원을 확인하는 것이 해결해야 할 문제들 중 하나였다. 에이브와 쥘 페테숑은 경찰과 함께 비스트로로 돌아가 너무 성급히 어떤 흑인을 범인으로 지목했는데, 한 시간 후에 밝혀지기를 그 흑인은 에이브가 경찰서에 간 다음에야 그날 그곳에 처음 나타난 사람이었다. 그런데 경찰은 유명한 요리점 주인인 프리먼이라는 흑인을 체포함으로써 상황을 더 복잡하게 만들었다. 프리먼은 단지 사람들이 술에 취해 혼미해지기 시작했을 때 거기에 들어왔다 사라졌을 뿐이었다. 진짜 범인은 나중에야 다소 악역으로서 현장에 다시 나타났는데, 그의 친구들이 전한 진술에 의하면 에이브의 술값을 치르려고 그의 50프랑짜리 지폐를 그냥 알아서 가져갔을 뿐이라는 것이었다.

간단히 말해서 에이브는 단 한 시간 만에 라틴 구에 거주하는 유럽 흑인 한 명과 미국 흑인 세 명의 사생활과 양심, 감정에 엉켜드는 데 성공한 것이다. 엉킨 것이 풀릴 가망은 조금도 보이지 않는 가운데, 예기치 않은 장소와 예기치 않은 길모퉁이에서 낯선 흑인들이 튀어나오고, 끈질기게 그를 찾는 흑인들의 전화 목소리를 듣는 상황 속에서 하루가 다 갔다.

에이브는 쥘 페테숀 말고는 그들과 얼굴을 마주치지 않는데 성공했다. 페테숀은 백인을 돕는 우호적인 인디언*의 위치에 있는 셈이었다. 그 배신으로 욕을 본 흑인들이 쫓고 있는 사람은 에이브라기보다는 페테숀이었다. 그리고 페테숀은 에이브가 제공해줄 수 있을지 모를 보호를 원했다.

페테숀은 스톡홀름에 있었을 때 소규모 구두약 제조업을 하다가 실패하고 지금은 제조법과 작은 상자에 다 찰 만한 작업용 도구만 가지고 있을 뿐이었다. 그런데 한밤중에 만난 그의 새 보호자가 베르사유에서 사업을 시작하게 해주겠다고 약속한 것이다. 과거 자기 운전사로 있던 사람이 거기에서 구두를 만드는 일을 하고 있다며 에이브는 페테숀에게 200프랑을 빌려주었다.

로즈메리는 이 데데한 장광설에 염증을 느꼈다. 그 기괴한 언동들을 감식하기 위해서는 그녀의 유머 감각보다 더 거친 유머감각이 필요했다. 이동식 제조소를 가지고 있고, 간간이 낭패감을 나타내며 반원형 흰자를 드러내는 가식적인 눈을 가진 작은 체구의 사내, 얼굴이 수척해져 잔주름이 진 망가질 대로 망가진 에이브의 모습—이 모든 것은 질병만큼이나 그녀와는 거리가 멀었다.

"제가 원하는 건 성공할 기회입니다." 그는 식민지 국가 특

---

*할리우드의 서부영화에서 볼 수 있는, 적대적인 아메리칸 인디언 부족 가운데 백인의 편이 되는 어떤 전형적인 타입.

유의, 정확하지만 일그러진 억양으로 말했다. "제 방법은 간단합니다. 제조법이 너무 훌륭해서 스톡홀름에서 망해 쫓겨난 거죠. 그걸 양도할 마음이 없었으니까요."

딕은 예의바르게 그를 대했다. 그리고 흥미가 생겼다가 사라지자 에이브를 향해 말했다.

"자네 어디 호텔에 가서 잠 좀 자게. 술에서 깨고 나면 페테숀 씨가 자네를 찾아갈 거야."

"아니, 자네 페테숀이 궁지에 처해 있다는 걸 몰라서 그래?" 에이브가 항의했다.

"저는 복도에 나가 있겠습니다." 페테숀이 사려 깊게 말했다. "제 앞에서 제 문제를 논하는 건 불편하실 테니까요."

그는 짧게 서툰 프랑스식 인사를 하고 나갔다. 에이브는 기관차와 같은 결단력으로 자리에서 일어섰다.

"내가 오늘은 인기가 별로 없는 거 같군."

"인기야 있지, 좀 황당해서 그렇지." 딕이 그에게 충고했다. "내가 해줄 충고는 이 호텔을 떠나는 거야. 원하면 바를 통해 나가. 샹보르로 가든가 룸서비스가 많이 필요하면 마제스틱으로 가게*."

"폐가 되지 않는다면 술 한 잔만 주겠나?"

"이 방에는 술이 없어." 딕이 거짓말했다.

*샹보르나 마제스틱 모두 파리 중심가에 있는 고급 호텔.

체념한 에이브는 로즈메리와 악수했다. 그는 천천히 얼굴을 부드럽게 하면서 그녀의 손을 한참 붙든 채 할 말을 생각했지만 그게 무엇인지 입 밖으로 드러나지는 않았다.

"로즈메리 양은 가장…… 가장……"

그녀는 유감스러웠고 그의 더러운 손에 비위가 상했지만 교육을 잘 받고 자란 여자답게, 마치 지루한 꿈을 꾸며 걸어다니는 사람을 보는 게 생소한 일은 아니라는 듯 그에게 웃어 보였다. 사람들은 술 취한 사람들을 대할 때 흔히 이상하게도 정중한 태도를 보인다. 단순한 종족들이 광인을 정중하게 대하는 것과 많이 다르지 않다. 무서워하기보다는 경의를 표하는 것이다. 억제하는 모든 것을 떨쳐버린, 무엇이든 할 수 있는 사람에게는 경외심을 불러일으키는 무엇이 있다. 물론 우리는 나중에 그 사람이 점했던 우월의 시간에 대한 대가를, 그가 누린 인상적인 순간에 대한 대가를 치르도록 해준다. 에이브는 딕을 보고 마지막 간청을 했다.

"내가 호텔에 가서 구겨진 옷도 펴고 머리도 싹싹 빗고, 잠도 좀 자고, 이 세네갈 사람들을 떼어놓으면, 그러면 여기 와서 단란한 저녁 시간을 가질 수 있겠나?"

딕은 승낙보다는 조롱을 표시하는 식으로 고개를 끄덕였다. "자네 지금 자네의 능력을 과대평가하고 있군."

"니콜이 여기 있다면 분명히 나더러 갔다 오라고 할 텐데."

"좋아." 딕은 트렁크 선반에서 상자를 하나 꺼내 와 방 한가운데 있는 테이블에 놓았다. 상자에 알파벳 글자가 찍힌 수많은 판자가 들어 있었다.

"철자 바꾸기 게임이 하고 싶으면 오게."

에이브는 마치 판지 글자들을 귀리 먹듯 먹으라는 말을 들은 것처럼 신체적인 혐오감을 보이며 상자에 든 것을 자세히 보았다.

"철자 바꾸기가 뭔데? 이미 이상한 일들을 겪었는데……"

"조용히 노는 게임이야. 그걸로 낱말 철자를 맞추는 거지. 알코올 말고는 어떤 낱말이든 좋아."

"자네라면 알코올의 철자를 제대로 맞추리라 믿어 의심치 않네." 에이브는 득점 계산 칩들 속에 손을 찔러 넣었다. "내가 알코올의 철자를 알면 다시 와도 되나?"

"철자 바꾸기 게임을 하고 싶으면 와도 돼."

에이브는 체념하고 고개를 흔들었다.

"자네가 그런 기분이라면 부질없지. 나는 방해만 될 거야." 그는 딕을 꾸짖듯 손가락을 흔들어 보였다. "하지만 조지 3세가 한 말을 기억하게, 그랜트가 술에 취했다면 다른 장군들을 물었으면 좋겠다고 한 말을."*

마지막으로 에이브는 황금빛 눈을 옆으로 돌려 로즈메리에

*조지 3세는 미국 독립전쟁 당시 대영제국의 하노버 왕가의 왕. 그랜트 장군이 술에 취했다면 그가 마시는 술을 다른 장군들에게도 보내주는 게 좋겠다는 링컨 대통령의 말을 조지 3세가 한 말인 양 빗대어 농담하는 것이다.

게 절박한 시선을 보내고 밖으로 나갔다. 복도에 페테슨이 없는 것을 보자 그는 한시름 놓았다. 길 잃고 집도 없어 오갈 데 없는 기분이 된 그는 배편의 이름을 물어보러 폴에게 갔다.

25

에이브가 비틀거리며 나간 뒤 딕과 로즈메리는 잠깐 포옹했다. 두 사람 모두에게 파리의 먼지가 앉아 있었어도 그들은 서로의 냄새를 맡아냈다. 딕이 가지고 있는 만년필의 고무 보호대 냄새, 로즈메리의 목과 어깨에서 올라오는 온기 어린 아주 어렴풋한 냄새. 딕은 몇 초간 더 그 상태에 매달렸다. 로즈메리가 먼저 현실로 되돌아왔다.

"나 가야 해요, 젊은이." 그녀가 말했다.

그들은 벌어지는 공간을 사이에 두고 서로 눈만 깜작였다. 로즈메리는 감독들마저 개선할 필요를 느끼지 못한, 어려서부터 배운 방식으로 퇴장했다.

그녀는 방문을 열고 곧장 책상으로 갔다. 갑자기 손목시계를 거기에 놓아둔 것이 떠올라서였다. 그것은 거기 그대로 있었다. 시계를 차면서, 한편으론 마무리할 마지막 문장을 생각하면서 엄마에게 그날 보낼 편지를 흘긋 내려다보았다. 그런데 점차적이라고 할까, 그녀는 뒤돌아보지 않고도 혼자가 아니라는 것을 깨달았다.

사람이 살고 있는 방에는 빛을 굴절시키는 사물이 있는데, 이것은 기껏해야 불완전하게 인지된다. 칠을 해 반들반들한 목재, 은근히 윤이 나는 놋쇠, 은과 상아, 그리고 이외에도 너무 은은해서 거의 그 존재를 의식하지 못하는 빛과 그림자를 실어 나르는 수많은 사물, 즉 액자의 상단, 연필이나 재떨이의 모서리, 수정이나 사기로 된 장식의 모서리 등이 그렇다. 이들이 굴절하는 빛의 전체, 이것은 똑같이 시각의 반사작용에 호소할 뿐 아니라, 유리를 끼우는 직공들이 언젠가는 쓸지 몰라 규격에서 벗어난 유리 조각들을 버리지 않고 보관하듯 우리가 붙들고 놓지 않는 무의식 속 연상의 파편들에도 호소한다. 이 사실은 나중에 로즈메리가 방 안에 누군가 있다는 것을 깨달았다는 게 의식에 확정되기 전에, '깨달았다'고 말한 이야기에 대한 설명이 될 것이다. 그것을 깨달았을 때, 발레 동작처럼 획 몸을 돌린 그녀는 침대에 흑인이 몸을 쭉 뻗고 죽어 있는 것을 보았다.

그녀는 "아악!" 소리를 지르고 아직 쥐지 않은 시계를 책상에 내동댕이치며 그게 에이브 노스라는 터무니없는 생각을 했다. 그리고 문밖으로 뛰쳐나가 복도를 가로질러 달렸다.

딕은 옷을 정돈하고 있었다. 그날 사용한 장갑을 살펴보고는 트렁크의 한쪽, 더러운 장갑을 쌓아둔 칸에 던져 넣었다. 양복 재킷과 조끼를 한 옷걸이에 걸고 셔츠는 다른 옷걸이에 걸었다―그만의 요령이었다. '구깃구깃한 셔츠는 못 입어도 살짝 더러운 셔츠는 입을 수 있지.' 니콜이 외출에서 돌아와 에이브의 예사롭지 않은 재떨이 중 하나를 쓰레기통에 비우고 있는데 로즈메리가 방 안으로 뛰어들었다.

"딕! 딕! 이리 와봐요!"

딕은 터벅터벅 복도를 가로질러 그녀의 방으로 갔다. 페테 숀의 가슴 앞에 무릎을 꿇고 맥을 짚었다. 몸에 온기가 남았고, 살아서는 시달리고 바르지 않았던 얼굴은 죽어서 혐오스럽고 원한에 차 보였다. 도구 상자는 한쪽 팔 아래에 있었다. 침대 가장자리에 달랑 걸려 있는 신발 한 짝은 광택이 없었고 창이 다 닳아 구멍이 나 있었다. 프랑스 법에 따르자면 딕에게는 시체에 손을 댈 권리가 없었지만 그는 무언가를 확인하기 위해 시체의 팔을 약간 쳐들었다―초록색 침대 커버에 핏자국이 있었다, 그렇다면 그 밑의 담요에도 희미하나마 핏자국이 있을 터였다.

딕은 문을 닫고 서서 생각했다. 복도에서 조심스러운 발소리가 들리더니 니콜이 그를 불렀다. 그는 문을 열고 작은 소리로 말했다. "가서 우리 방 침대 커버하고 담요 좀 가져와…… 아무의 눈에도 띄지 않게 조심하고." 순간 그녀의 긴장된 표정을 보고 그는 재빨리 덧붙였다. "니콜, 당신 이 일로 동요되면 안 돼. 흑인들 간의 싸움일 뿐이야."

"그만했으면 좋겠어요."

시체를 들어보니 가뿐했다. 제대로 먹지 못해 말랐다. 딕은 출혈이 더 있을 경우 상처에서 흐르는 피가 시체의 옷으로 스미도록 시체를 잡아 침대 옆에 놓은 다음 침대 커버와 담요를 벗기고 나서 문을 약간만 열고 밖에 귀를 기울였다. 복도 아래쪽에서 접시가 부딪히는 소리가 들리더니 크고 좀 건방진 투로 "메르시, 마담" 하는 소리가 들렸다. 그리고 웨이터는 반대쪽 종업원용 계단으로 가버렸다. 딕과 니콜은 복도를 가로질러 후다닥 담요 뭉치를 교환했다. 로즈메리의 침대에 다른 커버를 씌우고 나서 그는 해 저물 녘 더위 속에서 땀을 흘리며 선 채 생각에 잠겼다. 시체를 검사한 뒤 잠깐 동안 그의 마음속에 몇 가지 사항들이 분명히 떠올랐다. 먼저 에이브의 첫 번째 적대적 인디언이 우호적 인디언을 찾아내 그를 살해했다는 것. 그다음으로는 만일 이 상황이 정상적으로 전개되도록 내버려둘 경우, 그 무엇으로도 로즈메리에게 묻은 얼룩을 지울 길이 없으리라는 것이었다—아버클 사건*을 뒤덮은 얼룩이 아직 마르지 않았을 때였다. 그녀의 계약은 그녀의 이미지가 엄격하고도 예외 없이 〈아빠의 딸〉처럼 지속되어야 한다는 것을 조건으로 하는 것이었다.

딕은 소매 없는 속옷 차림이면서도 무의식적으로 과거에

*로스코 아버클(1887~1933)은 무성영화 코미디언으로, 1921년 9월, 샌프란시스코의 세인트프랜시스 호텔의 파티에 참석한 버지니아 래페이가 그의 방에서 피살된 사건이 일어났다. 아버클은 결국 무죄로 풀려났지만 그 오명으로 인해 영화배우로 재기하지 못했다.

하던 대로 소매를 걷어 올리는 동작을 하고 시체 위로 몸을 굽혔다. 그는 재킷의 어깨 부분을 단단히 잡고 뒤꿈치로 문을 열고는 재빨리 복도의 그럴듯한 위치에 시체를 끌어다 놓았다. 그리고 방으로 돌아와 호화스러운 양탄자의 결을 판판하게 고르고 나서 그의 방으로 가 호텔의 지배인이자 주인인 사람에게 전화를 걸었다.

"맥베스 씨요? ……다이버 박사입니다 ……대단히 중요한 일이오. 이 전화 전용회선입니까?"

그가 특별히 수고를 아끼지 않고 단단히 맥베스 씨의 환심을 사둔 것은 잘한 일이었다. 다시는 되짚지 않을 광범위한 분야에 걸쳐 소비한 그 모든 호감의 쓸모가 단 한 군데, 여기에 있었다.

"우리가 나가는데 흑인이 죽어 있어요…… 복도에요……아니, 아니, 민간인이오. 자, 잠깐만요. 여기 투숙객들이 시체를 보게 되는 걸 지배인이 원치 않을 걸 알고 이렇게 전화하는 겁니다. 물론 내 이름이 거론되지 않도록 해주세요. 시체를 발견했을 뿐인데 프랑스의 번문욕례 때문에 번거로워지고 싶지 않아요."

호텔에 대한 얼마나 눈물 나는 섬세한 배려인가! 맥베스 씨는 이틀 전 두 눈으로 똑똑히 그런 딕의 특성을 보았다는 이유 하나로 그의 이야기를 의심 없이 믿었다.

맥베스 씨가 즉각 현장에 오고 나서 곧이어 경찰이 왔다. 경찰이 오기 전에 그는 틈을 내 딕에게 이렇게 속삭였다. "투숙객들의 이름은 새지 않을 테니 안심하세요. 이렇게 애써주셔서 감사할 따름입니다."

맥베스 씨는 상상에 맡길 수밖에 없는 즉각적인 조치를 취했다. 하지만 그것은 경찰로 하여금 거북함과 탐욕의 격동 속에 콧수염을 만지작거리게 만들었다. 그는 형식적인 기록을 하고 경찰서에 전화를 걸었다. 한편 쥘 페테솬도 사업가로서 이해했을 민첩함으로 그의 유물들이 세상에서 가장 부유한 사람들이 애용하는 호텔의 다른 방으로 옮겨졌다.

딕은 그의 방 응접실로 돌아갔다.

"무슨 일이죠?" 로즈메리가 외쳤다. "파리의 미국인들은 모두 아무 때나 서로 총을 쏘나요?"

"총격 허가 기간인가 보지." 그가 대답했다. "니콜은 어디 있지?"

"화장실에 있는 거 같아요."

그녀는 그가 자기를 구해줘 존경스러웠다. 그 사건으로 인해 일어났을 재난은 그녀의 마음속 예언으로 그쳤다. 그녀는 열렬히 숭배하는 마음으로 그의 강하고, 든든하고, 정중한 목소리가 모든 것을 바로잡는 소리에 귀를 기울였다. 하지만 그녀의 영혼과 몸이 동요되어 그에게 손을 내밀기에 앞서 그의 신경이 다른 무언가에 모아졌다. 그는 침실로 들어가더니 화장실로 갔다. 로즈메리에게도 이제 그 소리가 점점 더 크게 들렸다. 말에 실린 비인간성이 열쇠 구멍과 문틈을 지나 스위트 룸 전체를 휩쓸더니 다시 공포의 형태로 모습을 드러냈다.

니콜이 화장실에서 넘어져 다쳤나 보다 하고 로즈메리도 뒤따라 들어갔다. 그러나 딕이 그녀의 어깨를 잡아 보지 못하게 뒤돌아서게 하기 전에 그녀가 이미 목격한 사정은 그렇지 않았다.

니콜은 욕조 옆에 무릎을 꿇고 좌우로 몸을 흔들거렸다. "당신!" 그녀가 소리 질렀다. "당신이 내가 세상에서 유일하게 숨을 수 있는 곳에 침범하다니…… 빨간 피가 묻은 침대 커버를 가지고 말이야. 내가 당신을 위해 저걸 입어주지…… 난 창피하지 않아, 참 안된 일이지만. 만우절에 우리는 취리히 호수에서 파티를 했지. 바보들의 날에 모든 바보들이 거기 다 모였어. 침대 커버를 뒤집어쓰고 파티에 가려 했는데 그들이 못 하게 했어……"

"진정해!"

"……그래서 내가 화장실에 앉아 있는데 그들이 도미노*를 가져와 그걸 입으라고 그러더군. 그래서 그걸 입었지. 내가 어쩌겠어?"

"진정해, 여보!"

"나는 당신이 나를 사랑하길 바라지 않았어…… 너무 늦었

---

*가장 무도회에서 입는 것과 같은 헐거운 망토.

지…… 그냥 화장실에 들어오지만 말아줘, 내가 혼자 있을 수 있는 유일한 곳에. 빨간 피가 묻은 침대 커버를 끌고 들어와 나더러 어떻게 하라 그러다니."

"진정해. 일어나……"

응접실로 나온 로즈메리는 화장실 문이 쾅 닫히는 소리를 듣고 떨며 서 있었다. 바이올렛 매키스코가 빌라 다이애나의 화장실에서 무엇을 봤는지 이제 알았다. 전화벨이 울렸다. 그녀는 전화를 받고 그게 콜리스 클레이라는 것을 알고 안도감에 하마터면 울음을 터뜨릴 뻔했다. 그는 그녀를 찾다가 다이버 부부의 방에까지 전화를 한 것이다. 그녀는 혼자 방으로 돌아가기가 무서워 그에게 모자를 가지러 갈 테니 자기 방으로 올라오라고 했다.

2부

1

1917년 봄, 리처드 다이버 박사가 처음 취리히에 발을 디뎠을 때 그의 나이 스물여섯이었다. 남자 나이 스물여섯이면 좋을 때이다. 실로 독신 남성의 최전성기인 것이다. 전시이긴 했어도 딕에게는 좋은 나이였다. 전쟁터에 투입되기에는 벌써 너무 가치가 높았고 너무 많은 것이 투자된 몸이었기 때문이다. 몇 년 뒤에 생각해보았을 때 그는 이 피난처에서도 쉽게 전쟁의 영향에서 벗어난 것 같지 않았지만, 그 점에 대해서 확실히 어떻다고 결론을 내리지는 못했다—1917년에는 전쟁이 자기를 털끝 하나 건드리지 못했다는 변명조의 말로 그런 생각을 비웃었다. 그가 속한 지역의 징병 위원회는 그에게 취리히로 가서 학업을 마치고 계획했던 학위를 취득하라고 명했다.

한쪽은 고리치아를 둘러싼 우레의 물결*이, 다른 한쪽은 솜

강과 엔 강의 격류**가 철썩이는 스위스는 섬과 같은 곳이었다. 그때만큼은 요양을 하러 온 사람들보다 호기심을 자극하는 사람들이 더 많은 듯했지만 그건 추측할 수 있을 뿐이었다. 베른이나 제네바의 작은 카페에 앉아 밀담을 주고받는 사람들은 다이아몬드 판매원이거나 사업차 출장을 온 사람들이었을 것 같다. 그러나 보덴과 뇌샤텔***, 이 빛나는 두 호수 사이에서 눈이 멀었거나 한쪽 다리가 없는 사람들, 죽어가는 몸뚱이들의 긴 행렬이 서로 엇갈려 지나가는 광경은 너무 자명해서 추측의 대상이 아니었다. 맥주홀과 상점 윈도마다 1914년 국경을 수호하는 스위스 사람들을 묘사하는 선명한 색깔의 포스터들이 붙어 있었다─피를 끓게 하는 맹렬한 모습의 젊은이들과 늙은이들이 산 위에서, 밑에 있는 유령 같은 프랑스인과 독일인을 노려보았다. 그 시기의 전염적인 영광을 스위스가 함께했다는 것을 스위스 사람들의 가슴속에 확실하게 해두고자 하는 것이 그 포스터들의 취지였다. 대량 학살이 계속되면서 포스터는 시들해졌고, 미국이 어영부영 전쟁에 끼어들었을 때 이 미국의 자매 공화국보다 더 놀란 나라는 없었다.

다이버 박사는 그동안 전쟁의 언저리를 돌았다. 1914년에

*1916년 8월 이탈리아 동북부 고리치아에서 벌어진 오스트리아 · 헝가리 제국과 이탈리아 간의 전쟁을 가리킨다.
**두 곳 모두 프랑스의 강. 이곳에서 제1차 세계대전의 가장 격렬한 전투들이 벌어졌다.
***보덴 호수는 독일, 오스트리아, 스위스 3국에 면하고 있고 뇌샤텔은 스위스 본토에서 가장 큰 호수이다.

는 코네티컷 주의 옥스퍼드 로즈 장학생*이었다. 그는 본국으로 돌아와 마지막 학년을 존스 홉킨스에서 마치고 학위를 취득했다. 1916년, 그는 서두르지 않으면 위대한 프로이트가 결국은 공중 폭격에 희생될지 모른다는 생각에 빈으로 갔다. 그때도 이미 빈은 죽음으로 인해 노화해 있었지만 딕은 용케도 충분한 석탄과 기름을 얻어 다먼슈티프트 가에 있는 숙소에서 소논문들을 썼다 그는 이 논문들을 나중에 파기했다가 다시 써서 1920년 취리히에서 출간한 책의 토대로 삼았다.

대부분의 사람들에게는 저마다 인생에서 특별히 좋아하는 시기, 영웅적인 시기가 있기 마련인데, 딕 다이버에게는 그때가 그런 시기였다. 우선 한 가지 이유를 들자면, 그는 자기가 매력적인지 전혀 몰랐으며, 그가 보이는 호의나 자신이 다른 사람에게서 불러일으키는 호의는 건강한 사람들 사이에서 전혀 유별날 게 없다고 생각했다. 뉴헤이븐에서의 마지막 해에 누군가 그를 일컬어 '행운아 딕'이라고 했다—그 호칭은 그의 뇌리에서 사라지지 않고 남아 있었다.

"행운아 딕, 무지막지한 녀석." 그는 나무 몇 조각이 타고 있는 난로 주변을 빙빙 돌며 혼자 중얼거리곤 했다. "바로 그거야, 고 녀석, 네가 나타나기 전에는 아무도 그걸 몰랐어."

1917년 초, 석탄을 구하기가 어려워지고 있었을 때, 딕은

---

*매년 32명의 4학년생이나 대학원생이 출신 주나 소속 대학의 주를 통해 선발되어 옥스퍼드 대학에서(보통 2년간) 유학했다.

그동안 쌓아둔 교재를 거의 백 권가량 땔감으로 썼다. 하지만 자기가 그 책의 살아 있는 요람이며, 5년이 지난 후에도 그럴 가치가 있다면 요점을 추려서 말할 수 있다며 속으로 낄낄 웃을 수 있는 자신감이 있을 경우에 한했다. 이것은 시간을 가리지 않고 반복해서 계속되었다, 필요시 바닥의 양탄자를 어깨에 덮고서, 천상의 평화에 무엇보다 가까운, 평온한 학자적 정신으로. 하지만 이 평온은, 곧 이야기하겠지만 종말을 고하지 않을 수 없었다.

그런 생활을 일시적으로 지속할 수 있었던 것은 뉴헤이븐에서 링 운동을 했고, 이제는 겨울의 다뉴브 강에서 수영을 한 덕분이라, 그는 자신의 몸이 고마웠다. 그는 미국 대사관의 2등 서기관 엘킨스와 방을 함께 쓰게 되었는데, 괜찮은 여자 둘이 방문하곤 했다. 그냥 그랬을 뿐이며 그리 자주 온 것은 아니고, 대사관에 관한 이야기도 그다지 많지 않았다. 그는 에드 엘킨스와 아는 사이가 되고부터 자신의 정신작용의 질에 대하여 처음으로 어렴풋한 의심을 품었다. 자신의 정신작용이 엘킨스의 사고와 크게 다른 것 같지 않았다. 엘킨스, 그는 과거 30년 동안 뉴헤이븐 쿼터백이었던 선수들의 이름을 모두 댈 줄 알았다.

"─그리고 행운아 딕은 그런 영리한 사람일 리 없다. 행운아 딕은 온전해서는 안 된다, 심지어 어렴풋이나마 파괴되어야 한다. 인생이 그를 그렇게 만들어주지 않을진대 질병에 걸리거나, 비탄에 빠지거나, 열등의식을 갖는 것은 대안이 아니다. 원래의 구조보다 더 나아질 때까지 어딘가 깨진 면을 덧붙여 보강하는 것은 좋을 테지만."

그는 자기의 추론을 허울만 좋고 '미국식'이라고 비웃었다—지적이지 않은 조어(助語)에 대한 그의 기준은 그것이 미국적이라는 것이었다. 그렇기는 하지만 그는 원상태의 유지에 대한 대가는 불완전임을 알고 있었다.

"내가 너를 위해 빌어줄 수 있는 최선은 약간의 불행이야." 새커리의《장미와 반지》에서 블랙스틱 요정이 그렇게 말했다.

기분에 따라 그는 자신의 추론을 가지고 투덜댔다. 가령 피트 리빙스턴이 탭데이* 날 모두가 그를 그렇게 찾아다닐 때 라커룸에 있었던 걸 내가 어찌할 수 있었겠는가? 그래서 내가 뽑혔지. 그러지 않았더라면 연줄이 별로 없는 나는 엘리후 클럽에 들어가지 못했을 것이다. 그가 정말 적격자였으니까 그가 아닌 내가 라커룸에 있었어야 했다. 내가 뽑힐 수도 있다는 생각을 했다면 아마 그랬을 것이다. 그런데 그 즈음 몇 주 동안 머서가 계속 내 방에 들락거렸다. 그러니 내게도 분명히 선출될 기회가 있다는 것을 알고 있었던 것 같다. 그래. 하지만 샤워를 할 때 핀을 삼켜 갈등을 불러일으켰더라면** 내게 자

---

*매년 봄, 예일 대학교의 졸업반 비밀 사교단체에서 지명 추천된 3학년 학생들을 대상으로 비밀리에 차기 회원을 선출하고, 캠퍼스를 돌아다니며 '탭핑(tapping)' 즉 등을 두드려 선출되었음을 알리는 의식을 거행하는 날. 탭핑을 받지 못하면 회원이 되지 못한다.

업자득이 되었을 텐데.

학교 강의가 끝난 뒤에 그는 루마니아에서 온 한 젊은 지식인과 그 문제를 논하곤 했는데, 그 지식인은 다음과 같은 말로 그를 안심시켰다. "예를 들어 괴테가 현대적 의미에서의 '갈등'을 겪었다는 증거는 없지, 융 같은 사람도 마찬가지고. 너는 낭만적인 철학자가 아니야, 과학자잖아. 과학자에게는 기억력, 힘, 품성…… 특히 분별력이 있어야 하지. 그건 자네의 골칫거리가 될 거야, 스스로를 판단하는 것 말이야. 내가 아는 어떤 사람은 2년 동안 아르마딜로의 두뇌를 연구했어. 머잖아 그 누구보다 아르마딜로의 두뇌에 대해 더 많은 것을 알게 되리라고 생각했지. 나는 그의 연구가 사실상 인간 지경(地境)의 외연을 넓히는 것은 아니라고 논했다네. 너무 임의적이니까 말이야. 그런데 아니나 다를까, 그가 논문을 의학 학술지에 보냈는데 퇴짜를 맞았어. 그 학술지가 다른 사람이 똑같은 주제로 쓴 논문을 조금 전에 수락했다는 거야."

딕은 지네의 다리 수보다는 적지만, 그래도 많은 아킬레스건을 가지고 취리히에 이르렀다─영원한 힘과 건강에 대한 환상, 인간의 본질적인 선에 대한 환상, 국가에 대한 환상, 몇 세대에 걸쳐 통나무집 바깥에 늑대가 없다고 속삭여야 했던 서부 개척 시대 변경에 살던 어머니들의 거짓말. 그는 학위를

**예일 대학교의 어떤 사교 클럽들은 회원들로 하여금 언제나 클럽의 핀을 달게 했으며, 심지어는 샤워를 할 때는 입에 물도록 했다.

224

취득한 뒤 바르쉬르오브*에 편성되는 신경과 부대에 입대하라는 명을 받았다.

프랑스에서 그가 맡은 일은 유감스럽게도 환자를 보는 일이 아니라 행정이었다. 이에 대한 보상으로 그는 짧은 교재의 집필을 끝내고 다음번 집필에 쓸 자료를 수집할 시간을 가질 수 있었다. 그는 1919년 봄에 제대하자 취리히로 돌아왔다.

우리는 앞에서 주인공이 갈레나의 잡화점에서 빈둥거리던 그랜트처럼** 뒤얽힌 운명의 부름을 받을 준비가 되었다는 것을 알게 되는 만족감을 얻지 못하는데도 어딘지 그 이야기가 전기 같다는 인상을 받는다. 게다가 누군가를 둥글둥글한 원숙한 모습으로 처음 알게 되었다가 우연히 발견한 그의 젊은 시절 사진 속에서 불같이 타오르고 강인하고 날카로운 눈빛을 가진 낯선 사람을 보고는 깜짝 놀라 뚫어지게 쳐다보게 되는 것도 혼란스러운 일이다. 확실히 말하는 게 제일이다—이제 딕 다이버의 시대가 시작되었다.

2

4월의 어느 습한 날이었다. 구름이 알비스호른 산 위에 길게

---

*프랑스 동남부의 도시.
**미국 남북전쟁 당시 북군을 지휘하고 훗날 대통령이 된 율리시즈 S. 그랜트 (1822~1885)는 어렸을 때 일리노이 주의 작은 도시 갈레나의 잡화점에서 일했었다.

비스듬히 걸쳐 있고 저지대의 호수는 기력이 없이 잔잔했다. 취리히는 미국의 여느 도시와 다르지 않다. 이틀 전 그곳에 도착한 이후로 줄곧 무언가 허전했는데, 딕은 그것을 한정된 프랑스의 골목길에서 느꼈던, 그 외에 다른 것은 없다는 느낌인 것으로 파악했다. 취리히에는 취리히 외에 많은 것이 있었다—지붕들은 젖소들이 방울을 짤랑거리는 목초지로 시선을 이끌었고, 목초지들은 그것들대로 더 높은 산꼭대기를 수식했다—그곳에서의 생활은 그렇게 그림엽서 같은 하늘을 향해 수직적으로 시작되었다. 장난감과 푸니쿨라*, 회전목마와 희미한 작은 종소리의 본고장인 알프스 고산지대는 특유의 덩굴들이 땅을 딛고 서 있는 발을 덮어 감는 프랑스와는 달리 이 땅에 속하는 존재가 아니었다.

한번은 잘츠부르크에서 희생을 치르고 획득한 것과 차용한 것이 중첩된 특성을 지닌 한 세기의 음악에 감동한 적이 있었다. 그리고 한번은 취리히에 있는 대학 연구실에서 신중하게 대뇌 피질을 건드리다가 2년 전 현관홀에 거대한 그리스도 상이 있다는 역설적 상황에도 발걸음을 늦추지 않고 존스 홉킨스 대학의 오래된 붉은 벽돌 건물들 사이를 토네이도처럼 뛰어다니던 자신이 장난감 제작자가 된 것 같은 기분이 들기도 했다.

그렇지만 그는 취리히에 2년 더 있기로 했다. 고도의 정밀

*레일의 기차를 케이블로 끌어당겨 운행하는 케이블카.

성을 갖춘 장난감 제작의 가치, 무한한 끈기의 가치를 과소평
가하지 않았던 것이다.

오늘 그는 취리히 호수에 면해 있는 돔러 병원의 프란츠 그
레고로비우스를 찾아갔다. 그 병원의 정신병리학과 레지던트
로, 보(Vaud)에서 출생했으며 딕보다 몇 살 위인 프란츠가 전차
그를 정거장에서 맞았다. 그의 얼굴에는 칼리오스트로* 같은
음흉하고 당당한 면이 있었는데 이것은 성자 같은 눈과 대조적
이었다. 그는 그레고로비우스 3세였다—그의 할아버지는 정
신의학이 그때까지의 암흑기에서 막 벗어나던 때 크레펠린**
을 가르쳤다. 성격 면에서 프란츠는 자부심이 강하고 불같은
동시에 온순하기도 했다. 그는 자신을 최면술사라고 자부했고
가문에 흐르는 독창적 천재성이 약간 지쳐 있다손 치더라도 프
란츠가 훌륭한 임상의가 될 것임에는 의심의 여지가 없었다.

병원으로 가는 길에 그가 말했다. "전쟁 경험이 어땠는지 말
해보게. 다른 이들처럼 사람이 변했나? 멍청하고 늙지 않는
미국인 얼굴을 하고 있군. 물론 난 자네가 멍청하지 않다는 걸
알고 있지만."

"나는 전쟁을 보지 못했어. 내가 보낸 편지를 보고 그렇게
짐작한 모양이군."

*Alessandro Cagliostro(1743~1795). 이탈리아의 마술사, 연금술사, 사기꾼.
**Emil Kraepelin(1856~1926). 각종 정신질환을 조울증과 정신분열로 분류한 독
일의 정신의학자. 근대 정신의학의 아버지.

"그건 상관없어. 멀리서 들린 공중폭격 소리만으로 폭격 쇼크를 먹은 환자들도 있으니까. 신문 보도만 보고 그런 사람도 좀 있고."

"말도 안 되는 소리 같군."

"그럴지도. 하지만 우리 병원은 부자들이 찾는 곳이야. 말도 안 된다는 말은 쓰지 않지. 솔직히 말해보게, 여기에 나를 보러 온 거야, 아니면 그 여자를 보러 온 거야?"

그들은 고개를 돌려 서로를 바라보았다. 프란츠는 아리송한 미소를 지었다.

"물론 초기에 보낸 편지들을 내가 보았지." 그는 직무상의 저음으로 말했다. "변화가 생기기 시작하자 신중을 기해 더는 보지 않았어. 그야말로 그 여자는 자네의 환자가 된 거지."

"그럼 이제 괜찮아진 건가?" 딕이 요구하듯 물었다.

"완쾌했네. 그 여자는 내 담당이야. 사실 영국인과 미국인 환자들 대다수는 내 담당이지. 그들은 나를 그레고리 박사라고 부른다네."

"그 여자에 대해 설명해주지." 딕이 말했다. "나는 그녀를 딱 한 번 봤어, 사실이야. 프랑스로 가기 직전에 자네한테 작별 인사를 하러 왔을 때였지. 나는 그때 처음으로 군인 제복을 입었는데, 정말이지 가짜 군인 같은 기분이었어. 다니다가 사병들에게 경례를 하기도 했고."

"오늘은 왜 군복을 안 입었나?"

"웬걸, 3주 전에 제대했네. 그 여자를 어떻게 보게 되었는가 하면 말이야, 자네와 헤어지고 나서 자전거를 가지러 호수 옆 병원 건물 쪽으로 내려가는데."

"─시디스 병동 쪽으로?"

"아름다운 밤이었지, 저 산 위에 달이 떠 있었고……"

"크렌제크 산."

"─내 앞에 간호사와 젊은 처녀가 걸어가고 있었는데 그들과 간격이 좁혀졌지. 난 그 처녀가 환자인 줄은 몰랐어. 간호사한테 전차 시간을 묻고는 함께 걸었네. 그렇게 예쁜 여자는 처음이었어."

"여전히 예뻐."

"그 여자는 미군 군복을 처음 봤다더군. 그렇게 해서 우리는 계속 이야기를 했네. 그렇지만 별다른 생각은 없었어." 그는 익히 아는 관점을 알아보고는 말을 끊었다 다시 이었다. "……다만, 나는 아직 자네처럼 그렇게 감정을 분리하지 못해. 외모는 그렇게 아름다운데 안에 무엇이 들었는지 생각하니 나도 모르게 안타까운 마음이 들더란 말일세. 정말 그게 전부였어, 편지가 오기 전까지는."

"그녀로서는 그보다 더 좋은 일이 있을 수 없었네." 프란츠가 과장된 어조로 말했다. "가장 운 좋은 유형의 전이(轉移)야. 그래서 눈코 뜰 새 없어도 이렇게 자네를 마중 나온 걸세. 자네가 그녀를 보기 전에 내 사무실로 가서 얘기를 좀 길게 했으면 해서. 사실은, 내가 그녀를 취리히로 심부름 보냈어." 목소리가 열의로 긴장되어 있었다. "사실은, 그녀만큼은 안정적이지 않은 환자와 함께, 간호사를 딸리지 않고 보냈네. 자네의 우연한 도움이 있었지만, 난 이 사례를 잘 처리한 게 아주 자랑스러워."

자동차는 취리히 호숫가를 따라가다 뾰족한 지붕의 농가와 방목장, 나직한 산이 있는 비옥한 지대로 접어들었다. 태양이 푸른 하늘의 바다로 떠가는가 싶더니 홀연 가장 좋은 때의 스위스 계곡이 나타났다―기분 좋은 소리, 살랑거리는 자연의 속삭임, 건강과 생기가 담긴, 신선하고 향긋한 내음.

돔러 교수의 병원은 낮은 언덕과 호숫가 사이의 오래된 건물 세 동과 신축 건물 두 동으로 이루어져 있었다. 10년 전 설립 당시에는 최초의 현대식 정신질환 전문 병원이었다. 아무 생각 없이 보면 일반인은 그게 이 세상의 정신이 쇠약한 자, 불완전한 자, 위협적인 자들의 피난처라는 사실을 알아보지 못할 것이다. 두 건물이 담쟁이 덩굴에 덮여 덜 딱딱해 보이고 높이도 실제와 달라 보이게 하는 담에 에워싸여 있기는 하지만 말이다. 햇볕 아래 남자 몇몇이 갈퀴로 짚을 긁어모으고 있었다. 차가 병원 구내를 지나갈 때 길가 여기저기 흰 깃발처럼 보이는 간호사들이 환자와 함께 손을 흔들었다.

프란츠는 딕을 사무실로 안내한 뒤 양해를 구하고 반 시간 동안 자리를 떴다. 혼자 있게 된 딕은 방 안을 서성이며 어질러

진 책상과 그의 책, 그의 아버지와 할아버지가 소유했던 책이나 그들이 쓴 책을 보고, 또 벽에 걸린 아버지의 거대한 암적색 사진이 말해주는 스위스인의 효심을 보고 프란츠가 어떤 사람인지 재구성해보았다. 방 안에 연기가 있었다. 프렌치 윈도를 밀어 열자 햇빛이 원뿔 모양으로 비쳐 들어왔다. 그러자 갑자기 그의 생각이 그 환자, 그 여자에 대한 것으로 바뀌었다.

그는 8개월이라는 시간에 걸쳐 그녀가 쓴 편지를 50통 정도 받았다. 첫 번째 편지는 미국에서는 젊은 여자들이 생면부지의 군인들에게 위문 편지를 쓴다는 이야기를 들었다는 변명의 편지였다. 그의 이름과 주소를 닥터 그레고리로부터 알아냈으며 가끔 무사하기를 기원하는 안부 편지를 보내도 괜찮기를 바라고 어쩌고 하는 내용이었다.

거기까지는 편지의 어조를 알아보기 어렵지 않았다—《키다리 아저씨》와《가짜 몰리》* 스타일의, 미국에서 유행하던 명랑하고 감상적인 서한 모음집이었으니까. 하지만 유사점은 그게 전부였다.

그 편지들은 두 종류로 나뉘었다. 한 종류는 휴전 협정이 체결될 때쯤까지 받은 것들로서 병적인 성향이 두드러졌고 다른 종류는 그때부터 현재에 이르는 것들로서 완전히 정상적인 데다 대단히 성숙하다는 특징을 보였다. 딕은 바르쉬르오브에서

*《키다리 아저씨》(1912)는 고아원 생활을 그린 진 웹스터의 연예 소설이고, 《가짜 몰리》(1910)는 엘리너 핼로웰 애벗의 서한체 연애 소설.

보낸, 지루했던 마지막 몇 달 동안 그는 나중의 편지들을 목이 빠져라 기다리게 되었다. 하지만 딕은 초기에 받은 편지들만 가지고도 프란츠가 추측했을 것보다 더 많은 것을 짜 맞췄다.

대위님께,

군복을 입은 대위님을 봤을 때 참 잘생겼다고 생각했어요. 그러고 나서는 프랑스 사람도 독일 사람도 그러니 그건 상관없다고도 생각했어요. 대위님도 내가 예쁘다고 생각했지만 그런 말은 전에도 듣던 말이고 나는 오랫동안 그런 말을 들었어도 참았어요. 대위님이 여기 다시 올 때 그런 천박하고 범죄적인 태도로 온다면 그리고 신사의 역할과 관련해서 내가 배운 것과 조금도 같지 않다면 대위님께 하늘의 가호가 있기를 바랄 밖에요. 하지만 대위님은 딴 사람들보다는 말수가 적은 것 같아요. 큰 고양이

(2)

처럼 아주 부드럽고요. 나는 좀 여자 같은 사내들을 좋아하게 되었을 뿐이에요. 대위님도 여자 같아요? 어딘가에 그런 사람들이 있어요.

이 모든 것 양해해주세요. 이게 대위님께 쓰는 세 번째 편지네요. 금방 또 써서 보낼게요. 아니면 이제 안 보낼 거예요. 달빛을 보고도 많은 생각을 했는데, 목격자가 많으니 내가 여기서 나갈 수만 있다면 찾을 수 있을 거예요. 사람들이 그러길 대위님은

(3)

의사라고 하는데 고양이*인 이상 문제가 달라요. 머리가 너무 아파요, 그러니까 이러는 걸 너그러이 봐주세요. 흰 고양이를 데리고 보통 사람처럼 거기에 걸어가는 걸로 설명이 될 거예요, 아마도. 나는 3개 국어를 할 줄 알아요, 영어까지 치면 4개 국어죠. 그러니까 통역이 필요하면 틀림없이 쓸모가 있을 거예요. 대위님이 프랑스에서 그러도록 해주신다면. 틀림없이 모든 사람들을 벨트로 묶어 모든 걸 통제할 수 있을 거예요, 수요일인 것처럼. 오늘은 토요일인데 대위님은 멀리에 있군요.

(4)

어쩌면 죽었을지도.

언젠가는 돌아와주세요. 나는 언제나 이 푸른 언덕에 있을 테니까요. 병원에서 내가 끔찍이 사랑했던 아버지에게 편지를 쓰도록 허락하지 않는 동안에는 말이에요.

이렇게 쓰는 걸 양해해주세요. 오늘은 내가 제정신이 아니에요. 기분이 좀 나아지면 또 쓸게요.

안녕히,

니콜 워런 드림

이 모든 걸 양해해주세요.

*속어로 '사내'라는 의미가 있다.

다이버 대위님께,

자기 성찰은 나처럼 고도로 신경증적인 사람한테는 안 좋다는 걸 알지만 내가 어떤 상태인지 대위님이 아시는 게 좋을 거 같아요. 작년인가 언젠가 시카고에서 있었던 일인데 하인들에게 말할 수도 없고 길거리에 돌아다닐 수도 없는 지경이 되었을 때나는 계속 누군가 내게 말해줄 사람을 기다렸어요. 말해주는 건이해력이 있는 사람의 의무죠. 맹인은 누군가 이끌어줘야 해요. 다만 아무도 내게 모든 걸 말하지 않으려 했어요…… 사람들이절반만 말해주었는데 나는 너무 혼동되어서 그걸 가지고는 아무것도 추측할 수 없었죠. 한 사람은 좋았어요. 프랑스 군인이었는데 이해를 하더라고요. 그가 내게 꽃을 주고, 그건 '보다 작고 덜

(2)

중요한' 문제라고 했어요. 우리는 친구였어요. 그런 뒤 그가 그걸 앗아갔어요. 나는 더 아팠어요, 그런데 아무도 내게 설명해주지 않았어요. 그들이 내게 불러주던 잔 다르크에 관한 노래가있는데 그건 아주 비열했어요. 그걸 들으면 나는 눈물만 날 뿐이었어요, 그때는 내 머리가 전혀 이상하지 않았거든요. 그래서 그날에 있었던 일인데요. 미시건 대로를 몇 마일이고 마냥 걷고 있는데 그들이 마침내 차를 타고 쫓아왔어요. 하지만 나는

(3)

차에 타지 않으려 했죠. 결국 그들이 나를 잡아당겨 태웠는데 안에 간호사들이 있었어요. 그때 이후로 나는 그 모든 걸 깨닫기 시작했는데, 다른 사람한테 무슨 일이 일어나고 있는지 느낄 수 있었기 때문이죠. 이제 대위님도 내가 어떤 상태에 있는지 아시겠죠. 그러니 의사들이 내가 여기서 극복하려고 하는 것을 가지고 끊임없이 같은 말을 늘어놓고 또 늘어놓는 게 무슨 소용이 있겠어요. 그래서 나는 오늘 아버지에게 와서 나를 데려가 달라는

(4)

편지를 썼어요. 나는 대위님이 사람들을 진료하고 회복시켜 보내는 일에 흥미가 있으셔서 기뻐요. 틀림없이 아주 재미있을 거예요.

그리고 또 한 편지는 다음과 같았다.

다음 환자를 보지 않고 내게 답장을 쓰실지 모르겠군요. 레슨 받은 걸 잊을까봐 집에서 레코드판들을 보내왔는데 간호사들이 내게 말하지 못하게 하려고 내가 그걸 모두 부러뜨려버렸어요. 영어로 돼 있는 판이라 간호사들은 그게 뭔지 이해하지 못할 거였죠. 시카고의 한 의사는 내가 허세를 부리는 거라고 했지만 사실 그 사람이 의미한 건 내가 12기통 자동차 엔진이라는 거였어요. 실제로 그걸 본 적도 없으면서. 하지만 나는 그 당시 미쳐 있느라

고 아주 바빠서 그가 무슨 말을 하건 신경 쓰지 않았어요. 미쳐 있느라고 바쁠 때는 대개 사람들이 뭐라고 하건 신경 쓰지 않거든요. 내 안에 백만 명의 여자가 있다 해도.

그날 밤 내게 노는 법을 가르쳐준다고 하셨죠. 글쎄요, 나는 사랑

(2)

밖에 없다고, 또는 그래야만 할 거라고 생각해요.

영원히 당신의,
니콜 워런

편지가 끊긴 사이사이에 더욱 어두운 운율이 도사렸던 편지들도 있었다.

친애하는 다이버 대위님께,

달리 의지할 사람이 없어 대위님께 이렇게 씁니다만 이 웃기는 상황이 나처럼 아픈 사람에게도 분명히 보인다면 대위님에게도 분명할 것 같아요. 정신적인 문제는 다 끝났어요. 그렇더라도 나는 완전히 꺾였고 굴욕을 당했어요, 그게 그들이 원한 것이기는 하지만. 우리 식구는 수치스럽게도 나를 방치했어요. 그러니 그들에게 도움이나 동정을 청하는 건 아무런 소용이 없어요. 이제 진절머리가 나요, 내 머리의 문제를 고칠 수 있는 것인 체하

(2)

면서 건강을 망치고 인생을 허비할 뿐이거든요.

그런데 나는 여기 준(準)정신병원 같은 데 있어요. 무엇에 대한 것이든 아무도 내게 진실을 말해주는 게 좋지 않다고 생각했기 때문이에요. 무슨 일인지 내가 지금 알고 있는 것을 진작 알았더라면 아마 그걸 견딜 수 있었을 거예요. 내가 제법 강하거든요. 하지만 그 말을 해줬어야 할 사람들은 내게 그것을 알리는 게 좋지 않다고 생각한 거죠. 그런데 지금 내가 그것을 알고

(3)

그 대가를 치른 마당에 비겁한 인생을 사는 그들은 개와 가만 앉아서 내가 믿었던 것을 믿어야 한다고 말하고 있어요. 특히 한 사람이 그러는 걸 나는 이제 알아요.

대서양을 사이에 두고 친구들과 가족에게서 멀리 떨어져 항상 외로운 나는 멍한 정신으로 여기저기 사방을 돌아다녀요. 대위님이 나를 위해 통역하는 일자리를 구해주시면(프랑스어와 독일어를 모국어처럼 할 줄 알고 이탈리아어도 제법 하고 스페인어는

(4)

조금 할 줄 알아요), 꼭 거기가 아니고 적십자사의 야전병원이라도 괜찮아요. 자격 있는 간호사로도 일할 수 있겠죠. 그러자면 교육을 받아야겠지만 결국은 그게 아주 잘한 결정이었다는 것을 아

시게 될 거예요.

그러더니 다시 이런 편지가 이어졌다.

무엇이 문제인지에 대한 내 설명을 받아들이려 하지 않으시니 최소한 대위님이 생각하는 것을 설명해주실 수 있겠죠, 대위님은 친절한 고양이의 얼굴을 갖고 있으니까요. 대위님 얼굴에는, 여기서 그리도 유행하는 것 같은 그 묘한 표정이 없어요. 그레고리 선생님이 대위님의 사진을 주더군요. 군복을 입은 모습보다는 잘 생기지 않았지만 더 젊어 보여요.

나의 대위님께,
대위님이 보낸 엽서를 받아서 좋았어요. 자격이 없는 간호사들에게 그런 관심을 보이시니 기쁘군요. 오, 대위님의 편지 내용은 잘 알아들었어요. 다만, 처음 본 순간부터 대위님은 다른 것 같았어요.

친애하는 대위님께,
오늘은 이 생각을 하고 내일은 저 생각을 하고 그래요. 사실상 내 문제는 무리하게 반항하고 균형이 잡히지 않았다는 것 말고는 사실 그게 제 문제의 전부예요. 대위님이 추천해주시는 정신과 의사라면 대환영이에요. 여기서는 의사들이 욕조에나 누워 〈네 뒤뜰에서 놀이를〉이라는 노래를 부르죠. 마치 내게 놀 수 있는 뒤뜰이 있기라도 한 것처럼, 앞이든 뒤든 찾아보면 그걸 찾을 희망이 있기라도

(2)
한 것처럼 말이에요. 그들이 또 과자 가게에서 또 그러는 걸, 그러는 사람을 내가 분동으로 치려는 순간에 그들이 나를 저지했어요.
더 이상 쓰지 않겠어요. 정신이 너무 불안정해요.

그러고 나서 한 달 간은 편지가 없었다. 그런 뒤 갑자기 변화가 생겼다.

—서서히 다시 제정신이 들고 있어요……
—오늘은 꽃과 구름이……
—전쟁이 끝났는데 나는 전쟁이 있었는지도 모를 뻔했어요……
—대위님은 내게 정말 친절하게 대해주셨어요! 대위님은 흰 고양이 같은 얼굴 너머로는 매우 현명하신 게 틀림없어요. 다만 그레고리 선생님이 준 사진의 모습은 흰 고양이 같지 않죠……
—오늘 취리히에 다녀왔어요, 다시 도시를 보니 이상한 기분이에요.
—오늘은 베른에 다녀왔어요, 시계들도 있고 아주 좋았어요.
—오늘은 아스포델과 에델바이스 꽃들을 발견할 정도로 높이

까지 산에 올랐어요……

그런 다음에는 편지의 수가 적어졌지만 그는 전부 답장을
해주었다. 한 편지는 다음과 같았다.

오래전, 내가 아프기 전에 남자애들이 그랬던 것처럼 누군가 날
사랑했으면 좋겠어요. 그런 일을 꿈이라도 꾸려면 몇 년은 흘러
야 하겠지만요.

하지만 어떤 이유에서든 딕의 답장이 조금 지체되었을 때
는 안절부절못하고 걱정을 쏟아놓는 편지가 왔다, 연인이 걱
정하는 것처럼. "내 이야기에 진절머리가 나셨나봐요." 그런가
하면, "내가 주제넘게 굴어서 그런지도 모르겠어요" 또 "밤이
면 대위님이 아프기라도 한 건가 하는 생각이 생각의 꼬리를
물어요" 같은.
실제로 딕은 독감을 앓았다. 몸이 회복되었을 때 공식적인
교신 말고는 모든 게 독감에 뒤따르는 피로에 희생되어야 했
다. 그리고 곧 그녀에 대한 기억은 바르쉬르오브의 사령부에
서 일하는 위스콘신 출신 전화교환원의 생생한 존재로 덧입혀
졌다. 그녀는 포스터처럼 입술이 빨갰고 군인들이 함께 모여
식사하는 장소들에서는 음탕하게 '교환대'로 회자되었다.
프란츠가 우쭐한 기분으로 사무실에 들어왔다. 그는 아마

훌륭한 임상의가 될 것이라고 딕은 생각했다. 간호사나 환자를 훈육할 때의 목소리에 울림이 있고 똑똑 끊어지는데, 그것은 신경계통에서 비롯하는 것이 아니라 아주 크지만 악의는 없는 허영심에서 나오는 것이기 때문이었다. 그의 진정한 감정은 규율이 잡혀 있었고 밖으로 드러냄이 없었다.

"자, 그 여자 얘기를 해보자고." 그가 말했다. "물론 자네 얘기도 내 얘기도 해야겠지만 먼저 그 여자 얘기를 하도록 하지. 자네에게 그 얘기를 하려고 오래 기다려 왔으니까."

그는 캐비닛에서 서류 한 묶음을 찾아 꺼내왔지만 이리저리 들추다가 그게 도리어 방해가 된다는 것을 알고 그냥 책상 위에 놓았다. 그 대신에 그는 내력을 이야기했다.

3

약 1년 반 전, 돔러 박사는 로잔에 거주하는 한 미국 신사로부터 애매한 편지를 받았다. 시카고 워런가(家)의 데브로 워런이라는 사람이었다. 약속이 정해졌고 워런 씨는 어느 날 열여섯 살 먹은 딸 니콜을 데리고 병원을 찾았다. 그녀는 성하지 않은 게 확연했고 워런 씨가 상담을 하는 동안 함께 있던 간호사가 그녀를 바깥으로 데리고 나가 구내를 산책했다.

워런은 눈에 띄는 미남이었으며 나이는 마흔도 안 되어 보였다. 키가 크고 떡 벌어진 어깨에 균형 잡힌 체격을 가진 그는 어느 모로 보나 멋진 미국인의 표본이었다―돔러 박사가 프란츠에게 평하기를 '최신 유행으로 멋지게 차려 입은 사람'이라고 했다. 커다란 회색 눈에는 제네바 호수에서 조정(漕艇)을 할 때 햇볕을 받아 생긴 충혈이 보였고, 세상에서 가장 좋은 것만 경험한 사람의 그 특별한 느낌이 있었다. 그가 괴팅겐 대학교를 졸업한 사실이 드러나자 대화는 독일어로 진행되었다. 그는 방문 목적 때문에 긴장한 데다 감정이 동요된 게 분명했다.

"돔러 박사님, 제 딸은 머리가 온전하지 않습니다. 많은 전문의와 간호사에게 맡기기도 했고, 휴양 요법을 두어 번 받기도 했지만 제가 감당하기에는 상태가 너무 심해졌습니다. 그래서 사람들이 강력하게 추천하기에 이렇게 박사님을 찾아왔습니다."

"알겠습니다." 돔러 박사가 말했다. "처음부터 시작해서 모든 걸 말해주십시오."

"처음이랄 건 아무것도 없습니다. 적어도 친가든 외가든 제가 아는 한 집안에 정신병 병력은 없어요. 니콜 엄마는 애가 열한 살일 때 죽었죠. 그래서 저는 입주 가정교사의 도움을 받아 어느 정도 아버지, 엄마 역할을 다 했습니다. 애한테 아버지이자 엄마인 거죠."

워런 씨는 그 말을 하면서 감정이 몹시 동요되었다. 돔러 박사는 그의 눈가에 눈물이 맺힌 것을 보았다. 그리고 처음으로 그가 말할 때마다 위스키 냄새가 풍기는 것을 알아챘다.

"니콜은 어려서 아주 사랑스러운 아이였습니다. 사람들이 모두 예뻐서 어쩔 줄을 몰라 했죠. 니콜을 본 사람들은 하나같이 모두 그랬습니다. 특출 나게 똑똑하고 더할 수 없이 행복한 아이였어요. 책을 읽든 그림을 그리거나 춤을 추든 피아노를 치든 무엇이든 좋아했죠. 우리 아이들 중 니콜만 밤에 운 적이 없다고 아내가 말하곤 했어요. 니콜 위로 딸이 또 하나 있고 아들이 있었는데 아들은 죽었습니다. 하지만 니콜은…… 니콜은…… 니콜……"

그가 말을 중단하자 돔러 박사가 거들었다.

"지극히 정상적이고 똑똑하고 행복한 아이였군요."

"지극히."

돔러 박사는 기다렸다. 워런 씨는 고개를 흔들고 길게 한숨을 쉬더니 돔러 박사를 한 번 휙 쳐다보고는 다시 바닥으로 눈길을 돌렸다.

"8개월 전쯤이든가, 아니면 6개월 전, 아니 10개월이었을 겁니다. 아무리 생각해봐도 니콜이 처음으로 이상한 행동을 보이기 시작했을 때 우리가 어디에 있었는지 확실히 모르겠어요. 그건 이상한 행동이 아니라 미친 행동이었죠. 제게 그 얘기를 제일 처음 한 건 큰딸이었어요. 내가 볼 때 니콜은 항상 똑같았거든요." 그는 아무도 자기에게 책임을 묻지 않았는데 그렇게 급히 덧붙였다. "……달라진 게 없는 다정한 아이였죠. 제일 처음은 하인에 관한 거였어요."

"아, 네." 마치 이 시점에서 하인, 다름 아닌 하인 이야기가 나올 것을 예상했다는 듯, 셜록 홈스처럼 위엄 있게 머리를 끄덕거리며 돔러 박사가 말했다.

"제 수발을 드는 하인이 한 명 있었습니다, 몇 년 일했죠, 그런데 그는 스위스인이었습니다." 그는 애국심이 강한 돔러 박사가 괜찮게 생각하는지 살피려 그를 쳐다보았다. "니콜이 그에 대해 말도 안 되는 생각을 했어요. 그가 자기한테 알랑거린다고 생각한 거예요. 물론 그 당시에는 니콜의 말을 믿고 하인을 내보냈지만 지금 생각해보면 그게 모두 터무니없는 소리였던 겁니다."

"하인이 무슨 짓을 했다던가요?"

"제가 처음부터 하려고 했던 얘기가 그겁니다. 의사들이 그걸 알아낼 수 없었어요. 니콜은 하인이 무슨 짓을 했는지 의사들이 당연히 알아야 한다는 식으로 그냥 그들을 바라보기만 했어요. 하지만 그자가 어떤 적절하지 못한 접근을 했다는 것을 말하려고 했던 게 틀림없습니다. 니콜의 언행으로 봐서 그건 의심할 여지가 없었죠."

"그렇군요."

"물론 저도 여자들이 외로운 나머지 침대 밑에 남자가 있다고 상상한다는 등등의 그런 이야기를 읽은 적이 있습니다. 하지만 니콜이 어째서 그런 생각을 할까요? 젊은 남자애들을 원하면 얼마든지 사귈 수 있었을 텐데 말이죠. 우리는 레이크 포레스트에 있었어요. 시카고 근교의 여름 휴양지인데 거기에 우리 별장이 있죠. 니콜은 남자 아이들과 나가 하루 종일 골프나 테니스를 쳤어요. 니콜한테 단단히 반해버린 아이들도 있었죠."

워런이 오래되어 푸석푸석한 소포 꾸러미 같은 돔러 박사에게 이야기하는 동안 줄곧 박사의 마음 한구석에는 시카고에 대한 생각이 들락거렸다. 그는 젊었을 때 한 번 시카고 대학에 연구원 겸 강사로 갈 기회가 있었다. 그때 갔더라면 아마도 거기서 부유해졌을 것이며 병원의 소주주가 아닌, 자기 소유의 병원을 가지게 되었을지 모를 일이었다. 하지만 그는 스스로 빈약하다고 생각되는 자신의 지식이 그 전역에, 그 모든 밀밭에, 그 끝없는 초원에 펼쳐지는 상상을 하고는 거기에 갈 생각을 접었었다. 그래도 그는 그 당시 글을 통해 시카고에 대해, 아머, 파머, 필드, 크레인, 워런, 스위프트, 매코믹 및 다른 많은, 영향력이 큰 가문들에 대해 알고 있었고, 그 시절 이래로 시카고와 뉴욕 일원에 있는 그런 계층의 환자들이 꽤 많이 그를 찾아왔다.

"니콜은 더 심해졌습니다." 워런이 계속해서 말했다. "발작이랄지 뭐 그런 걸 일으켰고, 하는 말들은 점점 더 비정상이 되었어요. 제 언니가 그걸 듣고 일부 받아 적은 게 있어요……"

그는 많이 접었다 폈다 한 흔적이 있는 종이를 의사에게 건넸다. "거의 언제나, 남자들이 자기를 덮칠 거라는 내용입니다, 아는 남자든 거리의 모르는 남자든…… 아무나……"

그는 가족의 놀라움과 괴로움에 대하여, 그런 상황하에 놓인 가족들이 겪는 공포에 대하여, 미국에서 치료를 해보려 애를 썼지만 소용이 없었던 경험에 대하여, 마지막으로 환경의 변화가 좋을지도 모른다는 믿음으로 잠수함 봉쇄망*을 통과해 딸을 스위스로 데려온 과정에 대하여 이야기했다.

"……미군 순항선을 탔죠." 그가 약간 거만한 태도로 상세히 밝혔다. "저는 그 배편을 주선할 수 있었습니다, 운이 좀 좋았죠. 그런데 이 말을 해도 될지 모르지만." 그가 변명하는 미소를 지었다. "흔히들 하는 말로, 돈은 문제가 안 됩니다."

"물론 그러시겠죠." 돕러가 건조하게 동의를 표했다.

그는 워런이 왜, 무엇에 대해서 거짓말을 하고 있는지 의아했다. 아니면, 그가 잘못 생각한 거라면, 방 안에 가득한 그 허위는 무엇이고, 스포츠맨다운 여유를 보이며 의자에 몸을 쭉 펴고 앉아 있는, 트위드 옷 차림의 이 잘생긴 사람은 무엇이라는 말인가? 2월의 저 바깥에는 비극의 주인공이, 웬일인지 날개가 짓이겨진 어린 새가 있는데, 이 안은 무언가 모든 게 너무 얄팍했다. 얄팍하고 이상했다.

---

*제1차 세계대전 당시 독일은 영국의 해군력에 맞서 잠수함으로 봉쇄망을 치고 연합국과 중립국의 선박에 무제한적 공격을 가했다.

"이제 잠시…… 따님과…… 얘기를 좀 하고 싶습니다." 돔러 박사는 워런에게 좀 더 가까이 갈 수 있을까 하여 영어로 말하기 시작했다.

워런이 딸을 맡기고 로잔으로 돌아가고 며칠이 지났을 때, 돔러 박사와 프란츠는 니콜의 진료 카드에 다음과 같이 기재했다.

Diagnostic: Schizophrénie. Phase aiguë en décroissance. La peur des hommes est un symptôme de la maladie, et n'est point constitutionelle…… Le pronostic doit rester réservé.*

시간이 흐름에 따라 그들은 점점 더 흥미를 느꼈고, 워런 씨가 다시 오기로 한 날을 기다렸다.

그는 좀처럼 오지 않았다. 2주 후에 돔러 박사는 편지를 썼다. 그래도 소식이 없자 그는 그 당시로서는 분별없는 행동을 취하여 브베에 있는 그랑 호텔로 전화를 했다. 그리고 워런의 하인으로부터 그가 미국으로 돌아갈 짐을 싸고 있다는 것을 알았다. 하지만 그 전화 요금으로 40스위스프랑이 병원의 회계 장부에 오를 것이라는 생각이 들자 돔러 박사는 튈르리 궁전의 근위병** 피가 솟구쳤고 워런 씨는 전화를 받아야 했다.

---

*〔원주〕 진단: 인격 분열 장애. 병이 급성으로 악화되고 있음. 남자에 대한 공포는 이 병의 증상이며 결코 선천적인 것이 아님…… 예후 판단은 보류함.

"오셔야 합니다…… 무조건 오셔야 해요. 따님의 건강……모든 게 달려 있어요. 저는 책임을 질 수 없습니다."

"아니, 이보십쇼, 박사님, 그래서 박사님이 필요한 거 아닙니까. 저는 집에서 긴급 호출을 받아 빨리 가야 해요!"

돔러 박사는 그렇게 멀리에 있는 사람과 이야기해본 적이 없었는데, 전화에다 대고 하도 단호히 최후통첩을 보내는 바람에 전화를 받던 고뇌에 찬 미국인은 결국 굽히고 말았다. 취리히 호수를 두 번째 방문한 워런은 도착 30분 만에 감정을 주체하지 못하고 허물어졌다. 그가 몹시 흐느껴 울 때 품이 낙낙한 재킷에 가려진 건장한 어깨가 들썩거렸고, 두 눈은 제네바 호수의 태양보다 더 붉었으며, 거기에는 끔찍한 이야기가 담겨 있었다.

"그냥 어쩌다 일어난 일입니다." 그가 쉰 목소리로 말했다. "몰라요…… 모르겠어요."

"니콜이 어렸을 때 애 엄마가 죽고 나서 니콜이 매일 아침 제 침대로 오곤 했어요. 어떤 때는 제 침대에서 잤죠. 저는 그 어린 것이 가엽기만 했어요. 오, 그 뒤로 우리는 자동차를 타거나 기차를 타고 어디를 가든 손을 잡고 다녔죠. 니콜은 저에게 노래를 불러줬어요. 우리는 '오늘 오후에는 다른 아무도 생각하지 말자'든가 '서로만 소유하자'든가 서로 '오늘 아침은 내

** 1792년 프랑스 혁명 당시 파리의 튈르리 궁전에서 왕가를 보호하기 위해 폭도들과 맞서 싸운 스위스 위병. 모두 학살당했다.

것'이라고 말하곤 했어요." 비탄 섞인 빈정거림이 그의 목소리에 배어들었다. "사람들은 늘 우리가 아주 멋진 부녀라고 했어요. 우리를 보고 눈물을 닦곤 했죠. 우리는 연인 같았어요. 그러다 어느 순간 갑자기 연인이 되었어요…… 그 일이 있고 나서 곧장 자살을 하고 싶은 심정이었지만 너무 형편없이 타락한 놈이라 그럴 배짱도 없었습니다."

"그런 다음에 어떻게 됐죠?" 돔러 박사는 다시 시카고를 생각하며, 그리고 30년 전에 취리히에서 그를 살펴보던 외알 안경의 온화하고 창백한 신사를 생각하며 말했다. "그 관계가 계속되었나요?"

"천만에요! 니콜은 거의…… 니콜은 곧바로 냉담해진 것 같았어요. '아무것도 아니에요, 아빠, 아무것도 아니에요. 중요하지 않아요. 아무것도 아니에요'라는 말만 하더군요."

"그리고 아무런 여파가 없었어요?"

"네." 그는 발작적으로 잠깐 흐느껴 울더니 코를 여러 번 풀었다. "하지만 지금은 그 여파가 이래저래 크죠."

모든 이야기가 끝나자 돔러는 몸을 뒤로 젖히고 앉아 중산층의 중심점에 있는 자리에서 그를 바라보며 속으로 신랄하게 '촌놈!'이라고 말했다—이것은 지난 20년 동안 그가 내린 몇 안 되는 순전히 세속적인 판단 중 하나였다. 그리고 나서 그는 다음과 같이 말했다.

"오늘 밤은 취리히 시에 있는 호텔에서 지내시고 내일 아침에 다시 오십시오."

"그런 다음 뭘 하죠?"

돔러 박사는 새끼 돼지를 들 수 있을 정도 넓게 양손을 벌렸다.

"시카고에 가셔야죠."

4

"그러고 나서 우리는 우리의 좌표를 알게 되었어." 프란츠가
말했다. "돔러는 워런에게 에누리 없이 최소한 5년, 가능하면
무기한으로 딸을 보지 않겠다는 데 동의하면 환자를 받겠다고
말했지. 처음으로 워런이 허물어지고 난 뒤 그의 주된 걱정은
소문이 워런과 함께 미국으로 새어 들어가지나 않을까 하는
것 같았어. 우리는 통상적인 치료 계획을 세우고 결과를 기다
렸네. 예후는 나빴어…… 자네도 알지만 그 나이에는 그게 치
료될 확률이 아주 낮지. 불안정한 상태로나마 퇴원해서 사회
로 나갈 확률마저."

"초기의 편지를 보면 상태가 심각했지." 딕이 동의했다.

"아주 심각했지. 아주 전형적인 케이스야. 첫 번째 편지가
발송되게 내버려둘까 말까 망설였어. 그러다 우리가 여기서
무슨 일을 하고 있는지 딕이 아는 것도 좋겠지, 하고 생각했
지. 너그러이 답장을 해줘서 고맙네."

딕은 한숨을 쉬었다. "아주 예쁜 소녀였지. 편지와 함께 자기 사진을 많이 보내왔거든. 나는 거기 가서 한 달 동안은 할 일이 없었어. 내가 답장으로 쓴 건 '얌전히 의사 선생님 말씀 잘 들어야 해요'라는 게 전부였네."

"그걸로 충분했어, 바깥세상의 누군가를 생각하게 해줬으니까. 한동안 니콜에게는 아무도 없었어. 서로 별로 가까워 보이지 않는 언니뿐이었지. 그거 말고도 여기 있는 우리에게는 니콜의 편지를 읽는 게 도움이 됐네, 니콜의 상태를 알 수 있는 척도가 되었지."

"그거 잘됐군."

"이제 무슨 일인지 알겠지? 니콜은 공범 의식을 느낀 거였어. 하지만 그건 중요하지 않네. 우리는 단지 니콜의 궁극적인 안정성과 정신력을 재평가하고 싶었으니까. 그 일로 충격을 받고 난 다음 니콜은 기숙학교에 보내졌고, 여자애들이 수군거리는 소리를 들었지. 그래서 단순히 자기 보호 본능에서 자기에게는 공범 의식이 없었다는 생각을 갖게 된 걸세. 일단 그 지점에 이르자 니콜은 부지중에 모든 사람은, 자기가 좋아하고 신뢰하는 사람일수록, 그만큼 더 악하다는 망상의 세계에 쉽게 빠져든 거지……"

"니콜이 직접적으로 그…… 공포에 빠진 적이 있어?"

"아니, 그런데 사실 10월쯤 니콜이 정상적으로 보이기 시작했을 때 우리는 곤경에 처했지. 서른 살 정도 먹은 사람이라면 스스로 적응하도록 했을 텐데, 니콜은 너무 어려서 자칫 그 모든 게 마음속에 뒤얽힌 채 그대로 굳어버릴까 봐 염려가 되었어. 그래서 돔러 박사가 니콜에게 솔직하게 말했지. '지금부터 니콜 양의 의무는 니콜 양 자신에 대한 거예요. 그렇다고 어느 모로나 니콜 양에게 무언가 끝났다는 건 아니에요. 니콜 양은 이제 인생의 출발점에 있어요' 등등의 말들을. 니콜은 정말 머리가 뛰어나서 돔러 박사가 프로이트의 책을 좀 읽으라고 줬네, 많이는 아니고. 그런데 아주 흥미 있어 하더군. 사실 니콜은 여기서 우리의 귀염둥이랄까 그런 존재가 됐네. 하지만 말은 잘 하지 않아." 그는 마지막 말을 덧붙이고는 우물쭈물했다. "혹시 니콜이 최근에 취리히에 나가 자네에게 직접 부친 편지들에 무언가 그녀의 정신 상태나 앞으로의 계획을 알 수 있는 내용이 있나 해서 말인데."

딕은 곰곰이 생각했다.

"있다고도 볼 수 있고 없다고도 볼 수 있지. 원하면 그 편지들을 가져오겠네. 니콜은 희망에 차 있고 삶에 대한 정상적인 갈망이 있는 것 같아, 심지어는 로맨틱한 면도 좀 있고. 간혹 '과거'를 얘기할 때는 감옥에 다녀온 사람이 말하듯 해. 범죄에 대해 얘기하는 건지, 수감 생활 얘기를 하는 건지, 그 모든 경험을 다 얘기하는 건지 알 수가 없는 것이지. 결국 나는 그녀의 인생에서 일종의 박제된 사람일 뿐이야."

"그럼. 나도 자네가 어떤 입장인지 잘 알아. 다시 한 번 고맙네. 그게 내가 먼저 자네를 보고 싶어 했던 이유야."

딕이 웃었다.

"니콜이 내게 달려들기라도 할까봐 그래?"

"아니, 그건 아니고. 다만 조심해서 행동해주었으면 하는
걸세. 자네는 여자들에게 매력적이니까."

"그건 나도 어쩔 수 없는 일이야! 나 원, 조심스럽게 행동하
고 불쾌하게 굴도록 하겠네. 니콜을 만날 때마다 마늘을 씹고
얼굴이 까칠하게 면도도 하지 않을게. 나를 보면 피하도록 만
들게."

"마늘은 말고!" 프란츠가 그의 말을 진담으로 받아들이고
말했다. "자네의 직업에 반하는 행동을 하지는 말아. 아니 자
네 말은 농담이군."

"……그리고 다리도 좀 절 수 있지. 그런데 어쨌든 내가 사
는 데는 진짜 욕조가 없어."

"자네 순전히 농담으로 그러는군." 프란츠는 안심했다. 아
니, 그렇다기보다는 안심한 사람의 자세를 취했다. "이제 자네
얘기 좀 해봐, 무슨 계획이 있나?"

"딱 한 가지 계획밖에 없어, 프란츠. 훌륭한 심리학자가 되
는 거지…… 역사상 가장 훌륭한 심리학자가 되는 것일 수도
있고."

프란츠는 유쾌하게 웃었지만 이번에는 딕의 말이 농담이
아니라는 것을 알았다.

"아주 좋군, 아주 미국적이고." 그가 말했다. "우리한테는 좀 더 힘든 얘기지." 그는 자리에서 일어서 유리문 앞으로 갔다. "여기에 서서 보면 취리히가 보이네…… 저기 그로스뮌스터 교회*가 있어. 거기 지하 납골당에 우리 할아버지가 안치돼 있지. 거기서 다리를 건너가면 우리의 선조인 라바터**가 묻혀 있는데, 그분은 아무 교회에나 묻히려고 하지 않았다네. 그 부근에는 또 다른 선조 페스탈로치***의 동상과 알프레트 에셔 박사****의 동상이 있고. 그리고 또 어디를 가든 언제나 츠빙글리가 있지…… 끊임없이 영웅들의 판테온을 마주해야 해."

"그렇군." 딕이 자리에서 일어섰다. "그냥 큰소리친 것뿐이야. 모든 게 새롭게 시작되고 있어. 프랑스의 미국인들은 대부분 고향으로 서둘러 돌아가느라 정신들이 없지만 나는 아니야. 대학에서 강의를 들을 뿐이지만 금년 말까지 군이 주는 월급을 타먹지. 정말 미래의 위인을 잘 알아보는 통 큰 정부라 할 만하지 않은가? 그 뒤에는 한 달간 고향에 가 아버지를 뵐 거야. 그런 다음 여기로 돌아올 예정이야. 일자리를 제의받았거든.

"어디?"

---

*스위스의 종교 개혁가 츠빙글리가 설교하던 교회. 11세기에서 13세기에 걸쳐 건축되었다.
**Johann Caspar Lavater(1741~1801). 스위스의 신학자, 시인, 골상학자.
***Johann Heinrich Pestalozzi(1746~1827). 스위스의 진보 교육자.
****Alfred Escher(1819~1882). 스위스 신용기구 창립자.

"여기와 라이벌인 병원인데…… 인터라켄에 있는 기슬러 병원."

"거긴 가지 마." 프란츠가 충고했다. "거긴 한 해 만에 젊은 의사 열두어 명이 들어갔다 나왔어. 기슬러는 본인이 조울증 환자야. 그의 아내와 그 여자의 정부가 병원을 운영하지. 물론 이건 비밀이네."

"그전에 미국과 관련해서 세운 계획은?" 딕이 가볍게 물었다. "나하고 뉴욕에 가서 갑부들을 상대로 하는 최첨단 진료소를 세우자고 했잖아."

"그건 학생이었을 때 얘기고."

딕은 병원 구내의 가장자리에 있는 작은 독채에서 프란츠와 그의 새색시와 식사를 했다. 집 안에 고무 타는 냄새가 나는 작은 강아지가 있었다. 그는 막연한 중압감을 느꼈다. 작은 보루 같은 집의 분위기 때문도, 예측할 수도 있었을 프라우* 그레고로비우스 때문도 아니었다. 그것은 프란츠가 체념하고 받아들이고 있는 것으로 보이는 갑작스러운 지평의 수축 때문이었다. 딕의 경우에 금욕의 경계는 달리 그어져 있었다―그것을 목적을 이루기 위한 수단으로 두거나, 그런 생활 자체가 자랑스러워서 지속하는 것은 상상할 수 있었다. 그러나 일부러 선대로부터 물려받은 옷에 자신을 축소하여 맞추는 인생은

*독일의 기혼 여성에 대한 경칭.

생각하기 어려웠다. 프란츠와 그의 아내가 비좁은 공간에서 몸의 방향을 바꾸는 따위의 가정적인 거동에서는 품위와 모험심을 엿볼 수는 없었다. 전후의 프랑스, 그리고 빛나는 미국의 후원으로 진행되고 있는 막대한 변제와 현금화는 앞날에 대한 딕의 전망에 영향을 주었다. 게다가 남자고 여자고 그를 대단한 사람으로 생각했다. 그가 우수한 스위스 시계의 본고장으로 돌아오게 된 것은 아마도 그런 환경이 진지한 사람에게는 별로 좋지 않다는 직관 때문이었을 것이다.

그는 케테 그레고로비우스가 스스로 매력적이라고 느끼도록 해주었지만, 음식마다 들어 있는 꽃양배추 때문에 점점 안절부절못했고, 이와 동시에 무언지 모를 그 얄팍함이 발단하자 대해 스스로가 혐오스러웠다.

'맙소사, 결국은 나도 다른 사람들과 별다르지 않다는 말인가?' 그렇게 해서 그는 밤에 잠 못 이루며 그 생각을 하기 시작했다. '별다르지 않다는 말인가?'

이것은 사회주의자에게는 빈약한 사고의 소재이지만 세상의 드문 일을 많이 하는 사람에게는 좋은 소재이다. 사실 그는 지난 몇 달 동안, 더 이상 믿지 않는 것을 위해 죽을 것인가 말 것인가에 대한 결정을 관장하는 청춘의 관념들을 분류하고 있었다. 취리히의 눈 덮인 깊은 밤, 가로등 불빛이 내려다보이는 길 건너편, 낯선 사람의 집 식료품 저장실을 응시하며, 그는 좋은 사람이 되고 싶고, 친절한 사람이 되고 싶고, 용감하고 지혜로운 사람이 되고 싶다는 생각을 하곤 했지만 그 어느 것도 매우 어려웠다. 그는 그럴 자리만 있으면 사랑도 받고 싶었다.

5

본관 건물의 열려 있는 유리문에서 흘러나오는 불빛이 베란다를 밝게 비췄다. 불빛은 또, 지은 지 얼마 안 되는 벽의 검은 그림자와 베란다 철제 의자의 야릇한 그림자를 글라디올러스 화단 위로 드리웠다. 방과 방 사이를 이리저리 다니는 사람들의 모습에서 워런 양의 모습이 처음에는 얼핏 보였다가 그녀가 그를 보았을 때 그 모습이 뚜렷하게 드러났다. 그녀가 문간을 넘어서며 얼굴에 받은 마지막 실내 불빛이 그녀와 함께 바깥으로 연장되었다. 그녀는 어떤 리듬에 맞춰 걸었다. 그 주내내 그녀의 귀에는 노랫소리가 그치지 않았다. 그것은 불타는 하늘과 야생의 그늘이 부르는 여름의 노래였다. 그가 오고부터 그 노래는 더욱 커져 그녀는 함께 부를 수도 있을 것 같은 기분이었다.

"안녕하세요, 대위님." 그녀는 마치 한데 엉킨 두 시선을 힘겹게 풀어내듯 그에게서 눈을 떼며 말했다. "우리 여기 바깥에 앉을까요?" 그녀는 그대로 가만히 서서 잠시 주변을 흘끗흘끗 바라보았다. "이제 여름이나 다름없네요."

그녀의 뒤를 따라 숄을 두른 땅딸막한 여자가 나왔다. 니콜은 딕을 소개했다. "세뇨라―"

프란츠는 양해를 구하고 자리를 떴고 딕은 의자 세 개를 한데 모았다.

"아름다운 밤이에요." 여자가 말했다.

"Muy bella(정말 아름다워요)." 니콜이 말했다. 그런 다음 딕에게 말했다. "여기엔 오래 계실 건가요?"

"취리히를 말하는 거라면, 네, 취리히에 오래 있습니다."

"오늘 밤은 진짜 봄다운 첫날 밤이에요." 여자가 말했다.

"계속 취리히에 계실 건가요?"

"적어도 7월까지는 그럴 거예요."

"나는 6월에 떠나요."

"여기 6월은 아주 아름다워요." 여자가 논평했다. "6월에는 여기 있다가 진짜 더워지는 7월에 떠나는 게 좋아요."

"어디 갈 데가 있어요?" 딕이 니콜에게 물었다.

"언니와 어디든 갈 거예요. 어디든 신나는 곳에 갔으면 좋겠어요. 여기서 너무 많은 시간을 빼앗겼거든요. 하지만 의사들은 내가 처음에는 조용한 데 가야 한다고 하겠죠, 코모* 같은데. 코모에 가실래요?"

"아, 코모……" 여자가 말하기 시작했다.

---

*이탈리아 북부의 아름다운 호수 도시.

258

건물 안에서 갑자기 주페의 〈경기병〉 삼중창이 흘러나왔다. 니콜은 이때를 틈타 자리에서 일어났고 그 방년의 청춘과 아름다움이 주는 느낌은 그를 이끌다가 그의 마음속에서 감동으로 한데 뭉쳐 치솟았다. 그녀는 웃었다, 세상의 길 잃은 젊은이들을 모두 아우를 것 같은 심금을 울리는 앳된 웃음을.

"음악 소리가 너무 커서 얘기를 못 하겠어요, 우리 좀 걸어요. 부에나스 노체스, 세뇨라."

"좋은 밤 되세요─좋은 밤 되세요."

두 사람은 보도로 두 계단 내려갔다. 곧 어둠이 보도를 가로질렀다. 그녀는 그의 팔을 잡았다.

"나한테 언니가 미국에서 보내준 음반이 있어요." 그녀가 말했다. "다음에 오면 들려드릴게요. 축음기를 어디로 가져가면 사람들한테 안 들리는지 알아요."

"근사하겠군요."

"〈힌두스탄〉을 아세요?" 그녀가 무언가 동경하듯 물었다. "그전엔 들어본 적이 없는 노래인데 좋던데요. 〈왜 그들을 베이비라고 하죠?〉도 있고 〈나 때문에 당신이 눈물도 흘리니 좋아요〉라는 곡도 있어요.* 파리에서 이 곡들에 춤춰본 적 있으시겠죠?"

"나는 파리에 가본 적이 없어요."

*여기에 인용되는 곡들은 모두 1918년 세계대전이 끝날 무렵에 유행한 노래들이다.

그녀의 크림색 드레스는 걸음걸음 번갈아가며 푸른빛과 회색빛을 띠었고, 금발 머리와 더불어 그의 눈을 현혹했다. 그가 고개를 돌려 바라볼 때마다 그녀는 살짝 미소를 머금고 있었다. 반원 모양으로 비치는 가로등 불빛 안에 들 때는 그녀의 얼굴이 천사의 얼굴처럼 빛났다. 그녀는 모든 것에 대해 그에게 감사했다, 마치 파티에 데려가줘서 고맙다는 것처럼. 그녀와의 관계에 대한 딕의 확신은 점점 줄어드는 반면 그녀의 자신감은 커져갔다. 그녀에게는 세상의 모든 흥분을 반영하는 것 같은, 그런 흥분된 분위기가 있었다.

"저는 이제 병원의 제약을 받지 않아요." 그녀가 말했다. "다음에 〈오랜 기다림〉하고 〈안녕, 알렉산더〉라는 좋은 노래 두 곡을 들려드릴게요."

일주일 뒤에 왔을 때는 그가 좀 늦었다. 니콜은 그가 프란츠의 집에 오는 길의 한 지점에서 그를 기다렸다. 귀 뒤로 넘긴 머리칼이 어깨에 살짝 닿았는데, 그녀의 얼굴이 그 속에서 방금 떠오른 것 같은 모습이었다. 마치 숲 속에 있다가 맑은 달빛 아래로 나오던 참인 것처럼. 미지의 무엇이 그녀를 내놓았다. 딕은 그녀에게 배경이 없었더라면 하는 마음이었다. 그녀가 떠나온 밤이라는 주소 외에는 아무런 주소가 없는, 길 잃은 여자였더라면 했다. 그들은 그녀가 축음기를 숨겨 놓은 장소로 갔다. 축음기를 가지고 작업장 옆을 돌아서 암반에 올라 끝없는 구릉 사이로 굽이치는 밤에 면한 나지막한 담장 뒤에 앉았다.

그들에게 이제 그곳은 미국이었다. 딕을 유혹적인 로사리오*로 생각하는 프란츠도 그들이 그렇게 멀리까지 간 것은 꿈에도 생각 못 했을 것이다. 그들은 미안해했어요, 그들은 서로를 만나기 위해 택시를 타고 갔어요, 그들은 선호하는 미소가 있었어요, 그들은 힌두스탄에서 만났어요, 그들은 곧 싸운 게 틀림없어요, 아무도 몰랐고 아무도 신경 쓰지 않은 걸 보면— 하지만 마침내 한 사람이 떠났고 남은 사람은 울었어요, 우울했고 슬펐어요.

잃어버린 시간과 앞날의 희망을 연결하는 가냘픈 곡이 발레**의 밤에 휘감겼다. 노래 한 곡이 잠시 그칠 때마다 외톨이 귀뚜라미 소리가 단일한 음으로 그 광경을 하나로 붙들었다. 그녀는 곧 축음기를 끄고 그에게 노래를 불러주었다.

1달러 은화를

바닥에 놓고

구르는 걸 봐요

동전은 둥그니까……

---

*영국의 희곡작가 니콜라스 로우(1674~1718)의 〈아름다운 참회자(The Fair Penitent)〉에 등장하는 여자들을 유혹하는 인물.
**발레는 스위스 서남부의 주로서 취리히에서 멀다. 지리에 대한 피츠제럴드의 착각으로 생각된다.

입술이 떨어지는 바로 그곳에 호흡이 감돌지 않았다. 딕이 벌떡 일어섰다.

"왜요, 이 노래가 안 좋아요?"

"물론 좋아요."

"우리 집 요리사가 가르쳐준 노래예요."

여자는 몰라요
얼마나 좋은 남자인지
그를 차고 나서야 알게 되죠.

"이 노래 좋아요?"

그녀는 그를 보고 미소 지었다. 그 미소에 그녀의 마음속에 담긴 모든 것을 그러모아 그에게 향하도록 했다. 그가 그렇게 아주 작은 것, 대답의 울림을 주면, 그의 마음속에도 그녀에게 호응하는 떨림이 있다는 확신만 주면, 그녀 자신을 주겠다는 심오한 약속을 드러냈다. 시시각각 그 감미로움은 버드나무로부터, 암흑의 세계로부터, 그녀 안으로 흘러들어 갔다.

그녀도 일어섰다. 축음기에 걸려 비틀하고는 순간적으로 그에게 부딪쳤다가 그의 어깨 우묵한 부분에 머리를 기댔다.

"레코드판이 한 장 더 있어요." 그녀가 말했다. "⋯⋯〈안녕, 레티〉라는 노래 들어봤어요? 그랬겠죠."

"솔직히 말하면, 이해 못 하겠지만, 나는 한번도 들어본 적이 없어요."

그는 알지도 못했고, 냄새도 못 맡았고, 맛도 보지 못했다고, 오직 덥고 은밀한 방의 볼이 달아오른 여자들만 알았을 뿐이라고 덧붙일 수도 있을 것 같은 기분이었다. 1914년 뉴헤이븐에서 알던 처녀들은 남자들의 가슴팍에 양손을 대고 키스를 하고는 "됐죠!"라는 소리와 함께 남자를 밀쳐냈었다. 그런데 여기에 겨우 재난에서 구제된 방랑아가 그에게 대륙의 본질을 날라다주고 있었다…….

6

다음에 그녀를 본 것은 5월이었다. 취리히에서 함께 점심 식사를 하는 동안 딕은 잔뜩 조심했다. 그의 인생 논리가 그녀로부터 멀어지는 쪽으로 기우는 게 분명했다. 그런데도 가까운 식탁의 낯선 남자가 지도에 없는 등댓불이 마음을 불안하게 하듯 그녀를 이글거리는 눈으로 계속 쳐다보자 딕은 그를 바라보고 품위 있게 위협해 관심을 끊게 만들었다.

"그냥 훔쳐보기 좋아하는 작자였어요." 그가 쾌활하게 말했다. "저 사람은 그냥 니콜의 옷을 보고 있었어요. 웬 옷이 그렇게 많아요?"

"언니가 우리는 굉장히 부자래요." 그녀는 겸손히 말했다.

"할머니가 돌아가셔서요."

"그럼 봐줄게요."

그는 니콜이 보인 젊은 여자 특유의 허영과 기쁨을 즐거워할 만큼 그녀보다 나이가 많았다. 식당을 나서기 전, 부식되지 않는 수은이 그녀에게 그녀 자신을 돌려줄 수 있도록 현관 거울 앞에 잠깐 멈추는 모습이, 자신이 아름답고 부자라는 것을 알고 새로운 인생의 옥타브에 손을 내미는 모습이 그는 즐거웠다. 그녀가 자기의 상처를 꿰매어준 사람은 그라는 생각에 사로잡히지 않도록 진심으로 애를 썼다. 그녀가 그와는 별개로 행복과 자신감을 쌓아가는 것을 보게 되어 기뻤다. 그런데 어려운 점은 결국 그녀가 제물처럼 암브로시아와 숭배의 도금양을 그에게 선물로 갖다 바친다는 것이었다.*

여름이 시작되는 첫 주에 딕은 취리히에 다시 자리를 잡았다. 그는《정신과 의사를 위한 심리학》을 개정해 낼 생각으로 그동안 쓴 소논문들과 그 밖에 군복무하며 쓴 것들을 일정 형식으로 정리했다. 그는 그걸 출간할 출판사가 있으리라고 생각하고 독일어 실수를 바로잡아줄 가난한 학생을 찾았다. 프란츠는 그 계획이 무모한 일이라고 했지만 딕은 경계심을 풀게 하는 그 주제의 수수함을 가리켜 보였다.

"이것만큼 내가 잘 아는 분야는 또 없을 거야." 그가 역설했

* '암브로시아'는 신들이 먹는 영생의 음식, '도금양'은 사랑을 상징하는 상록수.

다. "이게 기본적인 분야가 되지 못하는 것은 이것을 이루는 내용이 인식된 적이 없어서 그런 건 아닌가 하는 생각이 드네. 이 직업의 단점은 약간 장애가 있고 성하지 않은 사람에게 매력적이라는 것이지. 그런 사람은 이 직업 테두리 안에서 임상적인 일, '실천적'인 일에 치우치는 것으로 보상을 찾아. 싸우지 않고 전투에서 이겼다는 거지.

반대로 프란츠 자네는 적임자야, 태어나기도 전에 운명이 이 일을 위해 자네를 선택했으니까. 자네에게 '성벽(性癖)'이 없었던 걸 신에게 감사해야해. 내가 정신과 의사가 된 건 옥스퍼드의 세인트힐다 칼리지에 다니는 한 여학생과 같은 강의를 들었기 때문이야. 진부한 말 같지만 지금 내 생각을 맥주 몇십 잔에 그냥 흘려보낼 수는 없지."

"그래." 프란츠가 대답했다. "자네는 미국인이니까. 자네는 그렇게 해도 직업적으로 해를 입지 않을 테니. 나는 이런 일반론을 좋아하지 않아. 머잖아 자네는 '문외한을 위한 심오한 생각'이라고 불릴 작은 책들을 쓸 테지. 아주 쉽고 단순하게 쓰여서 독자가 절대 생각 같은 걸 하지 않게 하는 책을 말이야. 아버지가 살아 계셨더라면 자네를 보고 불만스러워 끙끙거리실 거야. 냅킨을 집어 이렇게 접고 냅킨 고리를 들어서, 바로 이런 거……" 그는 갈색 나무에 멧돼지 머리가 조각된 냅킨 고리를 집어 올렸다. "그리고 이렇게 말씀하실 거야, '우선 내 느낌은─' 그러고는 자네를 바라보고 갑자기 생각이 난 듯이

'뭐에 쓰려고?'라고 하실 거야. 그러다가 말씀을 멈추고 다시 끙끙거리시겠지. 그러다보면 저녁 식사는 다 끝나는 거지."

"오늘 나는 혼자로군." 딕이 퉁명스럽게 말했다. "하지만 내일은 혼자가 아닐지도 모르지. 그 후엔 자네 아버지처럼 냅킨을 접고 끙끙거릴 거고."

프란츠는 잠시 기다렸다.

"우리 환자는 어때?" 그가 물었다.

"몰라."

"이거 원, 지금쯤은 알아야지."

"니콜이 좋아. 매력적이야. 내가 어찌 하기를 원해, 에델바이스 한가운데서 니콜을 번쩍 들기라도 할까?"

"아니, 나는 자네가 과학서를 쓰는 데 흥미가 있다니까 무슨 생각이 있나 해서."

"—니콜에게 일생을 바칠까?"

프란츠는 부엌에 있는 아내를 불렀다. "Du lieber Gott! Bitte, bringe Dick noch ein Glas-Bier(이거 참! 여보 딕한테 맥주 좀 더 갖다 줘)."

"돔러를 만나야 한다면 더 안 마실 거야."

"계획을 세우는 게 최선이라는 것이 우리의 생각이야. 네 주가 지났네. 그 애가 자네와 사랑에 빠진 게 분명해. 바깥세상에서 그런 일이 생긴다면 우리가 관여할 문제가 아니지만 여기는 병원이니까 우리의 이해관계도 얽혀 있는 거지."

"무엇이든 돔러 박사가 하라는 대로 하겠네." 딕이 동감을 표했다.

하지만 그는 돔러가 그 문제의 해결에 별다른 도움을 주리라는 확신이 없었다. 그 자신이 측량할 수 없는 요소로서 관련되어 있었다. 의식적으로 나서지도 않았는데 그 문제가 어느새 그의 것이 되어 있었다. 어렸을 때 집안 식구가 모두 은수저 찬장 열쇠가 어디 있는지 몰라 찾아다녔던 기억이 났다. 딕은 자기가 그것을 엄마의 옷장 제일 꼭대기 서랍의 손수건 밑에 숨겨뒀지만 모른 척했다. 그때 그는 어떤 달관한 거리감을 경험했는데, 프란츠와 돔러 교수의 사무실에 가는 지금 그때의 경험이 재현되었다.

곧게 자란 수염이 마치 훌륭한 오래된 주택의 베란다에 무성한 담쟁이덩굴 같은 멋진 얼굴의 돔러 교수를 보자 그는 마음이 누그러졌다. 더 큰 재능을 가진 사람들을 좀 알고 있었지만 질적으로 돔러 박사보다 우월한 등급인 사람은 없었다.

—그로부터 6개월 뒤에 죽은 돔러 박사를 보았을 때도 그는 같은 생각을 했다. 불이 꺼진 베란다, 희고 뻣뻣한 셔츠 칼라를 간질이는 수염, 노쇠하고 가냘픈 눈꺼풀 아래 영원히 잠든 작은 틈새 같은 눈 앞에 요동치던 수많은 싸움들—

"……안녕하십니까, 박사님." 그는 군대식으로 돌아가 딱딱하게 섰다.

깍지를 긴 돔러 박사의 손이 차분했다. 반은 연락장교 같은 입장에서, 반은 비서 같은 입장에서 이야기하는 프란츠의 말을 돔러 박사가 중간에서 잘랐다.

"지금까지 일이 어떤 방향으로 진행되었는데," 그가 온화하게 말했다. "다이버 박사, 지금 우리에게 가장 큰 도움이 되는 건 자네일세."

딕은 참패한 심정이 되어 고백했다. "저도 그 문제에 관해서는 그리 떳떳하지 않습니다."

"나는 자네의 개인적인 반응에는 볼일이 없네." 돔러가 말했다. "하지만 이 '감정전이'라는 것은," 그는 프란츠를 한순간 비꼬는 표정으로 힐끗 보았으며 프란츠도 똑같이 그를 보았다. "이제 끝나야 하네. 니콜 양은 실로 잘해나가고 있지만 아직은 비극으로 해석될 수 있는 상황을 이겨낼 만한 상태는 아니야."

프란츠가 다시 말을 하기 시작했지만 돔러 박사는 손짓으로 조용하게 했다.

"자네의 입장이 쉽지 않았다는 걸 이해하네."

"네, 쉽지 않았습니다."

돔러 교수는 뒤로 기대앉으며 웃었다. 웃음을 그치면서 말을 할 때 그의 날카롭고 작은 회색 눈이 반짝했다. "어쩌면 자네가 감정적으로 휩쓸렸는지도."

말하도록 부추김을 받고 있다는 것을 깨닫고 딕도 웃었다.

"니콜은 예뻐요, 누구든 어느 정도는 반응을 보이죠. 저는 다른 의도는……"

프란츠가 다시 말하려고 했다. 돔러는 딕에게 날카로운 질문을 던짐으로써 다시 그의 말문을 막았다. "여기를 떠날 생각은 해보았나?"

"떠날 수는 없습니다."

돔러 박사는 프란츠를 보고 말했다. "그럼 워런 양을 다른데로 보내면 되겠구먼."

"박사님이 보시기에 최선이라고 생각하는 대로 하십시오." 딕이 한 발 물러섰다. "분명 중대한 상황이니까요."

돔러 박사는 다리가 없는 사람이 목발을 짚고 일어서는 모양으로 자리에서 몸을 일으켰다.

"하지만 그건 직업상의 상황이지." 그가 나직이 소리를 질렀다.

그는 한숨을 내쉬며 의자에 도로 털썩 앉아 방 안에 울려 퍼지는 천둥이 가라앉기를 기다렸다. 딕은 돔러가 절정에 달했던 것을 알았지만 자기가 거기서 헤어났는지는 확신하지 못했다. 천둥이 가라앉자 프란츠는 가까스로 말을 꺼냈다.

"다이버 박사는 훌륭한 인격자입니다." 그가 말했다. "저는 그가 이 상황에 대처하기 위해서는 그게 어떤 상황인지 인식하기만 하면 될 것 같습니다. 여기에 계속 있으면서, 아무도 여기를 떠날 필요 없이, 협조할 수 있다고 생각합니다."

"자네는 어떻게 생각하나?" 돔러 박사가 딕에게 물었다.

딕은 그 상황에 직면하여 자신이 무례하다는 기분이 되었다. 그와 동시에, 돔러의 선언에 뒤따른 침묵이 흐르는 중에 그는 아무런 반응도 보이지 않는 상태가 무한정 연장될 수 없다는 것을 깨달았다. 그러자 돌연 모든 것을 털어놓았다.

"저는 니콜과 거의 사랑에 빠졌습니다…… 잠시 결혼 문제도 생각해봤어요."

"쯧쯧!" 프란츠가 혀를 찼다.

"잠깐 기다리게." 돔러가 경고했다. 프란츠는 경고를 무시하고 말했다. "뭐라고! 그래서 한 여자의 의사나 간호사 노릇이나 하는 데 자네 인생의 절반을 바치겠다는 건가, 절대로 그럴 수 없네! 내가 이런 유의 사례를 알아. 스무 번에 한 번은 첫 번째 위기에 깨져. 다시는 니콜을 보지 마!"

"어떻게 생각하나?" 돔러가 딕에게 물었다.

"물론 프란츠 말이 맞습니다."

7

오후 늦은 시간이 되어서야 그들은 딕이 어떻게 해야 할지 논의를 마쳤다. 부디 그가 잘 대해주길 바라지만 자신을 제거해줬으면 한다는 것이었다. 이윽고 모두 자리에서 일어섰을 때 딕은 보슬비가 내리는 창밖을 내다보았다. 니콜이 저 빗속 어디선가 기대감에 부풀어 기다리고 있었다. 그는 곧 방수포를 목까지 여미고 모자를 푹 눌러쓰며 밖으로 나가다가 바로 현관 지붕 아래에 있는 그녀와 맞닥뜨렸다.

"새로 갈 데가 있어요." 그녀가 말했다. "아팠을 때는 저녁에 사람들과 안에 앉아 있는 게 괜찮았는데…… 그땐 사람들의 말이 다른 모든 것과 다를 게 없어 보였어요. 물론 이제는 그들이 아픈 사람들로 보여요. 그리고 그건…… 그건……"

"조만간 여길 떠날 거잖아요."

"아, 네, 조만간. 몇 주만 있으면 베스가 와서 어디론가 나를 데려갈 거예요. 베스는 항상 베이비로 불렀죠. 그런 다음에 여기에 돌아와 마지막 한 달을 보낼 거예요."

"베스라면, 언니?"

"오, 나보다 나이가 꽤 많아요. 스물네 살이에요. 영국 사람이 다 됐죠. 고모랑 런던에서 살거든요. 영국 남자랑 약혼했는데 그 사람이 죽었어요. 나는 그 사람을 본 적이 없어요."

비를 뚫고 나오려 분투하고 있는 흐릿한 저녁놀을 배경으로 선 그녀의 금빛 어린 상아색 얼굴이 딕이 이제까지 보지 못한 가망성을 보였다. 높은 광대뼈, 뜨겁다기보다는 차갑고 어렴풋이 파리한 느낌은 장래성이 있는 망아지의 골격을 떠오르게 했다. 그것은 흐려지는 은막에 비치는 젊음의 투영으로 끝나지 않고 평생 진정한 성장을 약속하는 생명체인 것이다. 그녀의 얼굴은 중년에는 품위 있는 멋진 얼굴이 될 것이며 노년에도 그러할 것이다. 그렇게 되는 데 필요한 근본적인 구조와 섭리가 거기에 있었다.

"뭘 생각해요?"

"그냥 니콜이 행복해질 거라는 생각."

니콜은 겁이 났다.

"내가요? 그렇죠 뭐…… 예전보다 더 나빠질 게 없으니."

그녀는 그를 장작 헛간으로 데려가 골프신발을 깔고 앉아 책상다리를 했다. 우비로 감싼 그녀의 볼이 습한 공기의 자극을 받아 상기되었다. 그녀는 심각한 얼굴로 그의 시선을 되돌렸다. 나무 기둥에 기댔지만 완전히 몸을 맡기지는 않은, 당당한 데가 있는 그의 몸가짐을 뚫어지게 보았다. 그리고 얼굴에 즐거움과 조롱의 일탈을 보이고 나서도 주의를 기울이는 진지한 모습이 되도록 항상 스스로를 통제하는 그의 얼굴을 자세히 들여다보았다. 아일랜드인의 불그레한 혈색에 딱 어울리는 듯 보이는 그 부분은 그녀가 잘 모르는 부분이었다. 그녀는 그 부분이 두려웠지만, 두려움보다는 그것을 탐색하고 싶은 열망이 더 컸다. 그것은 그의 보다 남성적인 측면이었다. 그녀는 대부분의 여자들이 그랬듯 그의 다른 부분, 즉 훈련된 부분, 그의 정중한 눈에 어린 동정심을 전적으로 자기 것으로 취했다.

"그래도 이 시설은 최소한 언어를 생각하면 유익했어요." 니콜이 말했다. "의사 두 명과는 프랑스어, 간호사들과는 독일어, 청소부 아줌마 둘과 환자 몇 사람과는 이탈리아어로 말했고 다른 누구한테서는 스페인어를 많이 배웠거든요."

"좋군."

그는 어떤 의견을 정하려고 했지만 논리가 따르지 않는 것 같았다.

"……음악을 생각해도 그랬죠. 내가 래그타임에나 관심이 있다고 생각하지 않으셨으면 해요. 나는 매일 연습해요. 지난 몇 달 동안은 취리히에서 음악사 강의를 들었어요. 사실 때로는 그게 나를 지탱해준 전부였어요. 음악과 그림요." 그녀는 갑자기 몸을 수그리더니 신발 밑창에서 잘게 벗겨져 나온 조각을 잡아떼고는 고개를 쳐들었다. "당신이 지금 거기 있는 모습을 그리고 싶어요."

그녀가 그로부터 인정을 받으려고 여러 가지 교양을 언급하자 그는 슬펐다.

"니콜이 부럽군. 나는 아무래도 지금은 일 말고는 아무것도 관심을 못 둘 것 같아."

"오, 남자는 그래도 괜찮죠." 그녀가 재빨리 말했다. "하지만 여자는 자잘한 교양을 갖춰서 자식들에게 전수해줘야 한다고 나는 생각해요."

"아마도." 딕이 고의적인 무관심을 드러내며 말했다.

니콜은 아무 말 없이 앉아 있기만 했다. 딕은 찬물 끼얹는 쉬운 역할을 할 수 있도록 니콜이 말을 했으면 했지만 그녀는 앉은 채 아무 말이 없었다.

"니콜은 이제 다 나았어." 그가 말했다. "과거는 잊고 무엇을 하든 한 1년 정도는 무리하지 않도록 해. 미국으로 돌아가서 사교계에 진출하고 사랑하는 사람을 만나고…… 그리고 행복하게 살아."

"난 사랑에 빠지지 못할 거예요." 그녀가 앉아 있는 장작 위에 고치 표면처럼 앉은 먼지가 그녀의 손상된 신발에 문질려 벗겨졌다.

"못하기는 무슨, 할 수 있어." 딕이 주장했다. "처음 1년은 몰라도 차차 그렇게 될 거야." 그런 다음 그는 잔인하게 덧붙였다. "니콜은 집 안 가득한 예쁜 자손들과 함께 지극히 정상적인 인생을 살 수 있어. 니콜이 그 나이에 완전히 회복할 수 있었다는 사실은 문제의 촉발 요인들이 그 원인의 거의 전부였다는 걸 입증해주지. 젊은 아가씨, 니콜은 친구들이 비명 소리와 함께 죽은 다음에도 오래도록 자기 몫을 하며 살 거야."

―하지만 모진 그 한마디, 그 가혹한 조언을 들을 때 그녀의 눈에 고통의 표정이 서렸다.

"오래도록 누구와도 결혼하지 못할 거예요." 그녀가 초라하게 말했다.

딕은 마음이 심란하여 더 이상 말을 하지 못했다. 꾸며낸 무정한 태도를 회복하려고 애쓰며 곡식밭을 내다보았다.

"니콜은 잘 해낼 거야…… 병원 사람 모두가 니콜을 믿고 있어. 암, 그레고리 박사는 니콜을 아주 자랑스럽게 생각해서 아마도—"

"난 그레고리 박사님이 싫어요."

"그럼 쓰나."

니콜의 세계가 산산조각 났다. 하지만 그것은 엉성한, 생성될락 말락 한 세계였다. 그 세계 아래에서 그녀의 감정과 본능이 분투했다. 한 시간 전이었던가, 그녀가 허리띠의 꽃 장식 같은 희망을 간직하고 입구에 서서 그를 기다렸던 게?

……빳빳한 드레스야 구겨지지 마, 단추야 떨어지지 마, 수선화야 꽃을 피우렴…… 공기야 잔잔히 달콤하게 있어야지.

"다시 재미있게 지내면 좋을 거예요." 그녀가 주섬주섬 말을 이었다. 잠시 그녀는 자기가 얼마나 큰 부자인지, 얼마나 큰 집들에서 살았는지, 자기는 그야말로 값나가는 자산임을 말할까 하는 절박한 생각을 해보았다. 잠시 그녀는 흥정의 달인인 할아버지 시드 워런이 되어보았다. 하지만 모든 가치 기준을 혼란시키는 유혹을 이겨내고, 그 모든 문제를 빅토리아조의 곁방에 집어넣고 그녀는 문을 닫았다. 자기에게 남은 안식처가 없었지만, 공허와 고통 외에는 남은 게 없었지만.

"병원으로 돌아가야겠어요. 비가 그쳤어요."

딕은 그녀 옆에서 걸었다. 그녀의 비애가 느껴졌다. 그녀의 뺨에 닿았던 빗물을 입에 넣고 싶었다.

"새 레코드판이 생겼어요." 그녀가 말했다. "어서 빨리 듣고 싶어요. 혹시 아세요, 그 노래……"

그날 밤 저녁 식사를 한 뒤 딕은 관계를 정리하는 일을 마저 끝내야겠다고 생각했다. 그는 또한 그런 야비한 일에 부분적으로나마 자기를 끌어들인 프란츠와 한바탕하고 싶기도 했다. 그는 현관에서 기다렸다. 그의 시선이 베레모를 향했다. 니콜의 베레모처럼 기다리다 젖은 것이 아니라 근래에 수술한 머리를 가리고 있는 베레모였다. 모자 아래 눈이 힐끗거리다가 그를 보고는 가까이 왔다.

"Bonjour, Docteur(안녕하십니까, 선생님)."

"Bonjour, Monsieur(안녕하세요)."

"Il fait beau temps(날씨가 좋군요)."

"Oui, merveilleux(네, 근사하네요)."

"Vous êtes ici maintenant(이제 여기 근무하세요)?"

"Non, pour la journée seulemet(아뇨, 하루만 있는 겁니다)."

"Ah, bon. Alors—au revoir, Monsieur(아, 그렇군요. 안녕히 가세요)."

한 번 더 사람과 접촉하기까지 살아 있다는 것을 기뻐하며, 베레모를 쓴 그 가엾은 사람은 어디론가 가버렸다. 딕은 기다렸다. 곧 위에서 간호사가 내려오더니 전갈을 전했다.

"워런 양이 양해를 구한다고 합니다, 박사님. 누워 있고 싶대요. 오늘 저녁은 방에서 먹겠답니다."

간호사는 그의 대답을 기다리며 조금은 그 대답에 워런 양의 태도가 병적이라는 것을 암시하는 말이 있으리라 기대했다.

"아, 알겠어요. 그럼……" 그는 침의 흐름, 심장의 박동을 재조정했다. "니콜 양의 기분이 나아졌으면 좋겠군요. 고마워요."

그는 어리둥절하고 불만스러웠다. 어쨌든 그것으로써 그는 해방되었다.

그는 핑계를 대고 저녁 식사에 참석하지 못한다는 쪽지를 프란츠 앞으로 남긴 뒤 전원 지대를 가로질러 전차역으로 갔다. 레일과 슬롯머신 유리가 봄 하늘 석양에 금빛으로 빛나는 플랫폼에 이르자 그 전차역이, 또 병원이, 구심력과 원심력 사이에서 맴돌며 그를 당기기도 하고 밀쳐내기도 하는 느낌이 들었다.

그다음 날 니콜에게서 무슨 연락이 있겠거니 했지만 아무런 연락이 없었다. 그녀가 아픈가 보다 하고 병원으로 전화를 걸었다.

"어제 오찬에 내려왔고 오늘도 왔는데." 프란츠가 말했다. "약간 얼이 빠진 게 공상에 잠겨 있는 듯했어. 그 이야기는 어떻게 됐어?"

딕은 남녀 사이에 놓인 알프스의 크레바스를 뛰어넘으려 애썼다.

"거기까진 진도가 안 나갔어…… 최소한 내 생각에는 그래. 쌀쌀맞게 대하려고 했지만, 내 말이 니콜의 깊은 곳을 건드렸다 해도 심정을 바꾸게 할 만치 충분히 이야기된 것 같지는 않아."

어쩌면 프란츠에게 최후의 일격을 가할 거리가 없어서 딕의 허영심이 상처를 입었던 것일지도 모른다.

"그녀가 간호사에게 한 말을 들어보면 니콜이 자네의 말이 무슨 말인지 알았다는 생각이 드네."

"응."

"일이 이보다 더 잘 풀렸을 수는 없을 거야. 크게 동요한 것 같지는 않아…… 그저 공상에 잠겨 있는 것 같을 뿐."

"응, 알겠네."

"딕, 일간 한 번 들르게."

8

그 후 몇 주 동안 딕은 광대한 불만을 경험했다. 그 일의 병리적 원인과 심리 기제(機制)적 패배는 그에게 김빠진 맛, 금속성 맛을 남겼다. 니콜의 감정은 부당하게 이용되었다. 그게 결국은 그의 감정이었다면? 그는 부득이 얼마간 행복에 불참해야 한다. 여러 번 꿈속에서 챙이 넓은 밀짚모자를 손에 들고 흔들며 병원 길을 걷는 니콜이 보였다…….

한번은 그녀를 직접 보았다. 팔라스 호텔 앞을 걸어서 지나가는데 굉장한 롤스로이스가 커브를 틀어 반달 모양의 입구로 진입했다. 니콜과 그녀의 언니로 추측되는 젊은 여자가 그 차에 타고 있었다. 수백 마력의 과잉의 힘이 받치고 있는 그들은 거대한 차 속에서 상대적으로 더 작아 보였다. 니콜이 그를 보자 깜짝 놀라는 표정으로 입을 벌렸다. 딕은 모자를 고쳐 쓰고 그냥 지나갔지만 순간 그로스뮌스터 성당 건물의 괴물 석상들이 그를 둘러싸고 빙빙 돌듯 주변 공기가 웅웅 시끄러웠다. 그는 그녀의 앞길에 놓인 엄격한 치료 계획에 대한 상세한 메모를 씀으로써 그 문제를 잊으려고 애썼다. 바깥세상이 필연적으로 주게 되어 있는 스트레스에 노출되었을 때 그 병이 다시 '공격'할 가능성, 전체적으로 그것을 쓴 그 자신 외에는 누가 보아도 설득력이 있었을 메모였다.

이 수고의 총체적 가치는 그가 자신의 감정이 얼마나 깊이 개입되어 있는지 깨달았다는 것이다. 그때부터 그는 결연히 그것을 해소할 수단을 적었다. 하나는 바르쉬르오브의 전화 교환원이었었다. 그녀는 니스에서 코블렌츠에 이르는 유럽 여행을 하고 있었는데, 다시없을 일생일대의 휴가를 보내기 위해 그녀가 알던 남자들을 필사적으로 찾아다니고 있었다. 다른 하나는 8월에 정부의 수송선을 이용해 고향을 방문할 준비를 하는 것이었다. 세 번째는 그해 가을 독일어권 정신 의학계에 선보여야 하기 때문에 필연적인 것이 된 책에 대한 교정 작업의 강도를 높이는 일이었다.

딕은 어느새 그 책의 수준을 넘어서 있었다. 그는 좀 더 힘든 기초 연구를 하고 싶었다. 교환 연구원 자리를 얻으면 일상적으로 많은 시간을 기대할 수 있을 것이다.

다른 한편으로 그는 새 책을 계획했다. 서로 다른 현대 학파들의 용어로 진단되는 크레펠린 이전과 이후의 1천5백 가지 사례 검토에 기초한, 신경증과 정신병의 통일성 있고 실용적인 분류 연구—여기에 격조 있는 절을 하나 붙이자면—독립적으로 발생한 세분된 견해의 연표 포함.*

이 제목을 독일어로 쓰면 당당하게 보일 것이다.

몽트뢰에 접어들자 딕은 페달을 천천히 밟았다. 유겐호른** 산봉우리가 보일 때마다 입이 딱 벌어졌고 호숫가 호텔들 샛길로 흘끗흘끗 호수가 보일 때마다 눈이 부셨다. 그는 삼삼오오 다니는 영국인들을 의식했다. 4년 만에 다시 보이기 시작한 그들은 마치 금방이라도 독일인 민병단에게 습격을 당할 것처럼 탐정소설을 연상시키는 의심의 눈초리로 이 미심쩍은 나라를 돌아다녔다. 산골짝 계곡의 급류에 의해 형성된 이곳 암설(巖屑) 더미 여기저기에 건설과 각성이 진행되고 있었다. 남쪽으로 내려가는 도중 베른과 로잔에서 딕은 금년에 미국인 관광객들이 그곳을 찾겠느냐는 간절한 질문을 받았다. "6월은

*〔원주〕 Ein Versuch die Neurosen und Psychosen gleichmässig und pragmatisch zu klassifizieren auf Grund der Untersuchung von fünfzehn hundert pre-Krapaelin und post-Krapaelin Fällen wie siz diagnostiziert sein würden in der Terminologie von den verschiedenen Schulen der Gegenwart und another sonorous paragraph--Zusammen mit einer Chronologie solcher Subdivisionen der Meinung welche unabhängig entstanden sind. 논문의 독일어 제목.
**스위스에 '유겐호른'이라는 산은 없다. 몽트뢰에서 보이는 '덩 뒤 자망'나 '로셰르 드 나예' 산봉우리를 가리키는 것으로 생각되는 소설 속의 산봉우리이다. 굳이 뜻을 풀이하자면 '청춘의 산봉우리'.

아니더라도 8월에는 오겠죠?"

그는 가죽 반바지, 군용 셔츠, 등산화 차림이었다. 배낭 안에는 코튼 슈트와 갈아입을 속옷이 들어 있었다. 글리온의 푸니쿨라에 이르러 그는 자전거를 부치고 역내의 간이식당 테라스에서 작은 맥주를 시켜 마시며 곤충처럼 80도 경사를 기어내려오는 푸니쿨라를 구경했다. 라 투르 드 펠*에서 그는 자신이 응석받이 운동선수라는 막연한 느낌에 사로잡혀 전력 질주를 했는데, 그 때문에 귀에 마른 피가 범벅이었다. 그는 알코올을 얻어 푸니쿨라가 내려오는 동안 귓가를 닦아냈다. 그리고 자전거가 푸니쿨라에 실리는 것을 보고, 배낭을 아래쪽 칸에 먼저 밀어 넣고 그 안에 올라탔다.

산을 오르는 푸니쿨라들은 다른 사람이 얼굴을 알아보지 못하게 모자를 챙이 비스듬하게 쓰는 것과 비슷한 각도로 만들어져 있다. 푸니쿨라 차체 밑의 물탱크에서 물이 쏟아져 나오자 딕은 그 모든 것을 고안한 창의력에 감명을 받았다―이와 동시에 꼭대기에서 내려오는 무료 푸니쿨라의 물탱크에는 산에서 흐르는 물이 채워지고 있었다. 그것은 곧 브레이크를 해제하자마자 중력으로 내려가면서 아래에 있는 가벼운 푸니쿨라를 끌어올릴 것이다. 굉장한 영감에 의한 발명품임에 틀림없었다. 맞은편 좌석의 영국인 한 쌍이 푸니쿨라의 케이블

*브베와 몽트뢰 사이의 레만 호수에 면한 마을.

에 대하여 논하고 있었다.

"영국제는 반드시 5년 내지 6년은 버텨. 그런데 2년 전에 독일이 우리보다 싸게 입찰했어. 그 케이블이 얼마나 갔을 거 같아?"

"얼마나 갔는데?"

"1년 10개월. 그래서 스위스는 그걸 이탈리아에 팔았어. 이탈리아는 케이블 점검 시스템이 엄격하지 않거든."

"스위스로서는 케이블이 끊기거나 하는 그런 끔찍한 일은 생각할 수도 없을 거야."

차장이 문 하나를 닫고 이동하는 사람들에 둘러싸인 동료에게 전화를 했다. 그러자 질끈 하는 움직임과 함께 푸니쿨라가 산 위의 에메랄드빛 뾰족한 지점을 향하여 당겨지기 시작했다. 낮은 지붕들보다 높은 곳에 이르자 보 주와 발레 주, 스위스 사부아 지역이 둥근 모양의 파노라마처럼 펼쳐졌다. 살을 에는 론 강*이 흘러드는 차가운 호수의 한복판에 진정한 서구 세계의 중심지가 있었다. 거기에 백조가 배처럼, 배가 백조처럼, 모두 냉혹한 아름다움의 공허에 몰두한 채 떠다녔다. 아래쪽 잔디로 덮인 호숫가와 퀴르살 리조트의 테니스코트가 햇빛을 받아 빛나는 화창한 날이었다. 코트의 사람들은 그림자를 드리우지 않았다.

*알프스 산에서 레만 호수로 흘러들었다가 프랑스로 흘러나가는 강.

시용 성과 섬의 성 살라뇽이 시야에 들어왔을 때 딕은 안쪽으로 눈을 돌렸다. 푸니쿨라는 호숫가의 가장 높은 집보다 더 높이 올라와 있었다. 푸니쿨라 철길 양쪽을 따라 무성하게 뒤얽혀 난 나뭇잎과 꽃이 군데군데 절정을 이루어 수많은 색깔이 한꺼번에 나타났다. 그것은 철길 가의 동산이었는데, 푸니쿨라 안에 그와 관련해서 게시판이 붙어 있었다. "Défense de cueillir les fleurs(꽃을 꺾지 마시오)."

푸니쿨라를 타고 올라가며 꽃을 꺾지 말아야 하지만 만발한 꽃들은 지나가는 푸니쿨라를 스치다 안으로 들어오기도 했다. 푸니쿨라가 이동함에 따라 천천히 흔들거리는 칸들을 도로시 퍼킨스 장미가 참을성 있게 질질 끌다가 맨 끝에 가서는 꽃이 군집한 제자리로 휙 돌아갔다. 거듭거듭 꽃나무 가지들이 푸니쿨라를 스쳐갔다.

딕 바로 위의 칸 맞은편 자리의 영국인들 한 그룹이 일어서서 배경의 하늘을 보고 감탄을 연발하고 있는데, 그들 사이가 갑자기 혼잡해졌다. 그들은 한 쌍의 젊은이가 지나가도록 비켰고, 그 젊은이들은 실례한다는 말과 함께 재빨리 푸니쿨라의 제일 뒤 칸으로 넘어왔다. 딕이 있는 칸이었다. 청년은 눈이 사슴 인형 같은 라틴계였고 여자는 니콜이었다.

그 두 승객은 그렇게 오느라 애를 써 잠시 헐떡거렸다. 그들이 웃으며 좌석에 앉자 영국인들이 한쪽 구석으로 몰렸다. 니콜이 말했다. "아, 안녕하세요." 그녀는 겉보기에 좋아 보였다.

덕은 즉시 무언가 다르다는 것을 느꼈다. 그는 곧 그녀의 섬세한 머리칼이 아이린 캐슬* 스타일의 단발에 컬을 넣어 부풀려진 것을 알아차렸다. 옷은 연한 청색 스웨터에 하얀 테니스 스커트 차림이었다. 그녀는 5월의 첫 아침이었고 병원 생활의 자취는 없었다.

"덜컥!" 그녀가 헐떡이며 말했다. "우우, 저 수비대. 저들이 다음 정거장에서 우리를 체포할 거예요. 다이버 박사님, 여기는 마르모라 백작이에요."

"아아 이런!" 그녀는 숨을 가빠하며 새로운 스타일의 머리를 만졌다. "언니가 1등석 표를 샀어요…… 그건 언니에게는 원칙의 문제죠." 그녀와 마르모라는 시선을 교환하고 큰 소리로 다음과 같이 말했다. "그러다가 우리는 1등석은 운전사 바로 뒤 관을 두는 자리란 걸 알았어요. 필요한 때를 대비해 커튼을 쳐놔서 아무것도 안 보이거든요. 하지만 언니는 아주 품위가 있어서요……" 다시 니콜과 마르모라가 젊은이들의 친밀함을 보이는 웃음을 웃었다.

"어디 가요?" 딕이 물었다.

"코**에요. 박사님도?" 니콜이 그의 옷을 바라보았다. "저 앞에 실린 게 박사님 자전거예요?"

"응. 월요일에 산길을 타고 내려가려고."

---

*Irene Castle(1893~1969). 무용가. 단발머리를 유행시킨 장본인으로 알려져 있다.
**몽트뢰 근처의 스키 리조트.

"나를 핸들에 앉혀서요? 그러니까, 정말로요, 네? 정말 재미있을 거 같아요."

"내가 안아서 내려갈게." 마르모라가 맹렬히 반대했다. "롤러스케이트를 타고, 아니면 너를 산 아래로 던지든가, 그러면 깃털처럼 천천히 떨어질 테니까."

니콜의 얼굴에 가득한 그 기쁨—무거운 짐이 아니라 깃털이 된다는 것, 발을 질질 끌지 않고 떠간다는 것. 그녀를 보는 것은 카니발을 구경하는 것이었다—더러는 새침 떨며 수줍어하고 젠체하고 얼굴을 찡그리고 몸짓을 하는 그녀의 모습—간혹 그녀에게 그늘이 드리웠고 지나간 고통의 장중함이 솟아나 손가락 끝으로 흘렀다. 그는 그녀가 떠나오길 잘한 세상에 대한 기억이 자기 때문에 되살아날까 두려워 어디론가 사라졌으면 했다. 그는 다른 호텔로 가야겠다고 마음먹었다.

푸니쿨라가 정지했을 때 처음 타보는 사람들은 두 개의 하늘, 두 개의 푸름 사이에 가만히 있게 되자 술렁이기 시작했다. 하지만 단지 상행 차량과 하행 차량의 차장들이 서로 뭔지 모를 이야기를 주고받는 것 뿐이었다. 그런 다음 푸니쿨라는 숲 속 오솔길과 골짜기 위로 계속 올라갔다. 더 올라가니 승객들의 높이로부터 하늘에 이르기까지 수선화가 빼곡한 언덕이 나왔다. 몽트뢰를 내려다보니 호숫가에서 테니스를 치는 사람들이 이제 바늘 끝처럼 작게 보였다. 무언가 공기에 새로운 것이 있었다. 신선함…… 그 신선함은 푸니쿨라가 미끄러지듯

글리온에 진입할 때 호텔 정원에서 연주하는 오케스트라의 음악으로 구체적인 모습을 드러냈다.

푸니쿨라에서 내려 산악 기차로 갈아탔을 때 음악 소리는 수압 탱크에서 방출되는 물소리에 잠겨 들리지 않았다. 위쪽에 코 리조트가 머리 위에 떠 있다시피 했다. 호텔의 수많은 유리창이 석양빛을 받아 이글거렸다.

하지만 그리로 가는 길은 달랐다. 시끄러운 기관차가 승객을 밀고 나선 모양으로 산봉우리를 빙빙 돌며 조금씩 높이 올라갔다. 칙칙폭폭 낮게 걸린 구름을 통과할 때 작은 기관차가 뿜어낸 물안개가 딕에게서 니콜의 얼굴을 가렸다. 나선형으로 한 바퀴 돌 때마다 호텔이 크게 보이면서 길 잃은 바람이 그들 옆을 휙 두르며 지나갔다. 이윽고 햇빛의 상부에 이르러 놀라운 광경이 펼쳐졌다.

도착한 직후의 혼잡 속에서 딕이 배낭을 지고 자전거를 찾으러 플랫폼 앞쪽으로 가려는데 니콜이 옆에 와 있었다.

"우리와 같은 호텔 아니에요?" 그녀가 물었다.

"다른 호텔, 돈 아끼느라고."

"이따 내려와 저녁 같이 먹을래요?" 수하물로 인해 좀 혼잡한 상황이 벌어졌다. "여기는 우리 언니예요. 취리히의 다이버 박사님이야."

딕은 키가 크고 자신만만한 스물다섯 살의 아가씨에게 고개 숙여 인사했다. 입술 사이가 비트를 물리는 홈처럼 옴폭한 모양의 꽃 같은 입을 가진 다른 여자들을 떠올리고 그는 그녀가 만만치 않으면서도 연약한 여자일 거라고 추정했다.

"저녁 먹고 들를게." 딕이 약속했다. "우선 고지에 적응부터 해야 하니까."

그는 자전거를 밀고 갔다. 그녀의 시선이 등 뒤를 쫓는 것을 의식하면서, 속수무책인 그녀의 첫사랑을 느끼면서, 그의 마음 속에서 몸부림치는 그 사랑을 느끼면서. 그는 언덕길을 300야드 올라 다른 호텔로 갔다. 체크인하고 들어가 몸을 씻고 있는데 문득 그때까지 10분이란 시간이 어떻게 흘러갔는지 기억나지 않았다. 다만 여러 목소리들이, 그녀가 그를 얼마나 사랑하는지 모르는 사람들의 하찮은 목소리가 술로 화끈 달아오르는 것 같은 느낌 속을 날카롭게 관통했을 뿐이다.

9

그들은 그를 기다리고 있었고 그가 없어 불완전했다. 그는 아직 어림할 수 없는 구성 요소였다. 워런 양이나 그 젊은 이탈리아인은 니콜과 다름없이 기대감을 겉으로 드러내고 있었다. 그 호텔의 홀은 전설적인 음향 시설을 갖춘 방으로서, 춤을 출 수 있도록 가운데가 비워져 있었지만, 그들보다 나이가 많고, 목에는 장식 띠를 하고 머리는 염색하고 얼굴은 탁한 분홍색

분칠을 한 영국 여자 몇몇은 구경만 하고 있었다. 역시 그들보다 나이가 많은, 새하얀 가발과 검정 드레스, 빨간 체리색 입술의 미국 여자 몇몇도 마찬가지였다. 워런 양과 마르모라가 한쪽 구석 테이블에 앉아 있었다. 니콜은 대각선으로 40야드 정도 떨어진 건너편에 있었다. 딕이 도착해 홀 안으로 들어가는데 그녀의 목소리가 들렸다.

"내 말 들려? 보통 목소리로 말하는 거야."

"아주 잘 들려."

"어서 오세요, 다이버 박사님."

"이게 뭐지?"

"방 한복판에 있는 사람들은 내 말이 안 들려도 박사님한테는 들린다는 거 알아요?"

"웨이터가 알려줬어요." 미스 워런이 말했다. "한쪽 끝에서 반대쪽 끝…… 무선 전신 같죠."

바다에 떠 있는 배처럼, 산 위에 있다는 건 흥미진진했다. 곧 마르모라의 부모가 합류했다. 그들은 워런 자매에게 정중했다. 딕은 그들의 부가 워런가의 부와 관계가 있는 밀라노의 어떤 은행과 관계가 있을 것으로 추측했다. 하지만 베이비 워런은 딕과 이야기하고 싶어 했다. 그녀를 모든 새로운 남자에게 나아가게 만드는 종잡을 수 없는 추진력으로 그와 이야기하고 싶어 했다. 마치 늘어나지 않는 줄에 묶여 있으면서도 최대한 빨리 줄의 길이가 허락하는 끝까지 가려는 것처럼. 그녀

288

는 들떠 있는 키 큰 처녀들이 그러하듯 연거푸 다시 다리를 꼬았다.

"……니콜이 그러는데, 박사님이 니콜의 치료에 참여하셔서 병을 낫게 하는 데 큰 역할을 하셨더군요. 알 수 없는 게 있는데요, 우리는 뭘 해야 하느냐는 거예요. 요양소에서는 막연한 말만 해요. 그냥 니콜이 그냥 있는 그대로 즐겁게 지내도록 하면 된대요. 제가 마르모라 가족이 여기에 와 있는 걸 알고 티노에게 푸니쿨라 정거장으로 우리를 마중 나와달라고 했던 거예요. 근데 어떤 일이 일어났는가 하면요…… 니콜이 제일 처음 한다는 게 티노가 차량의 옆을 기어올라 타 넘어가게 만드는 거 아니겠어요, 둘 다 미친 사람처럼……"

"그건 지극히 정상적이에요." 딕이 웃었다. "정상적이라고 봅니다. 서로 눈길을 끄는 것이죠."

"하지만 제가 그걸 어떻게 알겠어요? 취리히에선 거의 제 눈 앞에서 어느 새엔가 머리를 잘라버렸지 뭐에요.《배너티 페어》*지의 사진을 봤다면서요."

"괜찮아요. 니콜은 정신분열증이 있어요. 영구히 괴짜라는 겁니다. 그걸 바꿀 수는 없어요."

"그게 뭐죠?"

*미국의 패션 잡지. 1913년 창간되어 1936년 대공황 시기 폐간되었다가 1983년에 부활해 현재에 이른다. 소설의 이 부분이 1919년이므로 이 잡지가 패션 유행잡지로서 전성기에 접어들 무렵.

"말 그대로예요, 괴짜."

"음, 괴짜인 사람과 미친 사람은 어떻게 구분하죠?"

"미친 짓은 하지 않을 거예요. 니콜은 완전히 새롭고 행복해요, 걱정하지 않아도 돼요."

베이비는 무릎의 위치를 이리저리 바꾸었다. 그녀는 백년 전 바이런을 사랑했던 모든 불만족스런 여자들의 요약판이었다. 그런데 근위병과의 비극적인 연애를 겪었음에도 불구하고 그녀에게는 어딘가 무뚝뚝하면서 자기도취적인 데가 있었다.

"니콜을 책임지는 게 귀찮다는 게 아니고요." 그녀가 입장을 표명했다. "감을 못 잡겠어서요. 우리 집안 대대로 이런 경우가 없었어요. 니콜이 어떤 충격을 받은 건 알지만, 제 생각에 그건 어떤 남자애 때문이었어요. 하지만 우리 식구 중에 진짜 이유를 아는 사람은 없어요. 아버지는 누구 때문인지 알았다면 총으로 쏴버렸을 거라고 하세요."

오케스트라가 〈가엾은 나비〉를 연주하고 있었다. 아들 마르모라는 자기 어머니와 춤을 추고 있었다. 그들 모두에게는 신곡이나 마찬가지였다. 피아노 건반처럼 죽죽 흰머리가 난 아버지 마르모라에게 재잘거리는 니콜의 어깨를 가만히 바라보며 딕은 바이올린의 어깨를 생각했다. 그런 다음 그 생각의 불명예스러움, 비밀스러움을 생각했다. 아아, 나비야—순간이 변하여 긴 시간이 되고……*

"사실은 제게 계획이 있어요." 베이비는 변명조로 고집스럽게 계속했다. "박사님한테는 아주 비현실적으로 보일지 모르지만, 몇 년 동안은 누군가 니콜을 보살펴줘야 한다고 해요. 혹시 시카고를 잘 아시는지 모르겠어요……"

"잘 모릅니다."

"네, 시카고는 북쪽과 남쪽이 있는데, 양쪽이 아주 뚜렷하게 나뉘어 있어요. 북쪽은 세련된 그런 곳인데, 우리 집은 줄곧 거기서 살았어요, 최소한 몇 년은요. 하지만 여러 대를 이어온 시카고의 오래된 집안들은, 무슨 말인지 아시겠죠, 그들은 여전히 남쪽에 살아요. 시카고 대학이 거기에 있어요. 보기에 따라 케케묵은 데란 거죠. 하지만 어쨌든 북쪽과는 달라요. 무슨 말인지 이해되시는지 모르겠어요."

그는 고개를 끄덕였다. 어느 정도 집중을 하고 들어 무슨 말을 하는지 알아들을 수 있었다.

"그래서 물론 우리 집안은 거기에 연줄이 많죠. 저희 아버지가 시카고 대학 교수직이나 연구직에 어느 정도 영향력을 가지고 계시거든요. 그래서 니콜을 집에 데려가 그런 사람들과 어울리도록 하면 어떨까 하는데…… 니콜이 음악에 제법 취미가 있고 여러 나라 말을 할 줄 알잖아요. 그러다가 좋은 의

*오케스트라가 연주하고 있는 〈가엾은 나비〉(1916) 가사의 일부. "[……] 벚꽃 아래 만난 두 사람. 그 사람 그녀에게 미국식 사랑을 가르쳤죠, 영혼을 바쳐 사랑하라고. 그러더니 그는 돌아오겠다고 약속하고 배를 탔어요. 벚꽃 아래 기다리는 가엾은 나비, 그토록 그를 사랑했는데. 순간은 긴 시간이 되었고 그 시간은 해를 거듭해 쌓여만 갔어요. [……]"

사를 만나 사랑하게 되면 니콜 건강을 생각할 때 그보다 좋은 일이 어디 있겠어요⋯⋯."

갑자기 딕의 마음속에 우습다는 생각이 솟구쳤다. 워런가가 니콜에게 의사를 사줄 것이다—우리가 써도 되는 좋은 의사 있어요? 갓 만들어진 아주 질 좋은 젊은 의사를 살 수 있는 위치에 있다면 니콜 걱정을 할 필요가 없는 것이다.

"그러면 그 의사는 어떡하라고요?" 그가 반사적으로 물었다.

"많은 의사들이 그 기회를 잡으려고 달려들 게 틀림없어요."

춤추던 일행이 돌아왔지만 베이비는 재빨리 속삭이듯 말했다.

"제 계획은 대충 그래요. 그런데 니콜이 어디 있지⋯⋯ 사라졌네. 방으로 올라갔나? 저는 이럴 때 어떻게 해야 하죠? 아무 일도 아닌 건지 찾으러 가야 하는 건지 알 수가 없어요."

"그냥 혼자 있고 싶은 건지도 몰라요. 혼자 살다 보면 외로움에 익숙해지거든요." 워런 양이 듣고 있지 않은 것을 보고 그는 말을 멈췄다. "내가 한번 찾아볼게요."

안개에 갇힌 바깥세상은 잠시 커튼을 친 봄 같았다. 생물이 호텔 가까이 몰려 있었다. 딕은 보조 웨이터들이 침상에 걸터앉아 스페인산 와인 한 병을 앞에 놓고 카드놀이를 하고 있는 지하실 창문 앞을 지나갔다. 산책길에 다가가는데 높은 알프스 산의 흰 봉우리들 사이로 별들이 나타나기 시작했다. 호수가 굽어보이는 편자 모양의 산책길, 니콜이 두 가로등 사이에 꼼짝하지 않고 서 있었다. 그는 잔디밭을 가로질러 그녀에게 갔다. 그녀는 '오셨군요'라는 것 같은 표정으로 돌아섰다. 잠시 그는 거기에 온 것을 후회했다.

"언니가 궁금해서."

"아차!" 그녀는 감시받는 데 익숙했다. 그녀는 애써 자신의 행위를 해명했다. "때로는 좀…… 이런저런 게 너무 버거워요. 지금까지 정말 조용하게 살았는데. 오늘밤엔 저 음악이 너무 버거워요. 음악 때문에 울고 싶어졌어요……"

"무슨 말인지 알아."

"오늘은 몹시 흥분된 날이었어요."

"알아."

"비사교적으로 행동하고 싶지 않지만…… 이미 모두에게 골칫거리였잖아요. 하지만 오늘 밤만큼은 벗어나고 싶었어요."

죽어가는 사람이 유서 있는 곳 알리기를 깜박 잊은 게 생각난 것처럼 딕은 불현듯 니콜이 돔러 박사와 그의 배후에 있는 세대들의 유령들에 의해 '재교육' 받았다는 게 떠올랐다. 또한 그녀가 알아야 할 것이 정말 많을 것이라는 생각도 났다. 하지만 이 예지를 마음속에 묻고, 그는 그 상황의 집요한 표면적인 면에 굴복하고 다음과 같이 말했다.

"니콜은 좋은 여자야…… 그냥 자기 자신에 대해 스스로 판단하면 돼."

"나 좋아하세요?"

"물론."

"혹시……" 그들은 편자 모양 산책길의 어스레한 끝을 향해 천천히 걸었다. "내가 아픈 사람이 아니었다면 혹시…… 그러니까, 내가 박사님이 뭐랄까…… 아, 바보 같은 소리, 무슨 말인지 아시잖아요…… 그럴 만한 여자였더라면 혹시."

그는 굉장한 불합리에 사로잡혀 어쩔 도리 없게 되었다. 그녀의 호흡이 바뀌는 것을 감지할 수 있으리만치 가까이 있었지만 의학 수련 과정 덕분에 소년처럼 웃으며 진부한 소견을 말했다.

"이 친구야, 그건 자기 스스로를 놀리는 거야. 자기를 돌본 간호사를 사랑하게 된 사람을 아는데……" 그는 두 사람의 발소리에 맞춰 그 이야기를 길게 늘어놓았다. 갑자기 니콜이 시카고 특유의 간결하고 거친 말로 그의 이야기를 잘랐다. "집어치워요!"

"그건 아주 저속한 말인데."

"그래서요?" 그녀가 발끈했다. "내가 상식이 전혀 없는 여자라고 생각하는군요. 아프기 전에는 그랬지만 지금은 달라요. 내가 만난 남자들 가운데 박사님이 가장 매력적인 사람이라는 걸 모르면 박사님은 또 내가 그것도 모른다고 미쳤다고 생각할 게 틀림없어요. 그게 나의 불행이에요, 그래요…… 하지만 내가 뭘 모르는 것처럼 가장하지 말아요. 박사님에 대해서도 나에 대해서도 알 건 다 알아요."

그는 더욱 궁지에 몰렸다. 시카고 시 남쪽 학문의 방목장에서 구매할 젊은 의사들에 관하여 그녀의 언니가 한 말이 떠올랐고, 그는 순간 마음을 독하게 먹었다. "니콜은 매력적인 아가씨야, 하지만 나는 니콜을 사랑할 수 없어."

"도무지 기회를 안 주시는군요."

"뭐?"

그 부적절한 말, 그 암시된 침범할 권리가 그를 깜짝 놀라게 했다. 혼란의 문턱에서 그는 니콜 워런이 가져 마땅한 기회가 어떤 것인지 생각나지 않았다.

"이젠 기회를 주세요."

그녀가 다가설 때 그 말을 한 목소리가 축 처져 가슴 속으로 가라앉더니 가슴을 부풀려 보디스가 꽉 죄었다. 그녀의 젊은 입술이 느껴졌다. 가까이 끌어당기려 점점 힘을 주는 팔뚝에 기댄 그녀의 몸에서 안도의 한숨이 느껴졌다. 이제 계획은 없었다. 그가 결합되어 분리될 수 없는 원자들로 이루어진, 용해되지 않는 혼합물을 만들었다면 하는 가정이 계획이라면 계획이랄까. 몽땅 내버릴 수는 있을지 몰라도, 그것은 다시 원자 단위로 결합되지는 못할 것이다. 그는 부둥켜안고 그녀를 맛보았고 그녀는 더욱 더 몸을 구부려 그에게 밀착했다. 그녀 스스로도 자기 입술이 새로웠고 그 입술은 사랑에 젖어 압도당했지만 위안을 받고 득의에 찼다. 그러는 동안 그는 어쨌든지 자기가 존재한다는 사실이 고마웠다, 그 존재가 그녀의 젖은 눈에 비친 그림자에 지나지 않는다 하더라도.

"오, 하느님." 그가 숨을 몰아쉬며 말했다. "니콜에게 키스하니까 좋은데."

그렇게 말을 꺼냈지만 니콜은 이제 그를 더 단단히 껴안고 그대로 있었다. 그러다 미태(媚態)를 부리며 그날 오후 중간에 어정쩡하게 멈추었던 푸니쿨라처럼 그를 내버려두고 혼자 걸어갔다. 그녀는 생각했다. 자, 이제 알겠지, 자기가 얼마나 젠체하는지, 나를 어떻게 할 수 있는지, 오오, 정말 놀라웠어! 내가 그를 차지했어, 그는 내 거야. 그런 연쇄적인 생각이 비약에 이르렀지만 그녀는 그게 너무 달콤하고 새로워 그 모든 것을 깊이 들이쉬고 싶어 느릿느릿 움직였다.

그녀는 갑자기 몸이 오싹 떨렸다. 600미터 아래에 목걸이와 팔찌 같은 몽트뢰와 브베의 불빛이 보였다. 그 너머에 흐릿한 펜던트처럼 보이는 로잔이 있었다. 발아래 어디선가 어렴풋이 무도곡 소리가 들려왔다. 니콜은 이제 서늘한 날씨만큼 냉정하게 생각하기 시작했다. 전투 후에 술에 취하는 사람처럼 의도적으로 어린 시절의 감상적인 생각을 차곡차곡 하나로 모았다. 하지만 그녀는 아직도 딕이 두려웠다. 가까이에 있는 그는 편자 모양 산책길을 두른 철제 난간에 그다운 자세로 기대어 있었다. 그러자 지난 일이 생각난 그녀는 다음과 같이 말했다. "정원에서 당신을 기다리던 일이 생각나요…… 꽃이 가득한 바구니처럼 내 전부를 품에 안고 있었죠. 어쨌든 내게는 나 자신이 그거였어요…… 나는 내가 향기롭다고 생각했죠…… 그 바구니를 당신에게 주려고 기다렸어요."

그의 호흡이 그녀의 어깨에 닿았다. 그는 연거푸 그녀를 돌려 세웠다. 그녀는 거듭 그에게 키스했다. 그녀는 그의 양쪽 어깨를 잡고 있었고 그녀가 가까워질 때마다 그녀의 얼굴이 커졌다.

"비가 많이 와요."

별안간 호수 건너편의 포도밭 언덕으로부터 쾅 하는 소리가 울렸다. 대(對)우박 대포*가 우박을 방지하기 위하여 우박을 형성하는 구름을 향해 발사되고 있었다. 산책길의 가로등들이 꺼졌다가 다시 들어왔다. 그러더니 금방 폭풍우가 밀어닥쳤다. 먼저 하늘에서 쏟아지더니 곧 거기에 더해 산에서 급류가 쏟아져 내려와 길과 돌로 된 도랑을 따라 큰 소리를 내며 흘러내려 갔다. 비와 함께 시커멓고 무서운 하늘, 맹렬한 번개의 필라멘트, 세상을 쪼개는 천둥이 밀려오는 가운데 거칠고 파괴적인 구름이 호텔 상공을 질주해 지나갔다. 산과 호수는 보이지 않았다. 호텔은 소란과 혼돈과 암흑 속에 웅크리고 있었다.

이때 딕과 니콜은 이미 현관에 가 있었다. 그곳에 베이비 워런과 마르모라 세 식구가 걱정하며 그들을 기다리고 있었다. 그들은 안개가 자욱한 빗속을 뚫고 온 게 매우 신났다. 문이

---

*구름이 형성될 때 우박을 방지하기 위해 충격파를 쏘는 대포. 우박이 형성되는 것을 막기 위한 것이라고 하나 그게 효과적이라는 과학적인 증거는 없다.

쾅 닫혔고 그들은 흥분에 들떠 웃으며 몸을 떨었다. 귀에는 바람이 가득했고 옷은 비에 젖어 있었다. 댄스홀에서 슈트라우스의 왈츠가 높고 혼돈된 소리로 연주되고 있었다.

……다이버 박사가 정신병 환자와 결혼을 해? 어떻게 그런 일이 생겼지? 어떻게 시작됐어?

"옷 갈아입고 오시겠어요?" 베이비 워런이 유심히 보고 나서 물었다.

"짧은 바지밖에 갈아입을 옷이 없어요."

그는 비옷을 빌려 입고 자기 호텔로 터벅터벅 걸어가면서 비웃듯 목구멍이 막힌 소리로 웃었다.

"잘해보라지, 응, 그럼, 세상에! ……의사를 사기로 했다고? 그럼 누군지 몰라도 그 집안 사람들은 시카고에 있는 그자를 단단히 잡고 있는 게 좋을 거야." 자신의 모진 생각에 스스로 불쾌해진 그는 그녀의 입술처럼 그렇게 풋풋하게 느껴진 것은 아무것도 없었음을 기억하고, 은은하게 빛나는 도자기 같은 얼굴에 흐른, 그를 향해 흘린 눈물 같은 빗물을 기억하고 그녀에게 그런 생각을 한 것에 대한 보상을 해주었다……. 폭풍우가 그쳐갈 때의 고요에 잠을 깨보니 새벽 3시쯤이었다. 그는 일어나 창가로 갔다. 그녀의 아름다운 모습이 완만하게 경사진 언덕을 올라오고 있었다. 그 모습이 스치는 소리를 내며 유령처럼 커튼 사이로 들어왔다……

……그는 그날 아침 로셰르 드 나예 산까지 2천 미터를 등

반했다. 그 전날 타고 온 푸니쿨라의 차장도 쉬는 날을 이용해 산에 오르고 있다는 사실이 재미있었다.

그리고 딕은 내처 몽트뢰까지 내려가 수영을 한 다음 저녁 식사 시간에 맞게 호텔로 돌아왔다. 편지 두 통이 그를 기다리고 있었다.

나는 어젯밤 일이 창피하지 않아요…… 그건 지금까지 내게 일어난 일 중 가장 멋진 일이었어요. 사랑하는 대위님, 당신을 다시 못 보게 된다 해도 그 일이 일어난 것을 기쁘게 생각할 거예요.

그걸로 충분히 안심되었다. 딕이 두 번째 봉투를 열었을 때 돔러의 무거운 그늘이 걷혔다.

친애하는 다이버 박사님께: 전화를 드렸지만 안 계시더군요. 어려운 부탁 좀 드렸으면 해서요. 예기치 못한 상황이 발생해서 파리로 돌아가야 하는데, 로잔을 경유해 가면 더 빨리 갈 수 있다는 걸 알았어요. 월요일에 돌아가신다니까 드리는 말인데요, 취리히까지 니콜과 함께 가주실 수 있으세요? 요양소까지 바래다주실 수 있으세요? 너무 과한 부탁일까요?

베스 에번 워런 올림

딕은 화가 치밀었다. 베이비 워런은 그가 자전거를 가지고 있다는 것을 알고 있었다. 그럼에도 거절하기 어려운 말로 편지를 썼다. 우리 둘을 함께 있게 한다 이거지! 일을 수월하게 해주는 근접성과 워런가의 돈이라!

그의 생각은 틀렸다. 베이비 워런에게는 그런 의도가 없었다. 그녀는 세속적인 눈으로 그를 보았다. 친영파(親英派)의 왜곡된 잣대로 평가했을 때 그는 부족한 사람이었다. 그를 매력적인 사람으로 생각했어도 그랬다. 하지만 그녀에게 그는 너무 '지적인' 사람이었고, 그녀는 그를 한때 런던에서 알던 우월한 체하는 가난뱅이와 같은 부류로 분류했다―그는 정말 올바른 사람이 되기 위하여 너무 애를 썼다. 그녀는 그가 어떻게 그녀가 생각하는 귀족적인 사람이 될 수 있을지 상상할 수 없었다.

뿐만 아니라 그는 고집이 셌다. 대화 중에 그녀가 말할 때 그는 여러 번이나 사람들이 잘 그러기 마련인 이상한 방식으로 눈에 초점을 잃고 딴생각에 빠졌다. 그녀는 니콜이 어렸을 때 보였던 자유분방한 태도를 좋아하지 않았으며 지금은 그녀를 '구제 불능'이라고 생각하는 데 상당히 익숙해 있었다. 그리고 어쨌든 다이버 박사는 그녀가 가족의 일원으로 상상할 수 있는 부류의 의사가 아니었다.

그녀는 그저 멋모르고 천진스레 편리를 위해 그를 이용하고자 했을 뿐이다.

하지만 그녀의 부탁은 딕이 그녀가 바라는 것이라고 생각한 효과를 냈다. 기차 여행은 끔찍하거나 우울하거나 우스운 것일 수 있다. 시험 비행일 수 있다. 그것은 또 다른 여행의 예시일 수 있다. 아침에 서두르는 맛을 보는 것부터 시작해서 배가 고파 함께 식사하리라는 것을 알기에 이르기까지, 친구와 함께 있기로 약속한 날이 길 수 있는 것처럼. 그러고 나서 여행의 열기가 식어 시들해지는 오후가 오지만, 여행이 끝날 때가 되면 다시 활기를 띠게 되는 것이다. 딕은 니콜의 초라한 기쁨을 보는 게 슬펐다. 하지만 그녀는 자기가 아는 유일한 집으로 돌아왔다는 데서 안도감을 느꼈다. 그들은 그날은 사랑을 나누지 않았지만, 취리히 호숫가 요양소의 칙칙한 문 앞에 그녀를 데려다주고 그녀가 들어가기 전에 돌아서 그를 바라보는 순간, 그는 그녀의 문제가 이제는 영원히 두 사람의 문제가 되었음을 알았다.

10

다이버 박사는 취리히에서 9월에 베이비 워런과 차를 마셨다.

"무분별한 짓이에요." 그녀가 말했다. "박사님 동기가 뭔지 정말 알 수가 없어요."

"서로 불쾌하게 굴지 맙시다."

"어쨌든 나는 니콜의 언니예요."

"그렇다고 불쾌하게 굴 권리가 주어지는 건 아니에요." 딕은 그녀에게 말할 수 없는 게 많아 속이 탔다. "니콜은 부자이지만, 그렇다고 내가 사기꾼인 건 아니에요."

"바로 그거죠." 베이비가 완고하게 불평했다. "니콜이 부자라는 거."

"도대체 얼마나 돈이 많기에 그래요?" 그가 물었다.

그녀가 움찔했다. 그러자 딕이 소리 죽여 웃으며 말을 이었다. "이게 얼마나 어이없는 짓인지 알겠죠? 집안 남자와 얘기하는 게 낫겠어요……"

"모든 건 내게 맡겨졌어요." 그녀가 고집스럽게 말했다. "박사님이 협잡꾼이라는 건 아니에요. 박사님이 어떤 사람인지 모른다는 거죠."

"나는 의사예요." 그가 말했다. "아버지는 목사님이신데, 지금은 은퇴하셨죠. 집은 버펄로이고 내 과거는 조사해보면 다 나올 거예요. 뉴헤이븐에서 학교를 다녔고 나중에는 로즈 장학생이 됐고요. 증조부는 노스캐롤라이나의 주지사고요. 나는 '광인' 앤서니 웨인*의 직계 후손이에요."

"광인 앤서니 웨인이 누구죠?" 베이비가 미심쩍게 물었다.

"광인 앤서니 웨인을 몰라요?"

"그게 아니더라도 이 일은 충분히 광적이에요."

---

*Mad Anthony Wayne(1745~1796). 미국 독립전쟁의 장군. '광인 앤서니'는 무모한 그의 별명이었다.

그는 희망이 없다는 듯 고개를 흔들었다. 바로 그때 니콜이 호텔 테라스로 나와 그들을 찾아 주위를 두리번거렸다.

"그분은 너무 미친 나머지 마셜 필드*처럼 많은 돈을 남기지는 않았죠."

"뭐 다 좋아요……"

베이비 말이 맞았고 그녀도 그렇다는 것을 알고 있었다. 직접 대면할 경우 그녀의 아버지는 거의 어느 목사에게도 지지 않을 사람이었다. 그들은 작위는 없어도 미국의 공작 가문**이었다. 호텔 숙박부에 쓰여 있고, 소개장에 서명이 들어가고, 어려운 상황에서 사용되는 바로 그 이름은 세상 사람들의 마음속에 심리적인 변화를 일으키고, 이 변화는 반대로 그녀의 지위 의식으로 나타났다. 그녀는 영국인들에게서 이러한 사실들을 배워 알았고 영국인들은 200년 이상 전부터 알고 있었다. 하지만 그녀는 딕이 결혼을 안 하겠다는 말을 두 번이나 그녀의 면전에 내칠 뻔했다는 것을 몰랐다. 이번에는 니콜이 그들을 발견하고 9월의 오후, 하얗고 생기 있고 새롭게, 얼굴에 마음껏 빛을 발하며 나타나 그 상황을 피하게 해주었다.

안녕하세요, 변호사님. 우리는 코모에 가서 1주일 있다가 취리히로 돌아올 예정입니다. 그래서 변호사님이 언니와 이

---

*Marshall Field(1834~1906). 시카고의 백화점 재벌. 백화점의 이름이기도 하다.
**집안의 부와 권력을 건국 세대를 거쳐 현재까지 이어온 집안을 말한다.

문제를 정리해주셨으면 합니다. 우리는 2년간 취리히에서 아주 조용히 살려고 하니까 딕이 가진 것만으로 충분히 살 수 있어요. 아니야, 언니, 나는 언니가 생각하는 것보다 더 실리적이야. 내게 그 돈이 필요한 건 오로지 옷이랄지 그런 것들 때문이야…… 이런, 그런 많은—정말 그걸 모두 내게 줄 정도로 재산이 많아? 나는 내가 그걸 다 쓰지 못할 거란 걸 알아. 언니 그렇게 돈이 많아? 왜 언니가 나보다 더 많아? 내가 무능할 것으로 생각하고 그런 거야? 좋아, 그럼 내 주식은 쌓이도록 내버려둬…… 아니야, 딕은 내 돈에 전혀 상관하려 하지 않아. 나 혼자 저이 몫까지 배가 터질 것 같은 기분이 될 수 있을 뿐이야…… 언니, 언니는 딕이 어떤 사람인지 몰라, 얼마나 모르냐 하면…… 그런데 어디에 서명해? 아, 미안.

……함께 있다는 건 이상하고 외로워요. 그렇죠, 딕. 당신에게 가까이 가는 것 말고는 갈 데가 없어요. 우리 그냥 사랑하고 또 사랑하면 안 될까요? 그렇지만 내가 제일 많이 사랑하죠, 그래서 당신이 멀어지면, 조금만 멀어져도, 나는 그걸 알아요. 다른 모든 사람들처럼 된다는 건, 침대에 누워 손을 뻗었을 때 내 옆에 당신이 있는 것을 알고 당신의 따뜻한 체온을 느낀다는 건 경이로운 일이에요.

……병원에 있는 내 남편에게 전화 좀 해주시겠어요. 네, 그 소책자는 도처에서 팔려요. 출판사에서 6개 국어로 출간하고 싶대요. 프랑스어 번역은 내가 하기로 했지만 요즘 피곤

해서요…… 넘어질까 봐 겁나요, 몸이 굉장히 무겁고 움직이는 게 어설프거든요…… 망가져서 똑바로 서지 못하는 오뚝이 같은 기분이에요. 차가운 청진기를 가슴에 대고 가장 강렬한 감정을 들으면 이럴 거예요. 'Je m'en fiche de tout(상관없어요)'—아, 병원에서 본 청색아증이 있는 아이, 차라리 죽는 편이 훨씬 나았을 아이를 낳은 그 가엾은 여자. 이제 우리가 셋이니 좋지 않아요?

……그건 무분별하지 않아요, 여보. 좀 더 큰 아파트를 얻을 이유가 충분히 있어요. 다이버의 돈보다 워런의 돈이 더 많다는 이유로 왜 우리 스스로를 벌해야 하죠. 오, 고마워요, 카메리에르*. 하지만 우리 생각이 바뀌었어요. 이 영국인 목사가 여기 오르비에토의 와인이 뛰어나다고 하는데요. 운송에 견디지 못하고 변질돼요? 그래서 우리가 와인을 정말 좋아하는데도 그 이름을 들어보지 못한 거군요.

호수들은 물이 빠져 갈색 진흙을 드러내 보이고 경사지에는 뱃살 같은 주름이 져 있었어. 사진사가 나를 찍은 사진을 주었는데, 카프리로 가는 배의 난간 위로 머리칼이 흐느적거리는 사진이었지. "잘 있어라, 푸른 동굴**이여, 곧 다시 오라." 뱃사람이 그런 노래를 불렀지. 그리고 나중에 우리는 언덕 위의 망자들이 지켜보고 바람이 섬뜩한 성들을 스쳐 휘감

---

*호텔의 객실 담당 여종업원. 지금은 쓰이지 않는 말이다.
**카프리 섬 동쪽 해안의 동굴로서 푸른빛으로 유명하다.

아 도는 장화 같은 이탈리아의 무더운 왼쪽 정강이 쪽을 거슬러 내려갔지.

……이 배는 좋다, 우리의 뒤꿈치가 동시에 갑판에 닿는 소리가 난다. 이 모퉁이는 바람이 세서 우리는 거기를 돌 때마다 나는 바람을 마주해 몸을 앞으로 기울이고 딕과 맞추는 보조를 흩뜨리지 않고 코트를 여민다. 우리는 아무 의미 없는 노래를 부른다.

오―오―오―오
나 말고 다른 플라밍고,
오―오―오―오
나 말고 다른 플라밍고……

딕과 함께하는 인생은 즐겁다―갑판 의자에 앉아 있는 사람들이 우리를 바라보고 있다. 한 여자는 우리 노래가 무슨 노래인지 들어보려 하고 있다. 딕은 노래 부르는 게 싫증났다, 그럼 혼자 먼저 가요, 딕. 혼자 걸으면 다를 거예요, 여보, 더 숨 쉬기 어려운 공기 속을, 의자 그림자들 사이를 헤치고, 굴뚝에서 흘러나오는 증기를 헤치고 혼자 걸어봐요. 그러면 당신을 바라보는 사람들의 눈에 미끄러져 가는 당신의 그림자가 느껴질 거예요. 당신은 더 이상 바깥으로부터 차단되어 있지 않아요. 하지만 인생에서 출발하려면 먼저 인생에 닿아야 할

테죠.

구명보트의 칸막이 나무에 앉아 나는 바다를 바라보고 있다. 머리칼이 바람에 휘날리며 반짝인다. 하늘을 배경으로 나는 꼼짝하지 않고 배로 하여금 불명료한 미래의 바다로 나의 모습을 실어 나르게 하고 있다. 나는 갤리선 뱃머리에 경건하게 조각된 팔라스 아테네 여신이다. 배의 화장실 변기 안에 물이 찰싹거리고 마노 초록색의 무성한 잎 같은 선미의 물보라가 모양을 바꾸어가며 구슬픈 소리를 낸다.

……우리는 그해 여행을 많이 했다―울루물루 만*에서 비스크라**까지. 사하라 사막의 언저리에서 메뚜기 떼를 만났는데 운전사는 그게 땅벌 떼라고 친절하게 설명해주었다. 밤에는 이상하고 주의 깊은 신의 영기로 가득한 하늘이 낮게 드리웠다. 아, 울레드 나일***의 발가벗은 그 가여운 어린 여자. 그날 밤은 세네갈의 드럼 소리와 피리 소리와 낙타의 낑낑거리는 소리, 헌 타이어로 만든 신발을 신은 원주민들이 걸을 때의 또닥또닥 소리로 시끄러웠다.

하지만 나는 그때 또 길을 떠났다―기차든 해변이든 아무래도 좋았다. 그렇기 때문에 그이가 나를 데리고 여행을 다녔지만 사랑스러운 딸아이 둘째 톱시가 태어나자 모든 게 다시

*오스트레일리아의 시드니에 위치한 만.
**아프리카의 알제리 동북부 사하라 사막에 위치한 소도시.
***젊은 여자들이 관능적인 춤을 추는 알제리의 부족 이름.

캄캄해졌다.

　……나를 여기에 버려두고 무능한 사람들의 손에 맡겨두
는 게 좋겠다고 생각한 내 남편에게 말을 전할 수 있다면. 내
아기가 검다고 하는데—터무니없어, 천박해. 우리는 단지 팀
가드*를 보려고 아프리카에 갔을 뿐인데, 나의 이 세상 주요
관심사는 고고학이야. 내가 아무것도 모른다는 게, 또 그 사실
이 자꾸 생각나는 게 참을 수가 없어.

　……건강이 회복되면 당신처럼 고상한 사람이 되고 싶어
요, 딕—의학을 공부하고 싶지만 그러기엔 너무 늦었죠. 내 돈
을 써서 집을 사야 해요—아파트가 지긋지긋해, 당신을 기다
리는 게 지긋지긋해. 당신은 취리히가 따분하다고 하면서 글
쓸 시간은 못 내잖아요. 그런데 또 글을 쓰지 않는 것은 과학
자로서 결점이 있다는 고백이라고 하고. 그러니 나는 여러 방
면의 지식을 둘러보고 무언가를 골라서 정통해야겠어요, 그래
야 다시 내가 허물어져도 무언가 붙들 수 있을 테니까. 당신이
나를 도와줘요, 딕, 내가 죄책감을 느끼지 않도록 도와줘요.
갈색으로 살도 좀 태우고 다시 젊어질 수 있는 따뜻한 바닷가
에 사는 거예요.

　……이건 딕의 독채 작업실이 될 거야. 오, 그 생각이 그이
와 내게 동시에 들었지. 우리는 타르메 마을을 열댓 번은 지났

*기원전 100년에 로마인들이 알제리에 세운, 성벽으로 둘러싸인 도시의 유적.

을 거야. 그러다가 한번은 이 위에까지 차를 타고 올라와 마구
간 두 채를 제외한 집 몇 채가 비어 있는 것을 발견했어. 프랑
스인을 대리인으로 세워 매매를 했는데, 미국인들이 언덕 마
을의 일부를 샀다는 것을 알기가 무섭게 금방 해군이 정탐꾼
들을 이리로 파견했지. 권총이 있는지 보려고 건축 자재를 온
통 뒤지더군. 결국은 언니가 우리를 위해 프랑스 외무성에 영
향력을 행사해야 했어.

여름에 리비에라를 찾는 사람은 없다. 그래서 초대할 손님
은 몇 안 될 테니 우리는 우리 할 일을 할 것이다. 여기에 프랑
스인들이 조금 있다―지난주에는 호텔이 영업을 하는 것을
보고 깜짝 놀란 미스탱게트*가 왔으며, 피카소**와 〈파 쉬르
라 부슈〉***를 작곡한 사람도 여기에 있다.

……딕, 당신 왜 다이버 박사 부부라고 하지 않고 다이버
부부라고 기재했어요? 그냥 왜 그랬을까 했어요―그냥 스쳐
지나간 생각이에요―당신이 일이 전부라고 나를 가르쳤고 나
는 당신 말을 믿어요. 사람은 알아야 하며 알기를 그쳤을 때
딴 사람들과 똑같아진다며, 중요한 것은 알기를 그치기 전에
힘을 가지는 것이라고 말하곤 했잖아요. 당신이 모든 걸 뒤죽

*Mistinguett(1875~1956). 파리에서 활약한 프랑스 가수.
**Pablo Picasso(1881~1973). 스페인 화가. 다이버 부부의 모델인 실제 인물 머피
부부의 친구로서 앙티브를 찾아 그들과 함께 지내기도 했다.
***프랑스의 작곡가 모리스 이뱅(1891~1965)이 작곡해 1925년에 초연된 뮤지컬
코미디.

박죽으로 만들어놓고 싶다면 좋아요, 하지만 당신의 니콜이 물구나무를 서서라도 당신을 따라가야겠어요, 여보?

……토미는 내가 말이 없다고 한다. 나는 처음 건강을 회복한 뒤로는 밤늦도록 침대에 앉아 담배를 피우며 딕과 많은 이야기를 했다. 그러다가는 난데없이 찾아온 새벽을 피해, 빛이 눈에 비치지 않도록 베개에 몸을 던졌다. 노래를 부를 때도 있고, 동물들과 놀 때도 있다. 그리고 친구도 몇 명 있다─이를테면 메리가 있다. 메리와 이야기할 때는 메리나 나나 서로의 이야기를 듣지 않는다. 이야기는 남자들이 한다. 내가 말할 때 나는 내가 아마도 딕일 것이라고 나 스스로에게 말한다. 심지어는 이미 내 아들이 되어본 적도 있다. 그 아이가 얼마나 총명하면서도 느린지 기억하면서. 나는 돔러 박사일 때도 있고 한번은 당신의 한쪽 모습일지도 몰라, 토미 바르방. 토미는 나를 사랑한다, 내 생각에 그렇다, 부드럽게, 마음 든든하게. 하지만 충분히, 그래서 토미와 딕은 서로를 탐탁잖아한다. 대체로 만사가 이보다 더 좋은 적은 없었다. 나는 나를 좋아하는 친구들에 둘러싸여 있다. 나는 이 평온한 해변, 남편과 두 아이 곁에 있다. 모든 게 괜찮다─이 망할 치킨 메릴랜드 요리법의 프랑스어 번역을 마저 마칠 수 있다면. 모래에 묻은 발톱이 따뜻하다.

"응, 볼게요. 새로운 사람들이 더 있다니…… 아, 저 여자…… 그렇군. 저 여자가 누구를 닮았다 그랬죠…… 아니,

못 봤어요, 여기선 미국 영화를 볼 기회가 별로 없잖아요. 로즈메리 뭐라고요? 이거 원, 7월치고는 사교계 사람들이 제법 여기에 오네─참 이상한 것 같아요. 응, 예쁘네요, 하지만 사람들이 너무 많을 수 있어요."

〈2권에 계속〉

옮긴이 **공진호**

뉴욕 시립대학에서 영문학과 창작을 전공했다. 옮긴 책으로《에드거 앨런 포우 시선: 꿈 속의 꿈》,《번역 예찬》,《소리와 분노》,《필경사 바틀비》,《교수들》,《드 니로의 게임》등이 있다. 서울과 뉴욕에서 거주하며 번역과 창작을 하고 있다.

《밤은 부드러워》역자 블로그 tenderisnight.blogspot.kr

세계문학의 숲 038

밤은 부드러워 1

2014년 1월 19일 초판 1쇄 인쇄
2014년 1월 26일 초판 1쇄 발행

지은이 | F. 스콧 피츠제럴드
옮긴이 | 공진호
발행인 | 전재국

발행처 | (주)시공사
출판등록 | 1989년 5월 10일(제3-248호)

주소 | 서울특별시 서초구 사임당로 82(우편번호 137-879)
전화 | 편집 (02)2046-2869 · 영업 (02)2046-2800
팩스 | 편집 (02)585-1755 · 영업 (02)588-0835
홈페이지 | www.sigongsa.com
세계문학의 숲 홈페이지 | www.sigongclassic.com

ISBN 978-89-527-7088-2(04840)
　　　978-89-527-5961-0(set)